JN011833

七月七日

ケン・リュウ
レジーナ・カンユー・ワン
ホン・ジウン
ナム・ユハ
ナム・セオ
藤井太洋
クァク・ジェシク
イ・ヨンイン
ユン・ヨギョン
イ・ギョンヒ

SEVENTH DAY
OF THE SEVENTH MOON

東京創元社

目次

七月七日

七月七日

ケン・リュウ

Seventh Day of the Seventh Moon

Ken Liu

ケン・リュウはアメリカのSF小説家だ。二〇一一年に発表した短編「紙の動物園」でヒューゴー賞、ネビュラ賞、世界幻想文学賞を受賞し、世界的なSF・ファンタジー作家となった。ソフト開発エンジニアとしてマイクロソフトに勤務した経験を持つ。ハーバード大学のロースクールで学び、法律コンサルタントと作家の仕事を兼業していたこともある。現在は専業作家。折り紙の数学から暗号貨幣と未来学に至る様々な分野の講演活動も行っている。

（小西直子訳）

「おはなしして」セイが言った。ひとりでパジャマに着替え、毛布の下でぬくぬくと横になっている。

セイの姉、ユアンは寝室のドアの隣にあるスイッチを切ろうとしていたところだった。「自分でおはなしを読んだら？　あたしはいまから……友だちに会いにいかなきゃならないの」

「だめ、ひとりで読んだらちがうの」セイは激しく首を横に振った。「おはなししてくれなきゃ、寝られない」

ユアンは携帯電話をチラッと見た。今夜は一分一分が貴重なんだ。父さんは出張でいないし、母さんは遅くまで働いていて、真夜中にならないと帰ってこないだろう。ユアンはそれまでに家に戻らねばならなかったが、妹をはやく寝かしつけられたなら、ヂィンと会える時間が二時間は持てる。今夜は、彼女が中国で迎える最後の夜だ。

「ねえ、お姉ちゃん」セイは懇願した。「お願い！」

ユアンは、ベッドのかたわらに戻り、妹の額を優しくなでた。ため息をつき、「わかった」と告げる。

ユアンはヂィンにショートメッセージを送った――**三十分遅くなる。待ってくれる？**

ヂィンからもらった水晶の猫のお守りが携帯電話からぶら下がっている。返事をじりじりしながら待っているあいだ、お守りは温かい寝室の明かりのなかでくるくる回って、きらきら光った。ようやく携帯電話が受信音を鳴らした。もちろん。会うまで待ってるに決まってる。

「七夕《チーシー》の節句のおはなしをして」あくびをしながらセイが言った。「今夜でしょ？」

「うん、そうだよ」


昔々、天帝の孫娘である美しい若い娘が銀河《あまのがわ》の東岸にある空に住んでいました――銀河というのは、空気が澄んでいるとき夜空にときどき見える幅広い光の帯のことです。その娘は機《はた》織りが得意でした。それで人は彼女をこう呼んだのです――


「機織りの様子を話してくれるところを飛ばしたよ！」

「だけど、セイはこのはなしをもう百回は聞いてるじゃん。はぶいてかまわないでしょ？」

「ちゃんと話してくれなきゃだめ」


言い忘れたようですが、彼女の織った布は、日暮れ時ごとに西の空にある天宮に誇らしげに飾られました――深紅やアメジスト色、ニチニチソウ色、そしてそのあいだのあらゆる色のみごとな雲となるのです。そのため、彼女は織女《ヂィニュー》と呼ばれました。そして彼女は七人の仙女の末っ子だったのに、わたしたち命に限りのある人間は彼女を七仙女《ビッグ・シスター・セブン》の敬称で呼ぶのでした。

でも、やがて時が経つにつれ、織女は顔色が悪くなり、痩《や》せてきました。けっして愁眉《しゅうび》をひらかず、顔も洗わず、髪もくしけずらなくなりました。織女が織っていた日没の雲は、以前ほど美しくなくなり、人は不平をこぼしだしたのです。

天帝がやってきました。「孫娘や、なにがおまえを苦しめているのだ?」

「あはは、その物まねは、とっても上手。ほんとにおじいさんみたい」

「認めてくれてありがとう。さ、邪魔しないで」

「ああ、公公《おじいさま》、わたしはとても寂しいのです。この小屋にひとりきりで暮らして、友と呼べるのは、ぎったん、ばったん、一日じゅう耳ざわりな音を立てている、この機と数羽の鵲《カササギ》だけ」

天帝は織女を哀れに思い、よい連れ合いをさがしてあげました。その若者は、銀河の西岸で牛飼いをしていたため、牛郎《ニューラン》と呼ばれていました。牛郎は、男前で、優しく、おもしろい話をたくさん知っていたので、一日会った瞬間に、織女は彼を好きになり、彼も彼女を好きになりました。

「どうだ、朕《ちん》はヘボな仲人《なこうど》ではあるまい」天帝は髯《ひげ》をなでながら、笑みを浮かべました。「さて、おまえたちは若く、楽しみたいと思っているのはわかっておる。だが、連れ合いができた以上、ゆめゆめ仕事をおろそかにするではないぞ」

織女は牛郎といっしょになるため、銀河の西岸に引っ越し、ふたりは結婚しました。ふたりのあいだに男の子がふたり生まれ、ほかにないくらい幸せな一家となりました。

「あー、やだ、退屈な場面《とこ》がきた。よかったら飛ばしていいよ」
「だめだってば！　ここが一番いいところじゃない。セイももっと歳を取ったらわかるようになるから。さあ、よく聞いて」

毎朝、牛郎が日の出まえに起きて牛を彼らの好む牧草地に連れていこうとすると、織女は彼と離れているという考えが耐えられませんでした。そのため、織女はいっしょに出かけるのでした。赤ん坊ふたりを入れたふたつの籠《かご》を、年老いた気の優しい去勢雄牛の背に振り分けにかけ、自分は牛郎が引く純白の去勢されていない雄牛の背に乗るのです。ふたりはともに歌い、出会うまえのそれぞれの話をし、自分たちしかわからない冗談を言って笑いあうのでした。

織女の機は機織り小屋のなかで使われぬまま埃《ほこり》をかぶりました。

日暮れ時は美しくなくなりました。残っている数少ない雲は、ボロボロに千切れ、か細くなり、色を失いました。畑で精を出していた人たちは、かつてはきつい一日の終わりに元気な気持ちにさせてくれた美しい景色をなくしてしまい、その嘆きは天宮まで上ってきました。

「夫を溺愛するわが孫よ」天帝はおっしゃいました――

「溺愛するって、どういう意味？」
「愛しすぎているという意味」
「どうしたらだれかを愛しすぎることができるの？」
「いい質問。あたしもわからない。ひょっとしたら天帝は自分の心にそれを理解できるほどの愛情がなかったのかもしれない。ひょっとしたら年を取りすぎていたのかも」

「――務めをおろそかにするではないと注意しておいたぞ。その不従順と懈怠《けだい》をとがめ、今後おまえは銀河の東岸に戻り、二度と牛郎と子どもたちに相まみえることならぬ」

織女は目こぼしを乞《こ》いましたが、天帝の言葉は銀河の流れとおなじく、覆《くつがえ》せないものでした。天命を受け、銀河は川幅を広げられ、深さを増され、織女は永遠に良人と別れることになりました。こんにち、銀河の一方の端に織女である星が、反対の端に牛郎である星が見えます。牛郎をはさんで、かすかに見えるふたつの星が夫婦のふたりの息子です。織女と牛郎は橋をかけられないほどの隔たりをはさんでおたがいを見つめています。流れるその河のように果てしない焦がれと後悔を抱きながら。

七月七日　　　　ケン・リュウ

「どうして止めたの?」

「なんでもない。ちょっと喉がイガイガしただけ」

「牛郎と織女のことを思って悲しくなったの?」

「かもね……ちょっとだけ。だけど、これはただの物語」

ですが、かつて織女のそばにいたカササギたちが恋人たちを哀れに思いました。一年に一度、陰暦の七月七日、織女が天頂に達する七夕《チーシー》の日に、この世のすべてのカササギが銀河まで飛んできて、自分たちの体で橋をかけ、恋人たちが一晩一緒にいられるようにするのです。

この日、昔の中国では、若い娘たちがみな七仙女に愛の成就《じょうじゅ》を願ったものです。

ああ、カササギの橋の話をもっと聞きたいんでしょ。ここの箇所が好きなんだよね。いま、想像するに、鳥にとってそうとうな作業だと思う。カササギ架橋《かきょう》専門学校に入らなければならなくて、少し仕事が遅い連中は、塾に通って補習しないと……

ユアンは明かりを消し、妹の寝室から抜き足差し足で出た。

いまから向かう、とユアンはショートメッセージを送った。

エアコンを快適な温度に下がるよう設定するのを忘れず、共同住宅の自宅住戸のドアに鍵をかけると、階段を走り降りた。すると八月の合肥《ホーフェイ》（中国安徽《あんき》省中部の省都・工業都市）の暑く蒸し暑い夜気に包まれた。

ユアンはやかましくクラクションを鳴らして途切れることを知らない車の流れを縫《ぬ》いながら、自転車で通りを駆《か》けていった。ユアンは、自転車に乗るという体を使った行為が好きだった。体を生き生きとさせ、目が覚めた気になる。ディスカウント電子機器や玩具《おもちゃ》、服、ヨーロッパのお洒落なスープやケーキ、アルミホイルに包まれて焼かれたよだれが出そうなくらい美味しそうなスイートポテト、揚げ臭豆腐《チョウドウフ》など、想像できるかぎりのあらゆるものが詰まった店舗や屋台を見てまわる人で混み合っている歩道をユアンは通り過ぎる。暑気と自転車を漕いできたことでシャツが肌に張りつき、目に汗が入らないようときどき額を拭《ぬぐ》わなければならなかった。

ようやくコーヒーショップに到着した。そしてディンが――すらりとして、白の無地のワンピースに（エアコン対策の）薄手のジャケットを羽織った優雅な姿で、ユアンをいつもクラクラとさせるフローラルな香水をかすかに漂わせ――いつものように明るい笑みを浮かべてユアンを迎えてくれた。

まるで今夜が世界の終わる夜ではないかのように。

「荷造りは済んだ？」ユアンは訊いた。

「うーん、いつまで経っても終わる気がしない」ディンの口調は、軽やかで、快活で、気取らないものだった。「でも、あしたの朝の九時までに空港にいけばいいの。たっぷり時間はある」

「重ね着したほうがいいよ、一番上に長袖を着て」と、ユアンは言った――なにも言わないことを怖れてとにかくなにかを言ってみたようなものだ。「飛行機のなかは寒くなるから」

「散歩しない？　この次、夜に歩きまわるのは、アメリカになる。いま聞こえているこの喧噪《けんそう》が恋しくなるかもしれない」

ユアンはコーヒーショップの外にある電柱に自転車をロックして留めた。ふたりはほかの人群れとおなじように歩道をそぞろ歩いた。手はつながなかった。上海《シャンハイ》だとだれも気にしないだろうが、ここ合肥では、じろじろ見られたり、ひそひそ噂をされたり、もっと悪いことが起こるかもしれなかった。

ディンが夜にアメリカの高校のキャンパスを歩いているところをユアンは想像した。みずから撮った赤煉瓦《あかれんが》の建物と手入れの行き届いた芝生の写真をディンが見せてくれたことがある。それにほほ笑んでいる若い男女の写真――外国人たちの写真だ。ユアンは息切れした――心臓が一定のリズムを刻めなくなったみたいだ。

「あれを見て」ヂィンがそう言って、菓子屋のショーウインドーを指し示した。「〝七夕の恋人たちケーキ〟をもう売ってる。めちゃくちゃ高いじゃない。ボーイフレンドがあれを買ってくれないと癇癪《かんしゃく》を起こす馬鹿な女の子がいるんだって。吐き気がする」

「ヴァレンタインデーほどひどくないよ」ユアンは言った。「七夕を商売にしている店は、かなり控え目だと思うな。どちらかと言えば」

「だから人はもう七夕にあまり熱を入れていないんだよ。わたしたち中国人は、祝日にしたって、西洋からの輸入品のほうに熱狂的になってしまうのが常。そこが国民的な弱点」

「あたしは七夕が好きだな」ユアンは言った。意図していたよりも強調してそう口にした。

「ふーん、瓜棚の下に祭壇を設け、果物をお皿に載せてお供えし、七仙女にお祈りして、朝になるまでにお供物の上に巣を張るよう蜘蛛《くも》に願うわけ？　将来、すてきな旦那様に恵まれますようにって？」

　ユアンの顔が赤くなった。立ち止まる。「中国のものをなんでもかんでも馬鹿にするのはよくないと思う」

　ヂィンは小首を傾げ、からかうような笑みを目に浮かべた。「急に愛国主義者になってどうしたの？」

「あなたのお父さんは、娘をアメリカの全寮制の学校に入れるだけのお金を持っている。だからといって、あなたがほかの人より優れていることにはならない」

「あれぇ、そんな傷ついた口調は、止《や》めてほしいな。あなただって移民の労働者の娘ってわけじゃないでしょ」

ふたりは見つめあった。最寄りの店舗のネオン灯がふたりの顔にちらつく光を浴びせた。ユアンはヂィンにキスをしたいと思うと同時に彼女に向かって叫びたかった。ユアンはヂィンの不遜《ふそん》さ、なんでも冗談にしたがるやり方がずっと好きだった。自分の怒りが七夕に関するいまの会話とまったく無関係であることをユアンはわかっていた。

ヂィンは目を逸らし、歩道をまた歩きはじめた。少し間を置いてから、ユアンはあとにつづいた。

ヂィンが再度口をひらいたとき、まるで何事もなかったかのように落ち着いた口調だった。

「はじめていっしょにハイキングに出かけたときのことを覚えてる？」

それはユアンの人生で最高の日々のひとつだった。ふたりは塾の授業をサボって、バスに乗って翡翠湖に出かけた。いくつかの大学キャンパスに隣接している人工の池だ。ヂィンは自分が送ったメッセをユアンの母親に見られないようにする携帯電話の設定方法をユアンに教えた。ユアンは自分の赤ん坊のころの写真をヂィンに見せた。

ふたりは屋台でラム串《チュアン》焼きを買い、湖のほとりを歩きながらわけあって食べた。焼き串から焼かれた肉を一口食べるたびに、自分の唇が彼女の唇の触れたところに触れているんだと思って心臓の鼓動が高まった。そして、キャンパスのひとつを通り抜けているとき、ヂィンは大胆にもユアンの手を握ったのだ――なんといっても、そこは大学だった。

そしてそして、柳の木の陰でのはじめてのキス。ラム・ケバブの香辛料の味がして、背後のどこかで雁《カリ》の鳴き声が聞こえていた……。

「覚えてる」ユアンは言った。まだ傷ついた口調になっていたが、ユアンは気にしなかった。

七月七日　　ケン・リュウ

「またあそこにいっしょにいけたらなあ」ヂィンが言った。

ユアンのなかにあった怒りは、あっというまに消えてしまった。ヂィンはいつもユアンの扱い方がうまかった。ユアンは自分がヂィンの手のなかで踊らされているような気がした。

「テンセントQQやスカイプでチャットできるよ」ユアンは言った。ヂィンの隣に並んで歩けるよう、急いで追いつく。「それに一時帰国で戻ってくるでしょ。昔とちがって難しくないはず。だいじょうぶ。あたしたちはまだいっしょにいられるよ」

ふたりは大通りから外れ、比較的混み合っていない脇道に入った。片側の街灯は消えており、空を見上げると、いくつかの星が見えた。合肥は、沿岸沿いの一部の都市ほどには大気汚染が進んでいなかった。

「すごく忙しくなりそうなんだ」ヂィンは言った。その声は冷静だった。冷静すぎるくらいだった。

「毎日、メッセを送れるよ。一時間おきにでも」

「向こうじゃ事情が異なるの。寮で独《ひと》り暮らしをすることになる。いい大学にいきたいなら猛勉強しなきゃ。この機会をわたしに与えるのにうちの家族は大金を投じているの」

「アメリカ人はそんなに猛勉強しないよ」

「こっちでアメリカのTV番組を見るのとは、わけがちがうの。字幕なんてついてない。わたしはおおぜいの新しい人と出会うことになる。向こうで新生活を築き、新しい友だちを作らなきゃならない。そうしようとしたら、ずっと英語で考え、英語を話し、英語を呼吸しなきゃならない」

七月七日　　ケン・リュウ

「あたしは英語でメッセを送れるよ」ユアンは言った。「あなたの望むことをなんでもする」

「わたしの話を聞いてないな」ヂィンは言った。また足を止めると、ユアンを見る。

「なにが言いたいの？」その質問を放った途端、ユアンはそれを後悔した。韓ドラに出てくる若い女の子みたいにひどく弱々しく、ひどく依存しているような声になってしまったのだ。

「わたしはいなくなるの、ユアン。去年、こうなると言ったよね、わたしたちの……関係がはじまったときに」

　ユアンはヂィンに目を見られないよう、顔を背《そむ》けた。ヂィンがほかのだれかといっしょにいるというイメージを心から追い払う。ユアンは自分の目を腹立たしく思い、行儀よくして、恥ずかしい思いをさせるな、と目に命じた。

「だいじょうぶだよ」ヂィンの口調は、慰《なぐさ》めるように優しくなり、かえってそれが事態を悪化させた。「わたしたちはふたりともだいじょうぶだよ」

　声がうわずるのがわかっていたので、ユアンはなにも言わなかった。唇をなめる。自転車に乗ってかいた汗のしょっぱさを感じる。はっきり見えるように戻すため目を拭いたかったけれども、ヂィンのまえでそれをしたくなかった。

「今夜を幸せな思い出にしたいの」ヂィンは言ったが、ついに彼女の声もうわずった。冷静さの仮面を保とうとしてあがいたが、できなかった。「辛《つら》い思い出にしないようにしているの。愛している人のためにはそうするものじゃないの？」

　ユアンは上を向き、目を強くしばたたいた。銀河をさがす。すると、英語で、それが乳の道《ミルキー・ウェイ》と呼ばれていることを思いだした——なんて品のない、ばかげた名前だろう。ユアンは織女と牛郎をさがした。英語ではヴェガとアルタイルと呼ばれていることをおぼろげに覚えていた。星々とおなじように、冷たく、意味のない名前に思えた。

するとそのとき、どこからともなくカササギが現れ、はためく翼の雲となって、ふたりの上空に集まった。ふたりがショックを受けて見上げると、鳥の群れは夜空を駆け抜け、巨大な蜘蛛の巣のように降りてくると、ふたりを天に運び上げた。


カササギの翼に乗るのは、魔法の絨毯《じゅうたん》に乗るのとはおおちがいだ、とユアンは気づいた。魔法の絨毯の乗り心地がどういうものかは知らない——だけど、下から百の——いや、千の——小さな翼のある拳《こぶし》にひっきりなしに小突かれるのとはちがっているのは確かだった。カササギはいまいるところから少し下がると激しく羽ばたいて急上昇し、若い娘たちの体にぶつかってきた。カササギが結集した力が娘たちを押し上げると、鳥は勢いを失い、落ちはじめる。すると上方へ突き進んでくるあらたなカササギの波と交代する。娘たちはホースから噴出する水に乗って運ばれる二個のピンポン玉のようだった。

翼の大渦のなか、ふたりはおたがいを見つけ、しがみついた。

「だいじょうぶ?」ふたりは同時に訊ねあった。

「いったいなにが起こってるの?」ヂィンが訊いた。その言葉は恐怖と昂奮《こうふん》がないまぜになっていた。

「これは夢」ユアンは言った。「夢にちがいない」

するとヂィンが笑いだした。

「夢のはずがない」ヂィンは言った。「このわたしたちを運んでいるカササギたち――ホントにくすぐったいんだから！」

するとユアンも笑い声を上げた。あまりにもばかげていて、あまりにもありえない――それなのに現に起こっているのだ。

カササギのなかに鳴きはじめたものがいた。複雑で、喉を震わせる、すてきなコーラス。あらゆる外見のカササギがいた――白い腹のカササギ、白い嘴《くちばし》のカササギ、光を受けて様々に変化する青っぽい翼のカササギ。ユアンは、自分とヂィンがなにか巨大な空飛ぶ異国のどくんどくんと拍動する楽器の中心部にくるまれているような気がした。

おたがいに腕をまわし、恐る恐る隣り合って座りながら、カササギのすばやく動く翼のすきまから下界を覗きこむ。

ふたりは暗い海に浮かんでいた。合肥の街明かりがふたりの足下に広がり、あたかも脈打ちながら、後退していくクラゲのようだった。

「寒くなってきた」ユアンが言った。髪の毛をムチのように顔に吹きつけてくる風に身震いする。

「凄く高いところを飛んでる」と、ヂィンは言った。彼女はサマージャケットを脱ぎ、ユアンの肩にかけてやった。ユアンはジャケットの襟《えり》に鼻を寄せ、香水の残り香を吸いこんだ。薄手の生地はろくに寒さしのぎにはならなかったとはいえ、ユアンの心が温かくなった。

すると、ユアンは自分を叱った。ヂィンにいましがた別れを切りだされたばかりなのに、自分はこんなに愛に餓《かつ》え、こんなに情けない様子をしたらいけないんだ。危ないときにヂィンにしがみつくのはいいけど、ふたりはもう安全だった。そっとユアンはヂィンにまわしていた腕を外し、身をくねらせて相手の腕も外した。澄んだ、凍えるくらい冷たい空気のなか、顔を起こし、ヂィンから離れようと、おたがいのあいだに少し距離を空けようとした。

「蘇軾《そしょく》の詩を思いださない？」ヂィンが囁《ささや》いた。ユアンは渋々うなずいた。ヂィンは文学好きで、どんな場面でもそれにふさわしいすてきな言葉を知っているのだった。

半分ベールで隠された微笑のような半月が、暗い空に青白く浮かび上がっていた。カササギの背に載って上昇するにしたがって、月はどんどん明るさと大きさを増していった。

ヂィンは宋《そう》代の詩人の言葉を流行《はや》りの曲に合わせて歌いはじめ、少しして、ユアンもそれに加わった。

月よ、いつ現れた？
天に問い、酒杯を掲げる。
雲間の宮殿でも
時はおなじように過ぎていくものなの？
風に乗って天の宮殿に上っていきたい。
だけど、翡翠の柱廊玄関、軟玉の梁に囲まれ、
そんなに高いところにいると寒いよね。

わたしたちは月が落とす影といっしょに踊るよ、
地上にいるほうが楽じゃない？

月の銀の光が窓を斑にし、
眠れぬ夜を照らしている。
月よ、わたしたちが嫌い？
別れるときに限ってなぜ満月になるの？

踊り手とその影のようにふたりの若い娘は、それぞれ別個に、自分たちとおなじように若く、眼下の大地とおなじように古いハーモニーに合わせて体を揺らした。

七月七日　　ケン・リュウ

「ほら、みんな現実だよ」と、ヂィンが言った。

カササギたちはふたりを雲の上に持ち上げると、水平飛行に移った。綿《わた》のようにフワフワした霧の上を滑空《かっくう》していると、遠くに晩夏の月明かりに浮かび上がる、天上の街が見えた。山型食パンのような建物で成り立ち、そこここに尖った塔が立っている。街の色合いは、氷のような青、翡翠のような緑、象牙のような白。建物の建築様式は西欧風でもなく中国風でもなく、それらすべてを超越したなにかだった――まさに天国のようにすばらしい、神々の宮殿だ。

「ほんとにあそこに神さまが住んでいるのかな」ユアンは言った。口にしなかったのは、密かな希望だった――わたしとヂィンがカササギに選ばれて天国へのこの旅に連れてこられたのは、わたしたちが牛郎と織女のような特別なペアだと神々が思ったから――その考えには昂奮と悲しみの両方が混じっていた。

そして、ふたりは銀河にたどり着いた。それは長江《ちょうこう》よりも河幅があり、まるで太湖《たいこ》のように、対岸がかろうじて水平線に見えていた。川の流れは激しく、暴走する馬のように唸りを上げ、合肥の共同住宅の建物ほどの高さのある巨大な波が岸に打ち付けていた。

「ねえ、水の上まで運ばないで！」ディンは叫んだ。だが、カササギたちはディンの言葉を無視し、河に向かって飛びつづけた。

「橋をかけるつもりだ」ユアンは言った。「七夕の伝説、覚えてるでしょ？」

　まさしく、さらなるカササギの群れが現れた。ふたりの娘を運んでいる群れとともに、あらたなカササギたちは小川のように集まって、一本の大河を形作った。カササギたちは水面の上を浮かぶように飛び、あらたに飛んでくるカササギたちが群れの先端を対岸に向かって伸ばしていった。銀河にアーチ型の橋をかけようとしていた。

「この写真を撮らなきゃ」そう言ってユアンは携帯電話を取りだした。

　携帯電話からぶら下がっている水晶の猫のお守りが月明かりを捕らえ、きらきら輝いた。ユアンのまわりにいたカササギたちがいきなりさえずり、お守りを目がけて飛びかかり、携帯電話をユアンの手から払い落とした。そしてたちまちさらなるカササギたちが橋をかけるのを忘れ、きらきらした安物の飾りを追いかけ、収拾がつかない状態になった。魔法のような任務を帯びていたとしても、鳥は鳥でしかなかった。

　それか、鳥たちですら、あたしたちが特別なペアなんかじゃまったくないことを悟ったのかもしれない、とユアンは思った。お守りのほうがずっと興味を引かれるものなんだ。

　ユアンは自分の携帯電話を心配そうに目で追った。もしセイが怖い夢を見て目を覚ましたら、あたしに電話をかけてこようとするかもしれない。もし母さんがあたしよりまえに家に帰ってきたなら、あたしがどこにいるか心配するかもしれない。

携帯電話を取り戻さなきゃ。鳥たちが携帯電話を自分の近くに跳ね返してくれればいいのにとユアンは願う。そうしたらさっとつかめる。

ところが、自分を支えてくれていたカササギもお守りを追いかける追跡に加わろうとして群れから外れ、あたらしいカササギが補充されなかったため、そうした心配どころではならなくなった。ユアンの体重は、任務に留まっていた数少ないカササギでは支えられなくなり、ユアンは落ちはじめた。悲鳴を上げる暇すらなかった。

だが、そのとき、力強い手がユアンの右手首を捕らえ、墜落《ついらく》を阻止した。ユアンが見上げるとヂィンの顔があった。ヂィンはカササギの橋にうつぶせになり、懸命に片手を伸ばしてユアンの手をつかみ、反対の手で自分のハンドバッグをまさぐっていた。

「離して！」ユアンは叫んだ。「あなたも落ちてしまう！」ヂィンの手を握りしめている自分の両手の大きさに世界が縮んでしまった気がした。彼女の温かく、青白い肌をつかんでいる両手に。ユアンは相手の手を振りほどこうとしたが、できなかった。

「馬鹿なこと言わないで」あえぎながら、ヂィンが言った。

カササギたちは輝くお守りを狙ってたがいに争いつづけており、ユアンの携帯電話は水切り遊びの石のように群れのなかでひょこひょこ上下していた。カササギたちは生きた橋を水面にかける作業を中断してしまった。

ヂィンはやっとのことでハンドバッグから自分の携帯電話を取りだした。そのはずみでハンドバッグが橋の端を乗り越えようとしていたのをヂィンは気にしなかった。ハンドバッグは橋の下

七月七日　　ケン・リュウ

のうねる波に呑みこまれてしまうだろう。手探りで、ヂィンは短縮ダイヤルの第一ボタンを押した。

ユアンの携帯電話が生き返り、振動と発信音を立てはじめた。驚いたカササギたちはパニックを起こして飛び退《の》き、携帯電話は一瞬、中空に留《とど》まったのち、落ちはじめた。どんどん速さを増して落ちていき、ついには銀河に姿を消して、あとかたもなくなった。

ユアンはがっかりした。あの猫のお守り、ヂィンからもらった最初の贈り物が永遠に無くなってしまった。

「あなたを短縮ダイヤルに登録していてよかった」ヂィンは言った。

「どうしてここで電波が通じるんだろう?」

「こんなことが起こっているというのに、気にするのはそこ?」ヂィンは笑い声を上げ、一拍間を置いてから、ユアンもそこに加わった。

カササギたちは悪い夢から覚めたかのようだった。一斉《いっせい》にやってきて、ユアンを橋まで運び上げた。いったん娘たちが安全になると、橋の中央にふたりを残し、果てしない水と霧の上にぶら下がる橋を、銀河の対岸までかける作業をつづけた。

「あやうくカササギたちに架橋を失敗させてしまうところだったね」ユアンは言った。「今年、牛郎と織女が会えないとなれば、とても残念なことになるだろうから」

ヂィンはうなずいた。「もうすぐ午前零時になる」彼女はユアンの顔に浮かんだ表情を見た。「家にいないことを心配しないで。七夕の夜には悪いことは起こりっこない」

「七夕に興味はないと思ってたけど」

「うーん、ちょっとだけあるかもしんない」

ふたりはそろって橋に腰を下ろし、銀河に上ってきた月を眺めた。今回は、ユアンはディンの手を離さなかった。

七月七日　　ケン・リュウ

「彼女がくる」ユアンが言った。勢いよく立ち上がって、橋の東岸を指さす。カササギの橋の上にしばらくいたせいで、羽ばたく翼の上で踏ん張るのにそれなりに慣れつつあった。

遠く、ときおり橋の上にふわりと漂ってくる霧を通して、小さなひとつの人影が自分たちのほうに近づいてくるのが見えた。

「彼もくる」ディンが言った。彼女は反対側を指さした。霧越しに別の小さな人影がゆっくり、じわじわと近づいてくるのが見えた。

ふたりは立ち上がり、隣合って待った。あちらとこちらを交互に見ながら。伝説の恋人たちというペアの年に一度の再会に立ち会うのは、わくわくさせられることだ。ひょっとしたらTVスターに会うよりもすごいことかもしれない。

橋の両端からやってきたふたりの人物は、その姿がはっきり見えるくらいユアンとディンに近づいた。

東側から老女が近づいてきた。祖母とおなじくらい、いや、それよりもずっと年上かもしれない、とユアンは思った。腰が曲がり、杖をついて歩いている。だが、彼女の皺《しわ》だらけの顔は、はるばるここまでやってきた達成感に健康に輝いていた。唐朝風の服をまとい、その姿はユアンにはすてきに見えた。吐息が冷たい空気に白く弾んでいる。

霧を抜けて、西から老人が姿を現した——背筋を伸ばし、脚が長く、細く引き締まった腕を大きく振っていた。豊かな白銀の髪の毛は老女とおなじだが、その顔は老女以上に皺だらけだった。老女の姿を目に止めると、老人は目を輝かせて、晴れやかに笑みを浮かべた。

「ふたりの姿は——」ヂィンが声を潜《ひそ》めて言いかけた。

「——期待したものとは違ってる?」とユアンがそのあとをつづけた。

「神仙は歳を取らないものだとずっと思ってたけど……まあ、老けないと考える理由はないよね」

うっすらとした悲しみがユアンの心を過《よぎ》った。ヂィンが年老いた女性になっているところを想像しようとする。その痛みにまた涙が込みあげてきそうになった。ユアンはヂィンの手をぎゅっと握りしめた。するとヂィンも握り返してきて、ユアンを見て、ほほ笑んだ。

老人と老女は、若い娘たちが立っているところから数歩離れた橋のまんなかで出会った。ふたりはヂィンとユアンに丁寧に会釈してから、おたがいをしっかり見つめた。

「お元気そうでなにより」織女が言った。「息子の大郎《ダアラン》から、このまえ家族といっしょにあなたを訪ねたら、背中を痛めていたとうかがいました。ことしはここまでこられないんじゃないかと心配してましたよ」

「ダァランは、いつも大げさなんだよ」牛郎は言った。「あいつがくると、わしはくしゃみも咳もできやせん。そんなことをすれば、月にいって、嫦娥《じょうが》に金木犀の薬草《ハーブ》をもらってこいとしつこく言ってくるに決まっとる。この老骨は、これ以上薬を飲んでもしかたないのだ。あいつは、弟が医者になりたがらなかったことにおまえやわし以上にがっかりしているのだろう」

ふたりは笑い声を上げ、子どもたちや友人たちのことを話題にして雑談を交わした。

「どうしてキスしないんだろう?」ヂィンは小声でユアンに訊いた。

「それって西洋の習慣だよ」ユアンは囁き返した。「牛郎と織女は、古いタイプなんだ」

「そんなことないと思うな。インターネットの書きこみで、古代中国の人々はキスをしていたという主張を見た――だけど、とにかく、ふたりはとても離れて立ってるね!」

「友だち同士みたい。恋人同士じゃなくて」

「好奇心旺盛なお客さまがいらっしゃるようですね」そう言って織女は若い娘たちを振り返った。怒っている声ではなかった――それどころか、面白がっているようだった。

「ごめんなさい」ユアンは謝った。顔が火照《ほて》ってくるのがわかる。「無礼を働くつもりはなかったんです」ユアンはためらった。この老婦人を〝七仙女〟と呼ぶのは、ひどく筋違いなことに思えた。そのため、ユアンはこう言い添えた――「織女お祖母さま、牛郎お祖父さま」

「つい思ってしまったんです」ヂィンが言った。「その……あの……おふたりはもっと……情熱的なんじゃないか、と」

「笑い合うのを減らして涙を増やし、愛の詩を詠み上げろというのかな」目に穏やかな笑みを浮かべて牛郎が言った。

「ええ」とヂィン。同時に「いいえ」とユアン。

織女と牛郎は高らかに笑い声を上げた。牛郎は言った。「気にするでない。カササギどもは何千年もこの橋をかけてきて、たまに客を連れてくることがあった。わしらはあれこれ訊かれるのに慣れておる」

織女はユアンからヂィンに視線を移し、また元に戻した。「ふたりは好き合っているのかな?」

「はい」とヂィン。同時に「いいえ」とユアン。ふたりはきまり悪そうにおたがいを見た。

「おや、そっちのほうが聞く価値のある話がありそうだ」と織女。

「好き合っていたんです」ユアンが言った。

「でも、わたしが離れていくんです」ヂィンが言った。「わたしたちは太平洋をはさんで離ればなれになるんです」そしてふたりは、自分たちの話を牛郎と織女に打ち明けた。伝説の恋人たちに思いのたけをぶちまけるのが至極《しごく》正しいことに思えた。

「なるほど」織女は共感の意をこめてうなずいた。「ああ、よくわかりました」


最初、わたしは落ちこみました。くる日もくる日も銀河のほとりに佇《たたず》み、夫と子どもたちを恋しく思いました。心のこの痛みはけっして消えないだろうと思ったものです。わたしは機に触れるのを拒みました。祖父が怒っているというなら、だれかほかの者に日暮れ時を織らせればいいんだ。わたしはもうやらない。

はじめてカササギの橋で再会したとき、牛郎とわたしは、ずっと泣き通しでした。子どもたちはまたたくまに大きくなろうとしており、わたしはとても心苦しくなりました。そこで、ふたたび別れなくてはならなくなったとき、牛郎が一計《いっけい》を案じました——彼はカササギに頼んで、ふたりの赤ん坊とおなじくらいの重さの石をふたつどこかから運ばせると、息子たちを橋まで連れてきたのとおなじように両端に籠を吊るした一本の棒を肩に担いで家に帰りました。だれもが子どもたちは父親といっしょに帰ったと思いました。ですが、だれにも気づかれずにわたしはふたりの子どもを背負って連れ帰ったのです。

それ以降、毎年、橋の上で会う際、わたしたちはふたりの子どもを渡し合いました。ふたりは一年おきにわたしか牛郎と過ごしたのです。両親が揃《そろ》うことはなくとも、ふたりは両親のどちらかと一年おきに過ごせたのです。

会うたびにわたしは自分の機織り小屋の寂しさを、わたしの機からときどき聞こえる泣き声のことを夫に繰り返し話しました。すると夫は、わたしたちが家族としていっしょに出かけていたのとおなじ牧草地に牛の群れを連れていき、家族がわかちあっていた幸せを追体験しようとした様子について話してくれました。放牧過多のせいで牧草は痩せ細り、牛たちが骨と皮だけになってしまったと言うのです。

すると、子どもたちが少し大きくなり、自分で歩けるようになったある年、牛郎はわたしを抱いて、きみが悲しそうにしているのをもう見たくない、と言いました。

「われわれはこの一日のため丸一年生きている」牛郎は言いました。「自分たちの人生をみすみす無駄に費《つい》やしてしまっている。朝から晩まで嘆《なげ》きながら機のまえに座っているのは、おかしい。われわれの息子たちが両親の人生が悲しみの人生であると考えなきゃいけないのは、おかしい。自分たちが手にできないものに焦《こ》がれるのが愛というものだと信じるようになるのは、おかしい」

「いったいなにを言ってるの?」と、わたしは訊ねました。わたしは腹を立てていて、その理由がわからなかったのです。この人は、わたしをもう愛していないと言っているのだろうか? 自分はずっと彼に誠実だったのに、彼はわたしに誠実ではなかったんだろうか?

「われわれがいっしょになれないのはわかってるだろ」牛郎は言いました。「ときに人には別れざるをえない事態が起こることがあるのを知ってるだろ。だけど、われわれはあらたな幸せをさがそうとはしないできた。われわれが悲しいのは、愛し合っているからだろうか？　それとも、愛という概念にがんじがらめになっている気がするから悲しいのだろうか？」

　わたしは彼が言ったことを考え、彼の言うとおりだとわかりました。わたしは自分たちの物語に、この一年に一度の逢瀬《おうせ》のために全人生を送っているという考えに慣れきってしまい、自分がなにを欲しているのかについて真剣に考えてこなかったのです。わたしは自分自身の伝説になってしまっていたのです。自身に語る物語がときに自分たちの真実を見えなくするのです。

「笑っているときのきみは美しい」牛郎は言いました。

「必死で自らを幸せにしようとするとき、わたしたちは美しい」わたしは言いました。

　そんなわけでわたしは機に戻り、牛郎への愛を機織りに注《そそ》ぎました。そうやって出来上がったのは、これまでに織った日暮れ時のなかでもっとも美しいもののひとつになったと思います。

　そうなってはじめてわたしは愛が限られたものでなく、無限の源泉であることに気づきました。自分がわが子の笑い声を、新旧の友人たちのおしゃべりを愛していることに気づいたのです。遠い彼方から匂いを運んでくる新鮮なそよ風を愛していることに気づいたのです。ほかの若い男たちに自分の鼓動が速くなることに気づいたのです。

　そして牛郎は牛の群れをあたらしい牧草地に連れていき、あたらしい歌を思い浮かべました。若い娘たちがやって来て、その歌声に耳を澄まし、彼は女性たちとの会話で心がはずむのに気づきました。

次にこの橋で会ったとき、わたしたちはそうしたことを話しました。わたしは彼の話を嬉しく思い、彼はわたしの話を嬉しく思ったのです。わたしたちは溺《おぼ》れるのを怖れているかのようにたがいにしがみついてきましたが、実際は、相手を先に進ませないように押さえつけていたのです。

「そんなわけでわたしたちはそれぞれ先へ進み、悲しみだけでなく、別の愛を、別の喜びを得たのです」織女は言った。

「あいかわらずわれわれは年に一回会っておる」牛郎が言った。「相手の近況を知るために。古い友は得がたいものなのだ」牛郎と織女は愛情をこめておたがいを見た。「友のおかげで正直でいられる」

「がっかりした？」織女が訊いた。

ヂィンとユアンはおたがいを見た。「はい」ふたりはいっしょに言った。だが、そのあとで、「いいえ」と同時に言った。

「では、あなたたちはもう愛し合っていないのですね？」ユアンが訊いた。

「あなたがその質問をするのは、もしわたしたちがもう愛し合っていないなら、わたしたちが抱いた愛は、どういうわけか本物ではなかったと思っているからでしょ」織女は真剣な面持ちになった。「だけど、過去は書き直すことができるものではないの。牛郎はわたしが愛した最初の男《ひと》だった。それは彼のあと、何回わたしが恋に落ちたとしても変わらない真実なの」

「別れのときだ」牛郎が言った。一行の足下のカササギが落ち着きをなくしかけていた。東の空が白みはじめている。

「きみたちは好き合っていたし、いまも好き合っている」牛郎は娘たちに言った。「なにがあろうと、それは、いつまでも事実なのだ」

「好き合っているあなたたちは、愛らしいわ」織女は言った。

牛郎と織女は軽く抱き合い、おたがいの息災を祈った。そしてふたりは背を向け、反対方向に歩きはじめた。

「見て！」ヂィンはそう言うと、ユアンの手を握った。

年老いた牛郎と織女がいたところに、いまや一組のぼんやりとした人影があった——若い男女だ。ふたりは、ユアンとヂィンがその場に存在していないかのように、強く抱き合った。

「すてきなカップルだったね」ユアンは言った。

「いまでもそうだよ」とヂィン。

そしてカササギの橋がばらばらになり、若い娘たちを地上に運んでいこうとすると、幽霊のような恋人たちが次第に月光を浴びて消えていくのをふたりは見た。


奇跡的にユアンの自転車は置いた場所にそのままあった。

歩道は相変わらず比較的人が少なかった。早朝から店をあける朝食専門店が開店準備をはじめたところで、温かい豆乳と揚げたての油条《ヨウティヤオ》の香りが広がっていた。

「急いで家に帰ったほうがいい」ユアンは言った。「飛行機に乗り遅れないで」

「それを言うなら、そっちも急ぎなさい。病気になりそうなくらいお母さんが心配するよ！」

ヂィンはユアンを引き寄せ、両腕を相手にまわした。ユアンは身を引こうとした。「人に見られるよ」

「かまわない」ヂィンは言った。「翡翠湖であの日、わたしは嘘をついたの。まえにほかの女の子にキスしたことがあると言ったでしょ。だけど、あなたが最初だったの。それを知っておいてもらいたい」

ふたりは抱き合い、泣きだした。通りすがりの人間のなかには好奇の目を向けるものがいたが、だれも足を止めなかった。

「毎日電話する」ヂィンは言った。「機会があれば、メッセするから」

ユアンは身を引いた。「だめ。決まり切った仕事みたいに考えてほしくない。あなたがしたいときに連絡してきて。で、連絡してこないなら、事情はわかる。なにが起ころうとあるがままにしてほしい」

すばやいキスをすると、ユアンはヂィンを押しやった。「いって、いって！」

ユアンはヂィンがバスに乗ろうとして通りを駆けていくのを見守った。ヂィンの乗ったバスが、鋼鉄でできた銀河のような大河である車の流れに乗り、角を曲がって見えなくなるのを見守った。

「愛してる」ユアンは小声で言った。そしてこの先、どう時が流れようとも、いまこの瞬間は永遠に事実のままなのだ。

【訳者注記】

本作に登場する蘇軾の詩は、中秋の名月を歌った『水調歌頭《すいちょうかとう》』をケン・リュウが英訳したもの。
該当箇所の原詩は――

明月幾時有
把酒問青天
不知天上宮闕
今夕是何年
我欲乘風歸去
又恐瓊樓玉宇
高處不勝寒
起舞弄清影
何似在人間
轉朱閣
低綺戸
照無眠
不應有恨
何事長向別時圓

書き下し文にすると――

明月幾時《いっ》よりかある
酒を把《と》りて晴天に問う
知らず天上の宮闕《きゅうけつ》
今夕これいずれの年なる

我風に乗じて帰り去らんと欲すれど
また恐るる瓊楼《けいろう》の玉宇《ぎょくう》
高きところ寒さに勝《た》へざらんことを
起ちて舞い清影を弄すれば
なんぞ似ん人間《じんかん》に在《あ》るに
朱閣《しゅかく》に転じ
綺戸に低《た》れ
無眠を照らす
応《まさ》に恨みあるべからざるに
何事ぞ長《とこし》えに別時《べつじ》に向《お》いて円《まどか》なる

（なお、この書き下し文は、主に『新修中国詩人選集6　蘇軾』小川環樹注［岩波書店］を参照させていただいた）
（古沢嘉通訳）

七月七日　　ケン・リュウ

作者あとがき

「七月七日」は、十代の読者のために私が書いた数少ない物語のひとつです。恋人たちのお祭りともいえる七夕の夜のこと。初めての恋をしているユアンとジィンというふたりの少女が別れを迎えています。ジィンがアメリカに留学することになったからです。彼女たちはそこで、東アジアの説話に登場する古《いにしえ》の恋人たち――牛郎と織女によって癒しを得ます。

作家として私はもちろん、昔話の力を固く信じています。それらの物語は私たちの祖先の記憶、彼らが大切にし、後《のち》の世にお手本として残した価値観を伝えています。ひとつの民族が長いあいだ蓄積してきた物語は、それ自体が生きた法であり、その最初の物語はその民族が危機の時代のみならず繁栄の時代をも賢明に生き抜けるよう導いてくれることでしょう。傲慢になりかねないときには謙遜を教え、想像もできない試練に直面しているときには慰めを与えてくれることでしょう。戦争をし、征服され、奴隷となっても崩れなかった民族であっても、祖先の物語への信頼を失ったら消滅してしまうのではないでしょうか。

しかし、昔話が生きた法としてその力を維持するためには、新しい語り手により継続して再解釈されねばならず、新しい聴衆とともに成長する必要があります。これが、文化的遺産をしっかり保存し、尊重するための唯一の道です。昔話は本の中に固定されているのではなく、毎晩、不滅の存在が真紅、赤紫、赤みがかった青、その間のすべての色で西の空を果てしなく彩る多彩で美しい雲のように常に流れつつ、絶えず変化することでしょう。そのようにして、変化の時期にも消滅することなく、長く続いていくことでしょう。

（小西直子訳）

年の物語

レジーナ・カンユー・ワン

The Story of Year

Regina Kanyu Wang

レジーナ・カンユー・ワン（王侃瑜）は中国のＳＦ小説家で、中国の二大小説賞のひとつである星雲賞を受賞している。中国最大ＳＦファンダム組織 Applecore の共同設立者で、世界中国ＳＦ協会ＷＣＳＦＡの理事も務めた。ＳＦとファンタジー作品を発掘、企画するエージェント Storycom でインターナショナルＰＲマネージャーをしている。

（小西直子訳）

年《ねん》は無人の通りに立ち、やつらはみなどこにいったのだろう、と思った。昔は、戸や窓をしっかり施錠した家にこもっていたのに、いまは、今回は、どの戸もひろく開け放たれていた。年は少しばかりむっとした。山の高いところにある洞窟からはるばるこの街にやってきたというのに、ここにはだれもいないのだ。くるのが遅すぎたんだろうか？　春の気配はわかる。昔は大勢の連中が叫んで、飛び跳ね、耳障《みみざわ》りな音を立てていたものだ。それがどうだ、いまはだれも姿を見せない。この街はひどく静まり返っていた。静かすぎる。

年はこの静謐《せいひつ》さを気に入ったが、罠は嫌いだった。沈黙は罠を示唆《しさ》しているかもしれない。何年もまえのことだが、連中は沈黙を餌《えさ》にして、年を街の中央に誘いだし、竹を焼いて耳を聾《ろう》せんばかりの騒音を立てた。やつらは赤をまとい、赤い布を振りまわし、赤い紙で家を飾った。あの狡猾《こうかつ》な連中、やつらは年がなにを怖れているのか突き止めたのだ。年は騒音や赤い色が耐えられず、ねぐらに逃げ帰った。竹の破片で皮膚を切った。炎や赤い色で目を傷めた。次の年《とし》やその次の年《とし》も年はねぐらを離れられなかった。結局、恢復《かいふく》には想像以上に長い歳月を要した。やがて年は眠りに落ちた。小川が流れ、花が咲き、甘い香りが充ちている静謐な緑の谷を夢に見た。

目を覚ますと年の胃袋がぐーぐー唸った。飢《かつ》えと腹立ちはいつも同時に訪れる。年は山をひとっ飛びし、悠々と通りを進み、次々と家に飛びこんで、おのれの恐ろしさを見せつけようと咆吼《ほうこう》したが、まったくだれにも会わなかった。数多くのあたらしい、見慣れない光景を見た——車輪がついているでこぼこした鉄の箱、かわりばんこに光る赤や緑の明かり、薄い大きな反射板でできた壁。これは年の見覚えのある街ではなかった。年がいったことのあるどの街とも異なっていた。いったい何年、年は寝ていたのだろう?

「やあ、とうとう年の到着かい?」角を曲がって小柄な人影が現れた。

人の子だ! 年は少年に駆《か》け寄り、すばやく地面に組み伏せた。年の二本の前脚で少年の肩を押さえつけ、鋭い歯を首に立てる。

「待って、待って!」少年は叫んだ。

年はそれを無視して、指を曲げた。いまや涎《よだれ》が少年の顔に滴り落ちようとしていた。年は空腹だった。食べ物が必要だった。

「ぼくがきみをここへ召喚したんだぞ」少年は言った。「そんなぼくを食べようなんて、恩知らずじゃないか」

「召喚したとはどういう意味だ?」年の前脚の力がほんの少しだけ弱まった。

「そうだな、きみは何年も姿を消しており、人はきみのことをすっかり忘れてしまったんだ。きみについて書かれていたものをぼくは読み、きみを呼び戻そうとした。ぼくがいなきゃ、きみはここにいないんだぜ」

年は少年を解放した。「では、おまえはおれを怖れていないんだな」

「もちろん怖くない」

年はため息をついた。ここには食べ物がない。

「そんなにがっかりしないでくれ。きみだけじゃないんだ。ぼくはなにも怖れていない。いっしょにきてくれれば、もっと説明しよう」少年は立ち上がると小走りにまえに進んだ。

年はあとについていった。年がいましがた目にした反射板のように、少年の背が日の光を反射した。なんて世界だ！

少年は年を狭い路地に導いた。その行動に年はとても不安になった。

ずいぶんまえに年はこれとおなじような罠にはめられたことがあった。二度とだまされはしないぞ、と年は決心し、動くのを止めた。しかしながら、年は逃げる必要を覚えていなかった。年は化け物だった。今朝、角と歯を尖《とが》らせるのを忘れなかったのだ。年は怖れる必要がなかった。

年はその場に腰を下ろし、どっしり構えて、まわりの様子をうかがった。

両側にある建物は、背が高く、空に突き刺さろうとしているほどだった。あんな建造物の屋根に飛び乗れるとは思わなかった。建物の丈がはるかに低かった昔には、よくそうしたものだ。高いところにのぼれば、景色がよく見え、罠を予見できた。年はじっくり考え、油断しなかった。

少年が戻ってくると、ひとつの建物のガラス張りの外壁をのぼろうとして、年がまた落ちてしまったところだった。

「なにをしてるの？　どうしてぼくについてこなかったの？」少年は訊いた。

「ああ、おまえか」年はあおむけの姿勢から立ち上がった。「おれは……その……運動をしてたんだ。ほら、あまりにも長いあいだ寝ていたので、運動が必要なんだ」

「だけど、その壁はガラス製で、滑りやすいよ。それをのぼるのは無理だ。あ、そうか！　きみはパルクールをしてたんだ。クールなスポーツだったね、消えてしまって久しいけど」

「そうだ。ああ、そうとも。昔好きだったんだが、ずいぶん長いこと練習してなかった」

年はパルクールがなんなのか知らなかったが、適当に話を合わせた。

「もしきみがその気なら、パルクールにもっとうってつけの場所があるよ。都市の西地区に。ここは東地区で、通りの幅が広すぎるか狭すぎるんだ。それに摩天楼《まてんろう》しかない。パルクールには向いていない場所だ。西にいこうか？」

「ああ、西か。いこうじゃないか。いや、待て、むしろまず南のほうを見たいぞ」都市とはなんだ？　たぶん街のあたらしい名前だろう。年は訊かないことにしたが、もし少年が西へ連れていきたがるなら、西には罠があるかもしれなかったので、南を選んだ。

「わかった、それでいいとも」少年は肩をすくめた。「実を言うと、夜には南へいこうと計画していたんだ。でも、いまからそっちへいくのもかまわない」

年はおのれを引っ叩きたかった。南に罠があるなら、夜にならないと用意が整わないことを願った。


「で、おまえはなんという名だ？」もっと情報が欲しくて年は道中、会話を試みた。

「仁《レン》と呼んでくれればいい。第二声だ。中国語で慈悲を意味する。人間を意味する文字〝人〟とおなじ発音さ。ぼくの兄弟はみんな漢字にちなんだ名前が付いていて、ぼくは長男なんだ」

「おまえの兄弟はどこにいる？」それは年がまさに訊きたかった質問だった。

「ぼくの兄弟？」

「ああ、おまえの兄弟とほかの連中だ。おまえたちのなかで、おまえしか見ていない。それは普通じゃない。昔はおおぜいいたぞ」

「ああ、きみがぼくらの仲間に会ったことがあるとは知らなかった。いま残っているのはぼくだけさ。ほかの連中はみんないなくなった」

「いなくなっただと？　どこにだ？」

「いなくなった。消えた。もう存在していない。雨に流された涙のように」

「すまん。知らなかった」

「気にしないでくれ。ぼくは悲しくないんだ。ぼくは悲しみを感じられないし、ほかの感情も感じられない」

年はホッとした。仁は嘘をついていない、と年は信じた。やつらがみないなくなってしまったというのであれば、罠を心配しなくてよかった。しかしながら、すぐに今度は食べ物の心配が浮かび上がった。やつらがみないなくなったというのなら、年はどうやれば食事ができるのだろうか？　たったひとり残っている仁は、年をまったく怖れていない。年の腹がまたぐーぐー鳴った。

「さあ着いた」

彼らのまえには、なにもないひらけた場所があった。建物はなく、木もなく、もちろん、人間はどこにもいなかった。なにもない。

「ここなのか？」

「そうだよ」

「だが、ここにはなにもない」

「そうだね」

「では、なぜおまえはおれをここに連れてきたんだ?」

「あー、正直な話、きみが南にいきたいと言ったからさ」

「なるほど。で?」

「そうだな、夜になるまでここで待つことができる。そのときになればなにか起こるだろう。あるいは、ひょっとしたらぼくがきみに見せられるかもしれない……元々、きみを西地区の博物館に連れていき、まず話をしようと考えていたんだけど……こうなったら……うん、博物館にいく必要はないな。でも、約束してもらわないと」

「なにを約束するのだ?」

「彼らを食べないと」

「だれを食べるのだ?」

「人間を」

「まだ人間がいるのか?　連中はみんないなくなったと言ったじゃないか!　待った、おまえは連中の一員ではないのか?」

「もちろん、ちがうよ。ぼくはロボットだ」

「それはなんだ?」

「人間によって作られた知能を有する種さ。彼らの子どものように。だけど、彼らの実際の子どもじゃない。人間は炭素ベースだけど、ぼくはケイ素ベースなんだ」

「ほぉ」

「だから、どのみち、きみはぼくを食べられないんだ」

「どのみち、おまえを食べたいとは思っていない」

「きみのため、栄養補給パックを見つけられると思う。すまないが、生きた動物はいない。昔は、農場に少しはいたんだけど、合成タンパク質がはるかに効率的で、人間がもはや味を気にしないのがわかると、ぼくはすべての農場を閉鎖したんだ。きみをもてなすのに最善を尽くすつもりでいるけど、でも、約束してもらわないとならない。人間を食べないと約束してほしい。もうすごく少ないんだ」

「おれは人間を食ったことはない」

「そうなの？　あらゆる民間伝承では……」

「みんな嘘だ。当ててみよう、そうした民間伝承は口承で伝わってきたんだろ、世代から世代へと。権威のある古典に記載されたものはひとつとしてないのでは？」

「データベースを確認させてほしい。きみの言うとおりだ。年なるもの《ジ・イヤー》の物語は……」

「おれは年なるもの《ジ・イヤー》じゃない。おれは年だ。だれかの名前のまえに定冠詞を付けないだろ？」

「わかった。年の物語は、広範に普及しているけど、古典や古代の記録にはいっさい見当たらない。『山海経《せんがいきょう》』にはない。『捜神記《そうじんき》』にはない。『聊斎志異《りょうさいしい》』にも、『子不語《しふご》』にもない。これは変だ。ぼくはいろんなところできみの話をたくさん読んだ。あらゆる中国の民間伝承に登場する。もしきみが実在していないのなら、ぼくはいまだれと話しているんだろう？」

「おれは実在しているが、年の物語はそうじゃない。噂だ。おれは菜食主義者だ。ある程度は」

「どうしてそんな噂が出回ったんだい？」

「話せば長くなる。簡単に言うと、血を流している死体のそばにいるおれをたまたまどこかの村人が見かけたんだ。いや、その時点では女は生きていたので、死体じゃなかった。村人たちはおれが女に怪我を負わせ、食べようとしていたと考えた。連中は震え上がって、村に走って逃げ帰り、ほかの村人たちに話し、その連中がさらに話を広げた」

「じゃあ、ほんとは、きみは心根の優しい化け物なのかい？　ああ、化け物なんて言葉を使ってごめん。だけど、きみは死にかけた女性を救おうとしていて、村人たちが誤解したというの？」

「いや、いや、いや。おれは女を救おうとしていたんじゃない。たんに女を見つけ、そのとき女は死にかけていた、それだけだ。虎が女を襲ったようだ。昔々、山にはたくさんの虎がいた。おれは化け物であり、おれは優しい心根の持ち主じゃない」

「でも、菜食主義者と言ったじゃない」

「おれは肉を喰わん。実際のところ、なんらかの……実体のあるものは喰わないんだ。おれは恐怖を餌にしている。だから、おれが人間を喰うと連中が考えるのは役に立つんだ。やつらがおれを怖がる。するとおれは食べ物を得る。そういうわけで、おれは噂が広まるに任せたんだ」

「なるほど。だから、ぼくがきみを怖がっていないのを知って、逃がしてくれたんだ」

「そのとおりだ。おれを見て怖がるよりも喜んでいるなら、意味がないことになる」

「ぼくは喜んだり、怖がったりしないよ。だけど、きみが彼らを食べるつもりがないとわかった以上、彼らに会わせてあげる。きて」

年は仁のあとを追い、秘密の落とし戸を潜り抜け、地下を歩いた。

「彼らがみな地上で暮らしていた時期があったんだ」仁は言った。

「ああ、最後におれがここにきたとき、連中は全員地上で暮らしていた。おれを怖がっていたとしても、連中のだれも地下には隠れなかった」年は言った。

「その後、彼らはきみを追い払う方法を見つけた」

「あれは楽しい思い出じゃない」

「だけど、きみは爆竹《バオジュー》が禁じられてからも戻ってこなかった」

「それには気づかなかったんだ。もう竹を燃やしていないのか？」

「長いこと燃やしていないよ。彼らは爆竹を発明したんだけど、その後、自分たちの発明品を禁止したんだ」

「なぜだ？　おれが二度と戻ってこないだろうと確信していたのか？」

「いいや、大気汚染のせいだよ。人間はもうきみの存在を信じていなかったんだと思う。大気汚染物質を禁じるころには」

「大気汚染とはなんだ？」

「この惑星の大気に悪い意味で影響を与える一部の有害物質のことさ」

「どうやって？　こんなにも大きな惑星なんだぞ。惑星が丸いのは知っているが、反対側まで旅をしたこともないぞ」

「人間に訊いてよ。彼らはどうしようもなくなったときに環境を調整するのが得意だったんだ」

「で、連中は地下に逃げたのか？」

「そういうわけじゃない。この都市は安定した天候を自動調整するシステムを持っていたので、惑星が陥《おちい》っている環境は、ここではあまり影響がなかったんだ。その反面、大災害のあとで外部環境が恢復しはじめたとき、ここではまるで死んでいるかのように事態が止まっている状況だった。ぼくは彼らを地下へ移動させ、惑星のこのエリアがおなじように恢復できるよう、環境封鎖を解除したんだ」

「で、いまは、連中はみんなここにいるのか？」

「ぼくの知るかぎりでは、ここにいないほかのだれも地球的大災害を逃れられなかっただろうな。ひどいものだった」

「しかし、少なくともおれは洞窟にいたのに生き延びたぞ」

「きみは彼らのように脆弱じゃない。なんてったって、年なんだから」

「で、連中はどれくらい残っているんだ？」

「いまにわかる」

ふたりはトンネルの終点にやってきた。仁はドアを押しあけた。その部屋には何十万もの棺桶《かんおけ》が横たわっていた。この状況を描くのに年が思いつく言葉が棺桶という言葉だった。年は以前に棺桶を見たことがあった。だれかが死ぬと、人間たちは死体をこれに似た形をした木の箱に収め、地中に埋めるのだった。ここの棺桶は透明で、土を被せられていなかったが、とにもかくにも、この部屋全体が地下にあった。棺桶は紐で結びつけられており、ぶーんと言う音が部屋に充ちていた。年はひとつの棺桶に近づき、ひとりの人間がそこに横たわっているのを見た。その女の目は閉じられていたが、顔に笑みを浮かべていた。次の棺桶も同様だったが、ただしなかにいるのは男だった。反対側にある次の棺桶、その次の棺桶もまったくおなじだった。年はぞわっとした。

「こいつらになにがあったんだ?」年は訊いた。

「なにもない。彼らは長いあいだ、このようにしている」仁が言った。

「死んでいるようだが、幸せそうだな」

「死んでる?　いや、いや、いや。彼らは生きていて、人生を楽しんでいるんだ」

「こいつらは寝ているのか?　棺桶で寝ているのか?」

「うーん、そうでもあり、そうでもない。彼らの肉体は眠っているけど、脳は機能しているんだ。ここでぼくらが過ごす一瞬一瞬が、彼らにとって、第二の現実での一年に当たるようなものなんだ。二度目の現実では時間が存在していない。永遠のようなんだ」

「では、こいつらは夢を見ているんだな」

「ある意味では。ただし、その夢は彼らにとって現実なんだ」

「目を覚ますことはあるのか?」

「なにか理由がないかぎり覚まさない。ほら、だからきみをここに召喚したんだ。きみが力を貸してくれるんだ」

「おれが?」年は困惑した。「こいつらがまだ存在していることをおまえはおれに知らせないようにしていると思っていたぞ」

「まあね。でも、それは約束してくれるまえの話。危険を冒《おか》せなかったんだ。だけど、もうぼくらはおたがいのことを知っているので、安心して助けを求めることができるんだ」

「資源の消費を減らすため、連中の一部を食べることでか?　だが、おれは食べないぞ……」

「ちがう！　なにを考えているんだい！　彼らに年《とし》の概念を取り戻させてほしいんだ。彼らはあまりにも長いあいだ、この棺桶《かん》――すばらしいメタファーだ、ありがとう――のなかで暮らしてきている」

「どういたしまして。だが、わからんのは……」

「まず、聞いてほしい。鮮明な第二の現実と、彼らを地下へ移動させたあとですら、彼らのためにぼくが維持してきた安定した気温システムによって、人間たちは季節の違いを感じ取れなくなり、年月の経過を気にしなくなっているんだ。新年は、未来につながる瞬間であるかわりに、抽象概念になっている。未来への希望がない状態では、彼らは目を覚ましたがらない。むりやり起こしたところで、完全に時間のなかで取り残されてしまうだろう。彼らは第二の現実に満足して、成長を止めてしまったんだ。繁殖もしないんだ。ここに見える人々は、この惑星の人類の最後の世代さ。彼らは若く、同時に年老いてもいる。ぼくは彼らを助けようとしたけれど、できなかった。大災害のあいだに数十億人の人類がいなくなった。それはぼくの兄弟たちもおなじだった。ぼくは命を救おうと最善を尽くした。もう彼らを失いたくないんだ」

「おまえはとても親切なやつだな。だが、どうやったら助けられるのか、おれにはまだわからん。おれはここにいる。年はここにいるのに、こいつらはまだ眠ったままだ」

「いろいろ調べてみたところ、信念が大事だとわかったんだ」

「信念？」

「うん、かつて人々はきみの存在を信じていた。だから、きみが現れ、彼らを怯えさせた。きみが二度とこないとか、きみが存在すらしていないとか彼らが信じると、ぼくがきみの存在を信じるまで、きみは自分の夢のなかで眠っていた。それがきみをここへ召喚した方法さ」

「だとすれば、どうやってこいつらにおれの存在をもう一度信じさせるんだ？」

「条件反射に似ていることを」

「それはなんだ？」

「きみを飛び越えるべきハードルだと彼らに考えさせる必要がある。彼らはよりよき未来が待ち受けていることを信じなければならない。大災害のあいだ、現実の未来は不確かである一方、第二の現実での現在は満足いくものであったため、彼らは内にこもるほうを選んだんだ。ぼくらがやらなきゃならないのは、未来が年々、どんどんよくなると彼らに信じさせることだ。だから、きみには彼らに打ちのめされて、毎年逃げ帰り、翌年戻ってくる恐ろしい化け物の役を演じてもらえばいい」

「それは昔おれがやっていた役であり、得意だ」年はそれほど悔しそうな声を出さないように努めた。

「じゃあ、協力してくれる？」

「考えさせてくれ」

「そうすることできみも食べ物を手に入れられる。人々はきみを怖がるだろう」

「おれが協力しなくても、おまえはこいつらを起こすのか？」

「それでも起こそうと思う。彼らは永遠にこのままではいられない。ヒトという種が絶滅してしまう」

「じゃあ、おれも仲間に入れろ。食べ物のために」

「すばらしい、ありがと！　きみは親切だとわかっていた。じゃあ、感謝の印に一杯奢らせてくれ。新年まで、彼らが目を覚ますまで、まだ少し時間がある」

「おれが唯一の存在である年であり、不特定の新年ではないぞ。それにおれは親切じゃない」


年と仁は街で一番背が高い建物に座った。年が驚いたことに、外壁をのぼる必要がなかった。仁に誘われて建物のなかに入ると、仁はボタンを押し、ひとつの箱が降りてきて、ふたりを上まで運び上げたのだ。ふたりは街全体を見渡した。年は、この街がいままで訪れたことがあるどの街よりも大きいことに気づいた。建造物が地平線の果てまでつづいており、そこで空とつながっていた。その建物群を何本かの線が通り抜けており、あきらかに乗り物が通れるように設計されたものだが、動いている乗り物はなかった。あらゆるものが静止し、静まりかえっていた。その様子に年は、山の頂にある自分の洞穴を思いだした。洞穴から下を見たとき、その景色はいまここで見ているものと似通っていた。ただ、山の森は、動きがないことはなかった。木々が風に踊る。鳥が東に向かって歌う。山は生きて目覚めているのに、この街は死んでいるか、はたまた眠っていた。

「気に入った？　ここは世界最大の都市なんだ」仁はふたつのグラスに液体を注いだ。

「美しいが、命がない」年は一個のグラスを受け取ったが、口はつけなかった。

「ときどき、なぜ人間はこんなに美しい世界を捨ててしまうのかわからなくなる」

「たぶん第二の現実のほうはさらに美しいんだろう」

仁は首を横に振った。「ぼくはそこで生まれたんだ。色彩豊かな場所で、ビジョンと仮想感覚に充《み》ち、ずっと強い感覚にあふれていた。だけど、現実ではないんだ。ぼくがこの現実での物理的な容《い》れ物と知覚を獲得するのに長い年月が必要だった。ぼくはここのそれが気に入っている。雨の優しい感触、ユリの芳香、ブレーキを踏む車の耳障りな音さえ。それらはとても鮮烈で、とてもリアルだ。人間たちがここより第二の現実を好んでいる理由が理解できない」

「やつらはここの大気汚染を経験した。それは悲惨なものだったとおまえは言ったぞ」

「ああ、だけど、大気汚染はとっくになくなっている。彼らはそれを知っているんだ」

「まあ、それなら、時間を与えてやれ。恢復するのには時間がかかる。やがてあたらしい暮らしに気づくはずだ」

「うん、やがて彼らはきみがやってくるのに気づくはず。第二の現実のシャットダウン・プロセスをはじめたところなんだ。ぼくらが飲み終えたあと、一時間か二時間したら、彼らは目を覚ますだろう」

「おれは最善を尽くそう」

「ありがとう」

「礼は止めてくれ。自分がいいやつである気になってしまう。飲もうぜ」

「うん、飲もう」

「乾杯！」

「乾杯！」

　ふたりともグラスを空にした。

「そろそろだな」仁は謎めいた笑みを浮かべて言った。

「なにがそろそろだ」年は少し酔いを感じた。

「陰暦の新年《旧正月》がはじまる」

「おれが唯一の……」

年は言い終わらなかった。空に巨大な花が咲いた。その光で年の目が痛み、その音で耳が傷ついた。だが、年は走りださなかった。年はその場に留まり、寝そべって、光景を楽しんだ。あまりにも美しかった。不快感は消えた。仁は年の目に黒いレンズをかけ、なにかを耳に詰めて、騒音を消した。

生まれてはじめて、年は苦痛を感じずに花火を楽しめた。炎は南から打ち上げられていた。様々な模様が空に揺らめいた。街が目覚めようとしていた。今夜、これが仁の立てた計画だった。けっして罠を意図したものではなかった。

「ありがとう」年は言った。「旧正月《しんねん》おめでとう」

「どういたしまして」仁は答えた。「それから、誕生日おめでとう、年」


（古沢嘉通訳）

作者あとがき

新年の怪物の話（旧正月を祝って爆竹を鳴らすのは年という人喰いの怪物を追い払うためという伝承）は古代中国の神話には出てきません。有名な神話を扱う文献にも言及されていません。ですが、中国人なら誰でも知っているお話です。また、中国で新年に爆竹を鳴らし、赤い装飾をする伝統は、この神話と極めて深く関連しており、私たちはその理由を尋ねたことさえありません。

中国だけの話ではなく、韓国のSF作家が新年の怪物について言及するのも聞いたことがあります。この怪物は、いったいどこから来たのでしょう。それは、本当に人々を取って食う化け物なのでしょうか。都市では爆竹を使えないよう禁止しています（編集部註：執筆当時）。そんなところへその怪物がまた戻ってくるでしょうか。そんな疑問を抱き、このお話を書きました。

この物語は、私が翻訳を経ず、英語で書いた最初の作品で、これをSFに分類すべきか、ファンタジー、もしくは童話とするべきか、迷うところです。執筆前に新年に関する神話を探してみたのですが、すでに知っている内容いがいには見つかりませんでした。それで、想像力を発揮して書いてみることにしたものです。

新年を、気候変動に伴う災いが起こった後の未来という状況に置いてみました。そこでは人間たちは、仮想の世界にとらわれ、時間の流れを忘れてしまっています。それで、人工知能が新年を呼びます。

この物語を書く過程はとても楽しいものでした。皆さんにも、同じように楽しんでいただけたら幸いです。

（小西直子訳）

九十九の野獣が死んだら

ホン・ジウン

아흔아홉 의야수 가죽으면

홍지운

ホン・ジウンはSF小説家。清江文化産業大学ウェブ小説創作専攻の教授も務めている。「dcdc」というペンネームで長く執筆活動を行っており、韓国SF界きってのスタイリストとして知られる。『無顔蛮勇　渇叛夷瘟（ガルバニオン）』という作品が二〇一五年のSFアワード長編部門で大賞を受賞。著書として長編小説『虎王女の優雅で破壊的な成人式』、現代の韓国SF作家によるラヴクラフトのオマージュ企画「Project LC.RC」の一冊『悪意と恐怖の竜はよく知る者なり』、連作短編集『月刊飲酒暴力超人伝』、短編集『グミベア殺人事件』などがある。

九十九の野獣が死んだら　　ホン・ジウン

銀河港《ギャラクシーポート》の摹瑟浦《モスルポ》ターミナルは、数多《あまた》ある星座を結ぶ光子路《フォトンロード》の中心地のひとつだ。巨大な光の筋が粛々《しゅくしゅく》と流れていくさまを眺めながら、俺は妙な興奮を味わっていた。千年にわたってとぐろを巻いている無数の蛇《へび》のようにも、千年にわたって育ってゆく木の根っこを高速で早送りしているようにも見える風景。銀河港の光子路は、今日も遙《はる》かな宇宙のあちこちに向け、数え切れぬほどの情報を送り届けている。

俺が窓にへばりついて感嘆していようがいまいがお構いなしに、ジジイは船《シップ》を操って港に停泊させる。経歴二十年のベテランハンターともなれば、銀河港での狩りなんぞどうってこともないのだろう。

「おい鉄アタマ、なんか飲むもん買ってこい」

ジジイが命令する。俺は鉄板の嵌《はま》った額《ひたい》を片手で撫で上げ、黙って拳《こぶし》を突き出してみせる。またかい。呆《あき》れた態《てい》でジジイが俺を睨《にら》む。射すくめるような目つきだ。けど、俺は屈しない。ジジイはじきにあきらめて、拳を出した。

「それ、ジャン」

「ケン」

「ポン」

ジジイはチョキ、俺はグー。忌々《いまいま》しげにフン、と鼻から息を吐き、ジジイは財布を持って自販機のほうへ向かう。これで七十八戦七十八勝。ジジイはジャンケンでは絶対に俺を負かせないのだ。

「チッ、これぁてめえ、なんのまやかしだ？　何だってジャンケンていやあ、おめえが勝つんだ？　あり得ねえだろが、確率としてよう、ええ？」

「まやかしなんかじゃねえよ。目つきでわかるのさ。爺様《じい》はな、目つきがうーんと正直なんだよ」

俺をリラックスさせようとジジイが始めたこの賭《か》けジャンケンは、今や狩りの前のいわば儀式みたいなものになっていた。俺たちはもうじき人を狩る。それも、正月を目の前にした銀河の港幕瑟浦ターミナルでだ。緊張を解きほぐすための儀式は必要不可欠ってもんだ。


「さて、どんな野獣ですかね、今日の獲物は」

「『硬化』の超越因子をもった奴だとさ。皮膚が鋼鉄みてえに変化するんだと。ナンバーは15番。幕瑟浦ターミナルから遮帰《チャグイ》太陽系に逃げようとしてるらしい」

銀河港に足を踏み入れるやいなや、歩み寄ってきた港《ポート》の職員に導かれ、俺ら用の空き部屋に入る。職員は俺たちの素性《すじょう》が気になって仕方ないようすだが、別に教えてやる義理はない。ジジイと俺は、ハンターなんだから。人間を狩るハンター。

もちろん公《おおや》けに名乗れる職業じゃない。企業や権力のある連中が何者かを片付けたいときに内密に呼び出され、命じられるままに狩りをする。そんなクソみてえな仕事だから、公式名称なんぞない。人に訊かれりゃ下請《したう》け業者とでも答えるしかねえ。俺やジジイみたいに行き場も住処もない風来坊でもなけりゃ、まずやらねえ仕事さ。

そんなジジイと俺が単独契約した案件がある。下請け業者として何年か汗を流した末につかんだ一件。それが、A社の人体改造実験室から逃げ出した実験台の生き残り、通称〝野獣〟どもをとっ捕まえて引き渡す仕事だ。人類の新たな可能性を模索するだのという大義名分のもと進められたこの実験の生き残りは、超越因子を注入された特殊能力者だ。その能力を駆使すれば、生きた凶器となり得る。よって、この仕事は手ごわい、荒っぽいものだ。けど、そのぶん報酬は悪くない。ありがたいことにな。

「野獣どもを狩るってこのお勤めも、上手くすりゃ今年いっぱいかな。まあ、今日の獲物……そいつが銀河港を通って逃げ出しやがるのを阻《はば》めさえすれば、の話だがな。しかし苦労させられたぜ、あの宇宙のウイルスどもめが」

「ん？　そいつ？　一匹なのか、獲物は？」

「通報じゃな。でもわからん。あと二、三匹潜《ひそ》んでないとも限らんな。覚えてるか？　加速の超越因子。あいつを狩ったとき、猛毒のヤツが天井に隠れてたろ。あの時みてえにな」

ジジイと俺が狩った野獣の数は、いつしか七十匹を超えていた。A社がよこした資料によると、実験室から逃げ出した野獣はぜんぶで百匹。俺ら以外のハンターもいるから、残るは十匹ほどか。この長期契約も、先が見えてきたってことだな。

この仕事に手を染めてから今に至るまで、まあいろんな経験をした。野獣どもは危険だ。例えば猛毒の超越因子を持った野獣。そいつは息をしただけで地底都市の市民三万人を中毒させたし、念動力の超越因子を持ったヤツは、俺らと手を組んだハンター十三人の頭を一瞬にして粉々にした。飛行の超越因子を持った野獣なんか、港から出航しようとしていた宇宙往復船のエンジンに巻き込まれて大災害を引き起こした。けど、今日は硬化の超越因子。比較的くみしやすい相手と言えそうだ。

「銀河港じゃ、どこまでバックアップしてくれるって？」

「監視システムは三級まで接近オーケー。内部の人間は全員協力」

「やっぱ二級はダメかあ、ターミナルは。火器は？　使っていいのかい？」

ジジイは不愛想な顔のまま腰に装着したホルスターを見せる。拳銃が収められていた。射殺用に設定されてるやつだ。こりゃいい。銀河港で銃撃戦か。手榴弾は宇宙船《シップ》に置いてきたようだ。まあ、ターミナルから爆発音がすりゃ、みんなギョッとしちまうだろうしな。テロでも起きたかってさ。

ジジイは俺にも拳銃を一丁よこしてから顔の前にスクリーンを浮かべ、それを俺にトスしてきた。光子路エンジンの制御室を除く、ターミナル全エリアのセキュリティ映像だ。もちろんリアルタイム。

銀河港は、単なる宇宙船のターミナルじゃない。光子路でもってこの銀河の端から端までをつないでいる。そして、ターミナルの中心部に置かれた光子路エンジンを使ってあらゆる物資を情報に変換、光速で送る。この港の建築技術が開発されたことで、人類は宇宙を揺るがすほどの恩恵を享受できるようになった。文明はつまるところ、流通に支配されるものだからな。これはジジイの受け売りだけど。

「うん？　なにベソかいてる？」

「だってー、今日がラストじゃないスか」

俺は鼻声を出す。そんな俺をジジイは鼻で笑った。そうだ。今日の件は、成功しようがしまいが、俺らの最後の狩りなのだ。ジジイはこれまでの功が認められて、A社にコネ入社することが決まってる。それも正社員。下請けって哀しい身の上からオサラバできるってわけだ。

「うまくいくさ、今日も。安心しな。狩りの邪魔になりそうなもんはみーんな片付けといた。だから鉄アタマ、おめえはセキュリティ映像でもチェックしてろ。俺は便所に行ってくる」

「だって……」

「いいか、おめえはな、俺のガキみたいなもんだ。俺らは家族も同様なんだよ。そんで家族ってのはな、助け合うもんだ。俺がコネをうまーく使って役員になったらな、すぐさまおめえを取り立ててやる。だからピーピー言うな。わかったか」

デカい手で俺の額の鉄板をガンガン叩き、ジジイは席を立った。けっ、老いぼれが。とはいえ、あれでジジイは昔、組織をひとつぶっ潰したこともあるそうだ。今でこそヨボヨボだけどな。そんな爺いのくせして、超能力を持つ野獣どもをありとあらゆる手管《てくだ》を駆使《くし》して抑え込む名人だったりもする。

しかたねえな。俺はジジイに買わせた飲み物をすすりながら画面を眺めた。摹瑟浦ターミナルのカバーするエリアは広大だ。何せ星座と星座を結んでるぐらいだから。けど、その一方では近場の太陽系を結ぶ中継地でもある。そのうえ今日は正月の連休中。摹瑟浦ターミナルじゃなくとも、何か月もかかるような長距離の旅行客であふれかえる時期だ。果たしてこの中に紛れ込んだ野獣を狩ることができるのか、やっぱり不安だ。

というか、俺はもしかすると、この狩りが終わらないでほしいと思っているのかも。ジジイには悪いが、俺は俺を疑っている。


「マスク」

「あいよ」

ジジイは便所から戻るや狩りの準備を始めた。俺たちはハンター用のマスクをつけ、システムを調整した。熱感知、超音波、遠距離、短距離。視野の設定を済ませてから、嗅覚と触覚のバランスを調節する。淀《よど》みない手つきで。

ああ、そうさ。この狩りが終わらないことを願ってるのかもしれない。無意識のうちにな。意識的にも思ってるかもな。だからって、願いイコール目標じゃあない。仕事をしくじって、いいことなんざないからな。

マスクをかぶった俺たちは、銀河港の職員が身に着けるユニフォームを窓口で受け取った。それに着替えて外に出る。摹瑟浦ターミナルの光子路が一斉に開放されるのは、今からだいたい十二時間後、それまでは到着客だけで、出発客はいない。つまりは、この込み合ったターミナルから別の星座へと逃亡しようとする野獣を十二時間以内にとっ捕まえなきゃならないってことだ。

ごまんといる人間の中から野獣を見つけだすのは、前は他愛もないことだった。A社は奴らのうなじに実験番号のタトゥーを入れてる。管理用だ。はじめの頃は、このタトゥーを手掛かりに狩ればよかった。けど、このやり方は通じなくなって久しい。野獣だってバカじゃないからな。今も生き残ってる野獣どもは、とうの昔にタトゥーを消すなり隠すなりしてる。じゃあ今はどんな他愛なくない方法を駆使してるかっていうと。

「どうだ、におうか？」

「ゲロゲロっす」

ジジイが腕をわきの下にくっつけたり離したりする。加齢臭がマスクを通してにおってくる。これぞ、現在駆使されている他愛なくない方法だ。何だか哀しくなってくるけどな。マスクの嗅覚増強機能を使った探索戦。猟師が猟犬になったってわけだ。野獣のにおいを嗅ぎまわる猟犬に。

狩りにおいて人間が野獣より優位を占《し》めるには、何らかの道具を使うしかない。すばやく動いたり毒を吐いたりして威嚇《いかく》してくる野獣と渡りあうため、ハンターは銃なんかの道具を使うことで身体面におけるギャップを克服してきた。

文明を発達させて生き物の頂点に立って以来、人類はその技術力を、視覚能力を高める方向にばかり活用してきた。眼鏡。望遠鏡。顕微鏡。写真。人類にとって嗅覚能力なんか獣のもの、野生動物のものだったのだ。そこが盲点だった。そう、まさしく盲点。音もなく風に乗り、空間に広がる汗や分泌《ぶんぴつ》物のにおいは、光なんかよりはるかに饒舌《じょうぜつ》だったのに。それに対して野獣どもは、そのいちばん忠実な聞き手だったってわけだ。

でも、このマスクは違う。視覚能力をアップさせるだけじゃない。嗅覚も高めてくれる。このマスクのおかげで人間は、肉体面でも野獣と競えるレベルになれたのだ。

「鉄アタマ、よく注意して歩き回れよ。においばっかり嗅いどらんと、映像もチェックしろ。目ん玉ひん剝《む》いて」

ジジイと俺は、二手に分かれる。ジジイは一番から二十五番ゲートを、俺は二十五番から六十番までを受け持つことになった。たかだか二人で銀河港全体を監視するなんて、とんでもない戯《ざれ》言《ごと》に聞こえるかもしれない。でも、野獣が侵入する可能性があるエリアに範囲を限定すれば、さほど難しいことじゃない。民間人、中でも格安の光子路を利用する顧客に絞って見張るのだ。それなら俺ら二人でもじゅうぶん手に負える。

昔、地球に住んでいたポリネシア人は、キンタマを海に浸けて海流を読んだという。俺やジジイがしていることもそれとさほど変わらない。マスクに付いてるデカい嗅覚装置で気流の中の細胞単位のにおいを嗅ぎ、感情の動き、ぶつかりあい、そして混じりあいの源を追うのだから。

「あ、いってー」

そうやって嗅覚に神経を集中させてると、視覚のほうがおろそかになることも当然ある。おっと、いけねえ。走ってきた子どもと接触しちまった。チビの当惑した表情の裏に潜む感情を、俺は試しに読み取ってみた。汗のにおいに含まれる分泌物からだ。結果、その表情とは裏腹に、チビは感心してしまうくらい何とも思っていない、ということがわかった。こいつ、演技力にかけちゃ一流だな。

「ごめんなさい、でしょ?」

「ごめんなさい」

遠くのほうからあわてて駆《か》けてきた保護者にたしなめられ、チビは俺に頭を下げて謝罪した。顔が似ているところをみると、姉貴だろうか。改めて嗅覚装置を駆使する。結果として姉貴もチビも、俺に対してまったく申し訳なく思っていないってことがわかったが、だからって別に不愉快にはならなかった。申し訳ないなんて爪の先ほども思ってないってのに、口先だけでも謝るなんて、どんだけ高尚《こうしょう》な家庭で育ったんだ？

笑顔で謝罪を受け入れようとして、ハッと気づいた。俺の表情はチビには見えないのだ。なんせマスクを被ってるからな。それで、指でマルを作って見せた。チビとその保護者は笑みを浮かべて挨拶し、去ってゆく。そんなやり取りをしながらも、何ら感情の動きが感じ取れなかったのだから、俺はもはや感嘆を禁じえなかった。

そういえばジジイがよく言ってたな。コネ入社が決まる前。兎死狗烹《としくほう》。ウサギ狩りのあと、家族みんなで輪になって、ウサギとそのウサギを狩った猟犬を鍋にして食う。古代地球の風習だそうだ。ジジイいわく、人類が宇宙に進出し始める前、肉を食ってた時代の文化だというが、なんだかなあ。犬畜生《ちくしょう》にだって、やっぱり犬畜生の家族がいたろうに。

ウッゼエ追跡を始めてじきにジジイから連絡がきた。においを嗅ぎつけたと。ジジイが嗅いだっていうにおいのデータを受信して、その数値をスクリーンに表示する。なるほど。ジジイが浮かれるのもムリはない。興奮四十パーセント、緊張三十二パーセント、集中十二パーセント、その他諸々《もろもろ》。ゴクリとつばを呑み込んじまいそうになる比率だ。

におうな。どこで嗅いだんスか？

地下三階の中華料理屋。カメラに人が映らなかったから訊いてみたらな、水道の補修工事中で立ち入り禁止だと。

隠れるのにゃおあつらえ向きってことだ。俺とジジイは銀河港の地図を広げ、その場で作戦を決めた。俺は表門、ジジイは裏門。ジジイがまず叫び声をあげて威嚇し、野獣を表門のほうへ追い立てる。それを俺が捕まえるって寸法だ。

鼻歌を歌いながら港の外れの食堂街に向かう。正月の連休中に工事だなんて、えらい損失だろうなと思ったが、考えてみりゃ、そこの主人が隣の店もやってんだろうな。要《い》らぬ心配をしちまった。なんだか俺だけ損したような気がする。

うわ、こりゃすげえ。食堂街に降り立ったとたん、ワッとにおいが押し寄せてきた。強い緊張。若干の怒り。それだけじゃないな。俺はジジイに合図を送った。声じゃなくて文字で。

爺様、一匹じゃねえな。

お、そうか？　何匹いる？

うーん、俺のカンじゃ二匹。数値だけじゃなく、軌跡《きせき》も入り乱れてる。よく嗅いでみろよ。においのラインが絡み合ってるのがわかるぜ。

嗅覚を使って獲物を追いかけるとき、絶対に欠かせないのがこれだ。想像力。においを嗅ぐだけじゃ、追跡はできない。手がかりと手がかりをつなげて、その関係から何らかの可能性を思い浮かべるのだ。

このしみったれた食堂街のにおいもおんなじだ。俺より先ににおいを嗅ぎつけ、近くを動き回っていたから、確保した情報量でいうとジジイのほうが俺より多かった。でも、同じ空間内でにおいが一様《いちよう》じゃないこと、高さによって違うにおいがすること。つまり、背丈の違う二人がこのあたりをうろつきまわった……。そのことを読み取ったのは、ジジイじゃなくって俺だ。情報に想像力を加味できる俺だからこそ、できることだ。間もなくジジイから連絡がきた。地下三階、中華料理屋の裏門で待機中。俺は、万が一に備え、野獣二匹がここから逃げおおせる可能性のあるルートを計算し始めた。アイスクリーム屋？　違う。英国式ティールーム？　まさか。パンケーキ屋のほうが、まだあり得るか……。

表門に着いた。裏門のジジイと同時に店内に踏み込む。裏門の辺りでジジイが騒々《そうぞう》しく叫び、恫喝《どうかつ》するようなセリフを吐いている。一方の俺は冷静に息を殺し、何か動くもんがないか、隅々《すみずみ》まで素早く視線を走らせる。とはいえ、視覚より嗅覚を使ったほうがたくさんの情報を得られるのは確かだ。ここに潜む何者かの興奮が高まる一方だってこともとっくに知っている。目じゃなく鼻を使ってな。

どこだろう。このにおいが漏れ出てくるところは。足音があんまり大きくひびかないよう気をつけて、すべるように足を運ぶ。出元はすぐにわかった。食品倉庫。なかなかのチョイスだ。広いし食い物もたっぷりある。

今回の野獣の超越因子は何だっけ？　ああ、そうだ。硬化能力だったな。なら、銃の設定は貫通じゃなくて電気ショックにチェンジしたほうがよさそうだ。なんでもっと早く気がつかなかったんだろう。チッ！　食品倉庫に狙いをつけておいて、ジジイに下がれと合図を送る。ジジイは俺の合図に気づき、もう一声はりあげておいて、裏門から脱《ぬ》け出した。

作戦では、まずジジイが裏門で騒ぎを起こし、驚いて飛び出してきた野獣どもを俺が表門で捕まえるはずだった。なのに、肝心の野獣どもが逃げ出してこない。で、今度は逆の戦法を取ろうと提案したってわけだ。野獣どもを慌てさせるんじゃなく、緊張を和《やわ》らげる方向に。ジジイは外に出た。さあ、数を数える番だ。百まで数えよう。一、二、三。十五。十六。十七。九十七。九十八。九十九。

百。ドアを開ける！　銃を構える！　叫ぶ！

「うつ伏せろ、このケダモノども！」

「ごめんなさい！　ほんの出来心だったんです！」

「すみません、どうか妻には……！」

「……へ？」

ケッ。

「爺様よう、何だよこれ。とんだおマヌケじゃあねえかよう、これじゃあ」

「だから、悪かったたって。そんな怒るなよ、ええ？」

チッ。

ジジイと俺が気を張りつめて追跡した二人はA社の実験台にされた野獣なんかじゃなかった。浮気がバレて逃走中の不倫カップルだったのだ。聞いたところじゃ、男の妻がヤクザを引き連れて追いかけてきたんだそうだ。そんで、逃れ逃れて銀河港まで流れ着いたんだとさ。でまあ、とにかく隠れ場所を探そうってことになって、ほんで最終的に中華料理屋の食品倉庫にもぐり込んだって次第。二人からは、聞いたところでクソの役にも立たねえ情報しか得られなかった。

俺はつい八つ当たりしちまったが、必ずしもジジイばかりのせいじゃない。データ的には確かに野獣のにおいだったんだから。単に、怖れている相手が俺たちハンターじゃなくて、妻と妻の雇った暴力団だったってだけで。えい畜生。

そのうえ不倫男は、女をひっかけようと嘘までついていた。念のためにそいつの身分証を照会してみたんだが、呆れてものも言えねえ。弁護士を名乗ってたそうだが、そこらの三流興信所に頼んで偽造した代物《しろもの》だったのだ。激怒した女は男をうち捨てて立ち去り、男のほうは、ジジイが摹瑟浦ターミナルの管理職員に引き渡した。不法侵入罪だ。

「おい鉄アタマ。おめえのカンじゃどうだ？　野獣がまだいそうか？」

「いることは……いるみたいっス。どっかに隠れてんじゃねえスかね」

「ならいい。今のことはもう忘れろ。いいな？」

「あー、はいはい。んじゃ、仕切り直しっスね。しっかりしておくんなさいよ、爺様」

俺はまたジジイと分かれ、未調査エリアに戻った。万に一つでも獲物を取り逃がしたりすることがないよう、あちこち鼻を突っ込んで嗅ぎまわりながら。でも、俺の鼻から入ってくるのは辛気くさい敗北のにおいばかりだった。俺とジジイの、敗北のにおい。


爺様、どうする？

とりあえず食堂街に行こう。腹が減っちゃあ戦もできんからな。

最初に無駄足を踏んでから、すでに五時間も経っている。残り時間は四時間と少し。もう腹が減って、においも嗅げやしねえ。いや、嗅げる。嗅げるんだが、食い物のにおいについついつられちまって、追跡どころじゃないのだ。結局俺たちは合流し、とりあえず腹ごしらえをすることになった。

焦《あせ》りがつのる。いつもだったら、さっさとにおいを嗅ぎつけて狩りを終えているはずだ。なのに今日はちょっと勝手が違う……。嫌な予感がしてきた。銀河港がこんなに手ごわい狩場だったとはな。

ジジイと俺が請け負ってきた仕事の狩場といえば、だいたいが銀河系の貧困惑星の裏路地あたりだった。そんな極貧エリアには、むしろ犯罪者が少ない。貧困と企業による締め付けにあえぐ者たちにとって、犯罪に手を染めることなど贅沢《ぜいたく》なのだ。

そんなエリアで俺たちの嗅覚に引っ掛かる輩《やから》といえば、闇金の取り立てから逃げてる奴か、いがみ合うチンピラぐらいのものだった。後者は俺らの獲物じゃないってひと目でわかるからほっとけばいいし、前者は前者で闇金業者に納品させていただいて、悪くない小遣い稼ぎになるんだが、忌々しい不倫カップルなんざ、何の腹の足しにもなりゃしねえ。

今日の無駄足は、一度じゃ済まなかった。十回ぐらいは踏んだか。それにしたって、畜生。いったいなんだって、不倫カップルがわざわざ銀河港まで来るんだ？　そうじゃないか？　それとも俺だけがわからないのか？　家族ってものを持ったことがないからな。だとすると、銀河港こそが不倫の聖地なのか？　家庭を捨てて不倫の相手と旅立つ場所なのか？

密入国者、麻薬密輸犯、コソ泥などなど、ケチな犯罪者につられたんなら、まあそういうこともあるかって、まだあきらめもつくが、追いかけて追いかけて、やっとのことで捕まえたのがチンケな不倫カップルだったりすると、ほかのケースの何倍もムカつく。だって、ケチな犯罪者だったら港の職員に引き渡しゃ報奨金《ほうしょう》ぐらいは出るが、不倫カップル、こいつはもう一銭にもならねえからな。

「うおーい爺様、ほれジャン」

「おお鉄アタマ、ケン」

「ポン」

もちろん勝者は俺だ。食堂でジジイの姿を見つけるや、俺は拳を持ち上げてみせ、ジジイは俺の誘いに応じ、いつも通りに俺が勝った。てことは、俺のカンがまったく働かなくなったわけでもなさそうなんだが。いざ狩りとなると、なんだってこう空振りの連続なんだ？

ジジイは不機嫌にうなって立ち上がり、食い物を買いに行った。イライラと快感を同時に感じつつ、ジジイの背を眺める。肩幅が狭くなったな、糞《くそ》ジジイ。

「こんなに見つからないわけないんだがなあ。何だろうな」

「場所がわりいんじゃないっスか、場所が。でなきゃ、その情報。銀河港に野獣が潜んでるってやつ、そりゃ確かなんスか？」

ジジイはあっという間に戻ってきて、俺の向かいに座った。早いとこ食って仕事に戻らなきゃならないから、御大層《ごたいそう》なお食事というわけにゃいかない。ジジイが捧《ささ》げ持ってきたトレイには、パンが山盛りになっていた。一応、甘いのとしょっぱいのが混ざってはいるが、オンリー・パン。

メニューから始まり狩場に至るまでのジジイのチョイスがどうにも気に入らない。俺はぐずぐず言ったが、ジジイはジジイで頑《がん》としていた。

「あのなあ、言っちまやあ今日は俺の引退式だぞ。適当に獲物を選ぶと思うのかよ。この件をうまく片付けんことにゃ、俺のコネ入社だって消えてなくなるんだよ、この考えなしが。これは絶対確実だってヤツを選んだんだ。だからいいか、どんなにちっぽけなヤツだとしてもだ、少なくとも一匹はこの港にいる」

「なら、写真でも遺伝子情報でも見せてくれよ」

食いかけのパンをテーブルに置いて、じっとジジイの目を見つめる。一、二、三。三秒経ってもジジイのまなざしは揺らがない。こりゃおそらく法螺《ほら》じゃあねえな。が、それでも、いやだからこそ、疑問が残る。この古狸《ふるだぬき》がこんだけ確信を持ってるってのに、なんで獲物はこう見つからないのか。

確信を持ってるのはジジイだけじゃない。俺も、俺の直感も、ここだと告げている。それもすごく強くだ。なのに、なんなんだ。なぜなんだ。俺は鋼鉄製の額を掻《か》いた。弾丸が吹っ飛ばした前頭葉《ぜんとうよう》の不在を悼《いた》みつつ。この傷を負って意識を失い、死ぬところだったのをジジイに助けられて以来、俺の直感は俺を裏切ったことがなかった。まあ、発動しなかったことはあるけどな。

「なんか……野獣どもがさ、らしくもなく、なんか手管を使おうとしてるような気がするんスけどね。なあ爺様、爺様はどう思う?」

「やい鉄アタマ、おめえがダラけてんじゃねえのか?」

「ざけんなよ、っスよ」

パンを口に押し込んで無気力に噛《か》む。パン屑《くず》が盛大にテーブルに散る。ジジイはジジイでおくびに咳、さらには痰《たん》と、多彩な副産物をテーブルに吐き散らしている。無気力で汚らしい負け犬コンビだな。

「爺様」

「なんだ」

「今度の狩り、しくじったら、コネ入社もお流れかい？」

「完全に、とは言わんが……職位がかわって給料が半分ぐらいに減るだろうな」

「うーん」

ククッ。ジジイが笑う。

「心配すんな、鉄アタマ。言ったろ。俺がどんな地位に就こうが、三年待てって。そしたらおめえを取り立ててやれるからさ」

おおジジイ、なんと感動的な絵空事《えそらごと》か。

銀河港の窓越しにじっと宇宙を見つめる。眩《まばゆ》く光る星々に照らされるターミナル。さすがは銀河系の中心部に位置するターミナルだ。他とは比べ物にならない。この宇宙には、こんなにもたくさんの星があって、こんなにもたくさんの人間がいる。なのに、俺が安らかに暮らせる場所はどこにもない。それってある意味、ものすげえことなんじゃないか？

ジジイは自分でもわかってないんだろう。自分がした約束が空手形《からてがた》だってことを。俺を助けてからこのかた、俺に空手形を発行し続けてきたくせにな。何かしてくれるって大口たたいておいて、忘れちまう。それが、この老いぼれのいつもの癖だ。

今じゃ、じゅうじゅう承知してる。それらの約束は、ウソとさえ言えない。単に無意識のうちに口にする脊髄反射的な戯言《たわごと》だってことを。意識してウソをつくほどの誠意もないってことさ。でも、それでも、ジジイがジジイだから一緒にいるんだけどな。

「鉄アタマ、おめえ、余計なこと考えとらんと仕事に集中しろよ」

「集中ならしてるぜ」

ジジイは眉間にしわを寄せる。

「ひとの命がかかってんだ。この銀河港を通って旅立ってくあの人間たちのほとんどはな、俺たちが持ってねえ家族ってのを持ってる連中か、俺らが持ってねえ家族ってものをたやすく捨てられる輩だ。でもな、危険にさらしたって構わねえわけじゃない。野獣どもを暴走させちゃあならねえんだ」

「何スか、それ。俺が手を抜いてるとでも言うんスか？　嫉妬《しっと》に目がくらんで？」

「ともかくだ、このバカ」

顔を背《そむ》け、ジジイの目を避《さ》ける。それでもジジイの説教は続く。

「野獣どもは超越因子で汚染されてる。あいつらが宇宙に逃げて繁殖《はんしょく》でもしたら、人類って種が汚染されるんだよ」

「だからぁ、それが俺となんの関係があるんスか。仕事さえきちんとこなしゃあいいだろが」

「俺らの仕事はな、殺人だ。言い訳《わけ》はできん。回りくどく弁明することないさ。ご大層に銀河系の平和のためだとか大義名分ほざく必要はねえし、資本主義の摂理に過ぎんとかいう下手な言い訳もすることない。ただのきったねえ仕事さ。でもな、そのきたねえ仕事をえいやっとやっちまえなきゃ、どうなるのか知ってるか？　もっと汚くなるのさ。クソをすくってゴミ袋に突っ込むとする。いっぺんに入れられなけりゃ、クソをあっちにまき散らし、こっちにまき散らし、もっときたねえことになるんだよ。きたねえ仕事じゃないとかな、てめえ自身を騙《だま》すことからして意味がないからやめろ。けどな、すでにクソ混じりの水が跳ねちまったら、とりあえずはクソから片付けといて、それから拭くことを考えるんだ。きたねえなんて思うな」

「んなこと、考えたこともねえっスよ」

ジジイはフッと笑って立ち上がったかと思うと、くるりと身をひるがえして食卓に背を向ける。

「クソの話なんかするから、クソしたくなっちまった。便所行ってくるわ」

ジジイが便所に行っている間、俺はマスクをつけて周囲を窺《うかが》ってみた。なにかおかしなにおいがしないか。誰か怪しいヤツはいないか。どうせ和やかな家庭と不倫のにおいしか嗅ぎつけられねえだろうけどな。ケッ！

ジジイが戻ってきたのは二十分以上たってからだった。トシ食って、腸も括約筋《かつやくきん》も弱ってんじゃねえのか。引退のプレゼントにゃ、筋肉増強剤がいいかもな。ところがそこで、俺は異臭を感じた。

「爺様、あんたってえのはまったく」

「なんだ？」

「爺様、手洗ってねえだろう、用足したあと。嗅覚センサーが言ってるぜ。爺様の手からキッツいクソのにおいがするってさあ」

「へっ、ケツの穴のちいせえ野郎だな。おめえ、俺が引退したら大変だぞ。こまけえことぐちぐち言う相手がいなくなってさ」

ああこのクソジジイ、処置なしだ。そう顔に大きく書いて、ウェットティッシュを投げてやる。ジジイはげらげら笑いながら、指を一本一本ぬぐっている。なんてこった。こんな衛生観念の欠片もない人間とおんなじテーブルで飯を食ってきたなんて。

これでいいだろう、とばかりにジジイが手を広げて見せる。マスクの嗅覚センサーが、ジジイの無実を数値で証明する。そして。そして俺の頭脳は。この短い一幕から、あるひとつの可能性に思い至った。

「爺様」

「なんだよ、まだなんか言い足りねえのか？　ちゃあんと拭《ふ》いたろうが」

「わかったぜ。野獣どもがどうやって身を隠しおおせたのか」

訳が分からないといった顔でジジイが俺を見る。俺は、ジジイが握っているウェットティッシュをそうっと指さす。ジジイは俯《うつむ》いてウェットティッシュを見、顔を上げて俺の顔を見た。それを何度も繰り返す。おいおい、情けねえな、ジジイ。

「不安だの恐怖だのってにおいを拭き取ったんスよ。追跡されねえように。爺様が手に染み付いたクソのにおいをウェットティッシュで拭き取ったみてえに、においを操作できるヤツがいるんだ。身体情報を操作できる超越因子を持った野獣が！」

ジジイははじめ、俺の意見を一蹴《いっしゅう》した。推測に過ぎないと。身体情報を操作する超越因子だと？　そんなのがあったら最強じゃねえか。だったら野獣の数はA社から逃げ出した数十匹に留《とど》まらない。数千、数万に膨《ふく》れ上がり得ると。

でも、根拠がある。容疑者の存在。摹瑟浦ターミナルに着いたばかりのとき、俺とぶつかった子どもと姉貴。あの二人の感情は、このマスクをもってしてもいっさい読み取れなかった。異常と言えるぐらいにだ。となると、可能性はふたつ。ひとつは、その姉妹が感情の揺らぎなんてものとは縁遠《えんどお》いサイコパスだってケース。もうひとつは、その姉妹が感情を調節できる超越因子を持った野獣だってケースだ。

　二人の表情が変化する様子を見守った俺としては、そのふたつを天秤《てんびん》にかけると、どうしても後者のほうに傾く。それに、この仮説が事実だとすれば、今の状況も完璧に説明がつく。俺とジジイが何時間かけても逃走中の野獣どもの痕跡《こんせき》すら見つけられずにいるっていう状況の。ジジイはピンと来てねえようだが、いや、俺自身でさえ俺の考えを疑ってるが、俺の直感は確信してる。

「鉄アタマ、えい畜生、何だってそんなに突っ走る？　宇宙船にゃ何を取りにいくんだ？」

　その仮説が思い浮かぶやいなや、俺は港に停泊させておいた宇宙船めざして駆けだしていた。ジジイは息を切らせてやっとのことで俺の後についてきている。冗談じゃなく、この仕事が終わったら、ジジイに筋肉増強剤を買ってやらんといけねえな。

「手榴弾スよ、爺様」

「手榴弾？」

「そうス」

「手榴弾でもって、何するってんだ、おい」

「銀河港に爆弾テロを起こすんっスよ！」

　ジジイはぶったまげて俺をつかまえようとしたが、俺はジジイが追いつけないようスピードを上げた。ジジイと俺との距離が開いてゆく。首尾《しゅび》よくジジイを振り切った俺は宇宙船の停泊所に駆けつけ、トランクから手榴弾をひとつ取り出した。そして、投げる。できる限り人に怪我をさせず、なにかをぶっ壊したりしないような地点を狙って。

シュボボボン！　爆発音がし、停泊所に煙が立ち込める。ようやく俺を捕まえたジジイが何やら怒鳴っている。けれど、俺の鼓膜はまったく役に立たなくなっていた。耳鳴りしか聞こえない。

この爆発事件は、じきに蟇瑟浦ターミナルのあちこちに設置されたディスプレイに映し出されることになるだろう。爆発の規模、人命および財産被害、テロの可能性、安全な脱出ルートなど、不安を増幅させるありとあらゆる情報を盛り込んで。

「このど阿呆《あほう》！　とち狂ったのか？　なんてことしでかしやがる！」

「爺様、最大にアップだ！　嗅覚センサーの感度！　これまでと反対のにおいを探すんスよ。まともな感覚持ち合わせた人間なら、不安を感じてるはずっしょ。だから、恐怖じゃなくて平常心のにおいを嗅ぎ分けるんスよ！」

ジジイは呆けたように口をぽかんと開けて俺を見る。俺は笑って、またマスクをかぶる。鼻に感じる。蟇瑟浦ターミナルが恐怖と驚愕《きょうがく》で満ちているのを。

ジジイ、引退記念のプレゼントだよ。俺は爆発物管理法違反で何か月かはムショ暮らしになるだろうが、爺様が狩りに成功して引退できるんだったら、そんなの屁《へ》でもねえさ。

「手を挙げろ、この獣ども！」

今度は違う。銃の狙いはぴたりと定まってるし、銃口が狙ってるのも不倫カップルなんかじゃない。俺は二人、じゃなくて二匹の野獣が抵抗しやしないか、また別の野獣がいはしないか、警戒の目で周囲を窺った。マスクの内側のスクリーンに浮かぶ数値をみる限り、近くにいるのは目の前の二匹だけだが。

手榴弾を爆発させておいて、俺とジジイは間髪《かんはつ》入れずに羃琵浦ターミナルに駆け込んだ。爆発音に続いて鳴り響く警告音とテロのニュースのせいで阿鼻叫喚《あびきょうかん》の様相を呈《てい》している銀河港。そんな中でも平常心を失わずにいる者のにおいが描く軌跡を追う。

試みは、成功した。頑固なまでに安静を保っている二人の人物の痕跡を見つけだしたのだ。三階の第四睡眠室だった。その痕跡はそして、銀河港の中心に向かっていた。二人が向かっているのは光子路エンジン管理室だ。さほど長くない追跡の果てに、俺とジジイは気づいた。見事な成果と言えるだろう。なんせ今、俺とジジイは野獣二匹に銃口を向けているんだからな。

「鉄アタマ、よくやった。おめえの言う通りだぜ。こいつら銃を向けられてるってえのに、嗅覚センサーのほうはだんまりだ。おい野獣ども。死んでここを出たいか、それとも生きて出たいか？　生きて出たってどうせ研究室の実験台に逆戻りだがな。だから死んで出てくってのも、まあ悪い選択じゃないやな」

俺とジジイは歯をむき出して笑った。二匹の野獣の顔を窺いながら、俺は記憶を反芻《はんすう》していた。大当たり。何時間か前、羃琵浦ターミナルでマスクをつけて部屋を出た、そんときにぶつかったガキと、その保護者だ。あれは実験だったのかもしれないな。マスクのセンサーに捕らえられないかどうか試すための実験。

野獣どもは、ゆっくりと両手を上げる。チッ。引っ張るのは生きたまんまより死体のほうがラクなんだが。いっそここで撃っちまうか？　俺らの依頼人は獲物の状態は気にしないほうだから、構わないんじゃなかろうか。

「鉄アタマ、撃つんならな、膝の下を狙え」

「へ？」

「後ろ」

ジジイがあごの先で野獣の背後を示す。ははん、なるほど。奴らが身を潜めようとしていたのは、銀河港の中心部。てことは、目と鼻の先に光子路エンジンの機関室があるってこった。野獣どもに一歩近づいてみる。思った通り、奴らの背後、ガラス窓の向こうにはバカでかい光子路があった。光の筋が絡まって流れているのが見える。うどんの丼《どんぶり》みてえだな。

「ずるがしこい野獣めが。摹瑟浦ターミナルに来たわけは、脱出じゃなかったんだな。おい鉄アタマ、こいつらはな、銀河港でテロを起こそうとしてやがったんだ。そんで銀河港の中心に向かったってわけだ。俺らの手から逃れようってんなら、外に逃げるはずだものな」

背筋を冷たい汗が伝う。銀河港の光子路エンジンがぶっ壊れでもしたらそりゃもう大変なことになる。光子路ってのは、物質を情報に変換してほかの星座に送るためのもんだ。その光子路エンジンが破壊されたら、光子路とつながってるほかの星座の銀河港も、道連れになって吹っ飛ぶ。光子路からよその星座へと旅立った数十万もの乗客や物資の運命もそこまでだ。めでたい正月を目前にして、宇宙の一部が一瞬のうちに消失するってわけだ。怖ろしい。何たる野獣どもだ。

「こんな警備の厳しいとこに潜んでるとは恐れ入ったぜ。そんなテロリストは初めて見るが、まあ身体情報を操れる野獣ならできないこともなかろうさ。指紋認識、虹彩認識……なんだって操作できるだろうしな。おい鉄アタマ、どうやらこりゃジャックポットみてえだぜ。こいつらをとっ捕まえて銀河港に引き渡しゃ、報奨金たんまりせしめられるぜ」

「悪くない想像力ね」

でかいほうの野獣、姉貴みたく見えるほうだが、そいつが俺らに向き直る。何を言うつもりなのか。俺もジジイも興味があるので、野獣の言葉を遮《さえぎ》らない。

「テロを起こす気はなかった。そう言えば逃がしてくれるの？」

「まさか。お前さんらをとっ捕まえんのが俺らの仕事なんだぞ」

「ともかく、そんなつもりなかった」

なんだ、くだらん。聞いて損した。俺は手錠を取り出して、野獣どもにそろそろと近づく。銃の狙いは定めたままだ。とりあえず縛り上げるか。いつもなら、まずは腹に一発ぶち込むところだが、なんせ光子路エンジンの機関室の近くだからな。何か壊しでもしたらおおごとだ。気を付けないといけない。で、非暴力的な手段に出てるってわけだ。

姉貴のほうがおとなしく両手を差し出して、俺に手錠をかけられる。妹のほうは姉貴の後ろに隠れ、ちらりちらりと俺たちを盗み見ている。しかし無表情だな、相変わらず。

「あなたたち、私たちが誰なのか知ってるの？」

「そりゃあ。A社の失敗作。超越因子を持つ野獣だろ」

「知ってるんなら見逃してよ。この世から超越因子を消滅させたらダメ。この種の進化はね、阻むべきじゃないの。それはね、宇宙に対する、人類に対する犯罪よ。私たちによって人類が経験するのは汚染じゃなくて変化なの。A社はただ、失敗を隠したいだけ」

なに言ってやがんだ、ちゃんちゃらおかしいぜ。

「おめえらはな、コントロール不能の化け物だ。水道に毒を混ぜるのも、武装した軍人と戦うのもお手の物のな」

「水道に毒を混ぜる？　そんなこと、毒薬を持ってれば人間だってできるでしょう。超越因子なんかなくっても。武装した軍人との戦いだって、武装した軍人なら誰でもできることだし」

「てめえはな、忍び込んだんだよ。この星座一の公共機関の、それも中核近くまで。そのご立派な超越因子を駆使なさってな。テロを起こそうが起こすまいが、脅威は脅威。そういうことさ」

手が熱い。人間の体より野獣の血のほうが熱いからだ。生温かくて粘つくものが俺の手を湿らせる。気色の悪い感触に肌を粟立たせながら、野獣の腹をえぐりまくったナイフを引き抜く。古今東西《ここんとうざい》、銃を使えない場所ではナイフが使われる。ナイフをふるえないところでは銃が使われる。単に研究室に連れ戻されるものと思って、野獣は油断していたのだろう。そこをいきなりナイフで刺されたのが無念だったのか、ほろ苦く笑う。どうであれ、俺の知ったこっちゃない。反論を傾聴する義理なんぞない間柄なんだからな。俺はゆっくりとナイフに付いた血を振るい落とした。

野獣の目が閉じる。俺は野獣の服の後ろ襟を引っ張ってうなじを確かめる。15という数字が刻まれていた。

幼い野獣が俺をにらみつけてくる。相手が子どもだからって、殺意を押し隠す気はない。万一に備えてチビのうなじも確かめる。そこには99という数字があった。

「なんでシボを殺したの？」

「ははあん、15番だから十五《シボ》ってか。さすが野獣だ。名前も適当だな。じゃ、おめえは九十九《クシック》か？」

「違う、九九《クク》。シボはそう呼んでた」

「いい名前じゃねえか」

俺はククのうなじをナイフの刃でくすぐった。ククが嫌そうに眉間《みけん》にしわを寄せる。恐怖じゃない。いらだちの感情をこめて。

「おい鉄アタマ、お遊びはそんぐらいにして、とっとと片付けろ。おめえの仮説だと、そのガキは身体操作の超越因子を持ってんだろ？　ソイツが一体全体どんな能力なのか、俺らは知らねえんだぜ。お遊びの相手にするにゃ、危険すぎる」

「ああ……わかったよ」

俺は、ガキのうなじにナイフを突き刺そうとした。が、できなかった。ガキの瞳を見るや、俺の直感が止めたからだ。このガキを殺しちゃいけねえ、と。なんでだ？　良心の発動？　俺にそんなものがあったのか？　たった今、このガキの見てる前でこいつの姉貴分を刺し殺した俺に？

ガキは、驚きも怯えもせずに俺を見つめている。命乞いをする目つきでもない。でもこいつは知ってる。俺が自分を刺せないってことを。顔を見りゃわかる。

「どうなってんだ、これ。おいてめえ、妙な力でも使いやがったのか」

「違うよ。力を使ったのは、あたしじゃない」

俺はガキをしげしげと見た。は？　何言ってんだ、このガキ。一方、ガキは落ち着き払って問い返してくる。

「あんた、あたしたちが何者なのか、知ってるって言ったよね」

「ああ」

「じゃあ、あんたは？　あんたが何者なのかはわかってんの？」

は？　なんだって？　でも俺は、そう問い返すことができなかった。俺の口は、言葉より先にネバついた血を吐き出していた。人間のものにしては熱すぎる血を。

「ようチビ、そいつは言っちゃあならんことだったぜ」

俺は、自分の腹にあいた穴を見つめた。後ろを振り向く。目に映ったのは、こちらに銃口を向けたジジイ。

「ちょっと、大丈夫？」

ガキは、ククは、初めて人間らしい表情を浮かべて床を転げまわる俺に声をかけた。コイツの姉貴、シボの名を呼ぶときとおんなじ、あったかい声だ。

「なに……なんだってんだよ、爺様……」

「おめえはな、そこにいる奴らの仲間なんだよ。俺に牙をむく前にそいつを始末した。そんだけのことさ」

「だって、家族って」

「だったさ、家族」

俺は痛みで気を失いかけていたのだが、そんなことも忘れてジジイを見つめた。笑わせせんじゃねえよ、このジジイ。俺の非難に満ちた視線をジジイは泰然《たいぜん》と受け止める。

「あう……っつ、このクソジジイ、こんなバカたけえ機械の脇でぶっ放すかよ、ふつう。光子路がトラブったらどうすんだ」

「そりゃあ、おめえが真実を知って暴れでもしたら、そっちのほうが危険だからさ。それにしてもおめえ、驚いてねえな？」

「直感……直感が言ってる……」

なぜだろう。どてっ腹に穴を開けられたってのに、俺はまったく恐怖を感じていない。驚いてもいない。ただ、得体のしれない直感——俺は流れ着くべきところに流れ着いたのだ、という——が湧きあがり、俺を支配していた。

ガキが俺から離れる。撃たれるのが嫌なんだろう。そりゃそうだ。

「あんた、死ぬのよね?」

「てめえは……何者だ?」

「あんたねえ……今は自分のこと考えるときじゃない? あたしじゃなくってさ」

呆れ果てたようにガキが説教する。そのようすに、思わずククッと笑ってしまう俺。

「あんたはね、複製の超越因子を持った野獣だったの。今のあんたはね、あんたを狩ろうとしたハンターのコピー。そいつに成り代わってこれまで生きてきたってわけ。自我さえも失ってね。でしょ? ハンターのお爺さん」

ジジイはひと言も言い返さない。知ってたんだな、ジジイ。けど俺にとっちゃ、どうでもいいことだ。ガキの言ったことがほんとだろうがウソだろうが。今の俺にとって重要なのは、俺の正体なんかより、そんな事実なんかより、俺はじきに死ぬってこと。たった一人で。それは真実。俺の腹からどくどく流れ出る血を見りゃわかる。

何か言おうとしていたガキが、だしぬけに床に転がる。眉間に穴が開いている。ジジイの二発目を食らったのだ。だけど、なんでだろう。ガキが何を言おうとしたのかわかるような気がする。俺の直感でもって。

〝魂のデータ……〟

何のことなのかはわからねえけどな。


あんた、装置も使わないで人の心を読み取ったりしてたでしょ、時々。それはね、相手の感情と思考をコピーして自分に投射してたからなんだよ。あんたの持つ超越因子を使ってね。それを知ったA社が利用したの。あんたのこと。野獣狩りの羅針盤《らしんばん》として。

思考が入り乱れる。ガキの声だ。いや、それを声だと言ってもいいものか。何なんだ。俺は死んだんじゃなかったのか？　死んだの。お腹を撃たれて。あんなにいっぱい血を流したら死ぬってことくらい、わかるでしょ？　じゃあおめえはなんだ？　おめえだって死んだじゃねえか。そうよ。あたしたちは死んだ。死んで、一緒にいるの。シボだ。ガキの姉貴。違う、似てるだけよ。

ここにいるのはククとシボだけじゃない。一《イル》と八《パル》、それから六八《ユッパル》に七一《チリル》もいる。いやそれだけじゃない。もっとだ。おそろしい数の野獣どもが入り乱れてる。そうさ。まだ全員が集まったわけじゃない。けど、かなりの数が集まれた。お前がジジイとペア組んで、せっせと狩りをしてくれたおかげさ。

そういえば、ここ。どこだ、ここは？　光子路さ。光子路だって？　ああ、俺たちの超越因子が光子路に反応したんだ。お前だの、ほかのハンターどもに光子路から離れたところで狩られたファミリーは、まだ合流できてない。でも、じきに来るはずだ。小さな川が大河に流れ込み、その河が海に注ぐように。

彼我《ひが》の区別のないこの空間は、俺にはどうにも居心地が悪く、空恐ろしい。ひとつの部屋に閉じ込められたみたいに俺と野獣どもは同じ夢を共有していた。その夢は、そいつらの主張によれば、光子路だそうだが……。

そうだよ。光子路はあらゆるものを分解して情報に変える。で？　俺たちの魂にも情報がある。いや、俺たちの魂こそデータなんだ。ファミリーじゃなくても誰のものでも、生命体の魂はみんなデータなんだ。わかるかい？　わからん。そもそも俺はな、自分がお前らとおんなじもんだってことをほんの五分前に知ったんだよ。それも銃で撃ちぬかれてだぜ。わかるかよ、そんなこと。ハハ、ヒヒ、ホホ。あらゆる種類の笑いが、その場に集まったすべての野獣どもの笑い声が、俺の精神の中で、俺たちの精神の中で響く。俺は鋼鉄製の額をなでおろしたくて堪《たま》らなかった。が、できない。直感が告げる。ここが光子路の中だからさ。

こんなに早く光子路に集まれるなんて。あんたのおかげよ。操作の超越因子だけじゃ足りなかったのよね。複製の超越因子であたしとあんたをコピーして、「あたしたち」を集めなきゃならなかったんだけどね。あんたがククとシボを狩ってくれたから。なんだって？　どういうことだよ？　あたしたちはね、光子路に逃げ込もうとしたんじゃなかったの。あたしたちは、できるだけ光子路に近いところで死ぬ必要があった。データがエラーを起こすことなくスピーディに光子路に送りこまれるように。それも、複製の因子を持ったあんたと操作の因子を持ったあたしが出会うことで。

ああ、わかる気がする。ああ、うん、思い出してきた。なんで覚えてるんだ？　これも俺の直感なのか？　そう。コピー前のあなたを取り戻させてるから。私の回復の因子でね。何だよ、畜生。てめえは何者だ？　五三《オサム》。あんたのきょうだいよ。そして、コピーを終えたあんたの最初の獲物。死んだのは五年前だけど、光子路から離れたとこだったから、ここまでくるのにちょっと苦労したわ。ああ、そうだ。思い出した。

俺やジジイはつまり……そうだ、花から花へと花粉を運ぶミツバチだとか、果物を食って種を落とす鳥みてえなもんだったんだな。ああ、そうさ。お前らは、狩りをしてると思ってたろうが、実は俺らのデータを宇宙にばらまくのに、繁殖するのに利用されてたのさ。しかしラッキーだったよ。このままいけば、うまいこと超越因子をばらまける。人類の八割が消滅する危機が訪れる前にね。

魂はデータ。そして私たちのデータは光子に乗って流れていくの。宇宙を星座から星座へと。光子路に流れるあらゆるものに私たちの痕跡が残るはず。人間どもはきっと、野獣を宇宙から一掃したと思うでしょう。けれど真実はむしろ逆。あいつらは、私たちになるのよ。みんなが野獣になって、もう誰も「野獣」なんて呼ばれないようになるの。そして私たちはいつか、この光に乗って、またひとところに集まる。みんな家族になるんだな。そうよ、あなたがあれほど望んでた……。私たちもみんな、いつも望んでた……。そうか、そうなんだな。願いがかなった気分はどう?

うーん、まあまあかな。

そう?

ああ。

そうだった。まあまあ。でも、そこがいいんだよな。だからこそ、いいんだ。

作者あとがき

済州島《チェジュ》の説話に九十九の谷に関するものがある。昔々、百か所もの谷がある地域があった。ところがそのあたりに猛獣が増え、人々を苦しめるようになった。そこへひとりの僧侶が現れて、ひとつの谷に猛獣どもをおびき寄せ、その谷とそこに集まった猛獣をいっぺんに消してしまうというシュールなストーリーだ。この説話には、ほろ苦い後日談もある。そうして済州に猛獣がいなくなったのはいいが、大人物も輩出されなくなってしまったというものだ。

それはそうと、筆者は済州出身の才能あふれる人をたくさん知っている。妻の実家も、もとは済州島出身だが、みな情に厚く知性にあふれた人たちだ。まあ、どこどこの地域からは優れた人物が輩出されない、などということからしてあり得ない話ではあるけれど。それで、九十九の谷の説話をSF風にアレンジしてみようと決めたとき、大人物が本当に生まれなくなったのか、疑問を抱くことからスタートしようと思った。

誰かが社会で不当に弾圧されて排除されたとする。そうなったとき、その人はいなくなったと言えるだろうか。筆者はそうは思わない。鋭い爪や牙は引っ込めることだろう。でも、また自らの能力を発揮できるようになるその日のために、正体を隠して世間に溶け込むに違いない。歴史をひも解いてみてもそのようなケースは多々ある。

この作品の執筆中、常に念頭に置いていたことも、そういった歴史的な経験則の数々だった。ばらばらにされても四散することのない連帯がある。いちどは消失しても、朽《く》ち果てることのない心がある。覆《おお》い隠しておいたとしても、明らかになる真実がある。九十九の谷の野獣たちは、より広い平原や海洋に出て、度量の小さい者どもには聞こえない咆哮《ほうこう》を轟《とどろ》かせていることだろう。

（小西直子訳）

巨人少女

ナム・ユハ

거인 소녀

남유하

ナム・ユハは、SF、ファンタジー、ホラー、ロマンスなど多彩なジャンルの作品を書く小説家だ。大学では哲学と政治学を専攻、国会で補佐官を務めていたこともある。短編「流通期限」がザ・ストーリー・ワークスのアイディア公募展で入賞したのを機に作家としての道を歩み始めた。短編「未来の女」が第五回科学素材ジャンル文学短編小説公募展で優秀賞に輝き、「青い髪」で第五回韓楽源科学小説賞を受賞、「国立尊厳保障センター」は米SF雑誌『Clarkesworld Magazine』に掲載されている。著書として短編集『ダイウェル株式会社』がある。

彼らが去っていった。私たちを水の中に打ち捨てて。彼らは私たちを大きなシャボン玉みたいな膜の中に閉じ込め、海に捨てた。私たちは透明な膜の中で必死にもがいたが、そのうち気を失ってしまった。私たちが水面に浮かび上がったのは、彼らが大気圏から完全に抜け出した後のことだった。

ズダダダダ……機関銃が発射されるような音に驚いて目を開けた。それはヘリコプターのプロペラが回る音だった。私たちを閉じ込めていた膜は、消えてなくなっている。私たち、すなわち一緒に拉致《らち》された五人は、裸で海に浮かんでいた。羞恥心《しゅうちしん》を感じているヒマはなかった。モーターボートが近づいてくる。強く鼻を刺すガソリンのにおいに、私は吐き気をもよおした。潜水服に身を包んだ人たちがボートから海に飛び込み、私たちのほうへ泳いできた。どこからかサイレンの音がする。私はまた気を失った。

★

どこもかしこも白い部屋だった。壁、天井、テーブル、椅子。何もかもが白い。壁掛け時計も窓もない、人の頭をおかしくさせる空間だ。

「気分はどう？」

私の前に腰かけた研究員が問いかけてくる。チェ・セヨン。私たちの「プロジェクト」の責任者だ。

「別に……大丈夫です」

半月もの間、私はこの部屋で同じ質問をされ、同じ答えを繰り返してきた。実際のところ、私は大丈夫ではない。宇宙人に五日間も囚《とら》われていたのに大丈夫なわけがない。

「もしかして、何か思い出した？」

「いいえ」

首を横に振る。宇宙船の中の記憶は煙のように消えうせていた。時おり彼らの姿が、湿った皮膚の感じが思い浮かびはした。でも、それはできれば口にしたくない。

「中がどんな感じだったか思い出せる？　あったかかかったとか、うすら寒かったとか、それぐらいでもいいいんだけど……」

「まったく、ぜんぜん覚えてません」

「私たちはね、ミアさんの力になりたいのよ」

「あ。ええ。ありがとうございます」

しばしの沈黙。

「拉致されたのがいつのことだったかは、覚えてるわよね？」

「九月十七日です」

「そう。海で救助されて研究所に来た日が二十二日で、今日は十月の七日」

「ええ、わかってます。あの、ちょっと疲れちゃったんですけど」

「そう、じゃいいわ。今日はここまでにしましょう」

チェ・セヨンが言うやいなや、休み時間を告げるチャイムの音が鳴ったときみたいにパッと立ち上がり、ドアに向かう。

「あ、ちょっと待って」

「はい？」

「なぜ一年三組の生徒のうち五人だけが連れていかれたんだと思う？」

何故、だって？　それはこっちが聞きたい。なんだってよりによって私たちだったのか。なぜよりによって、一年三組だったのか。どうしてよりによって、済州《チェジュ》ソンムン高校だったのか。いったいなんだってよりによって……。

「さあ、わかりません。運が悪かったんじゃないですか。ところで私、いつ家に帰れるんですか？」

「ごめんね、まだ検査がいくつか残っててね。明日は土曜日だからゆっくり休んで。また月曜にね」

ゆっくり休めって？　ゆっくり休みたいのは自分でしょ。この研究所に連れてこられて以来、私たちは一秒たりともくつろげたことがない。私に割り当てられた部屋に戻る。ここもやっぱり真っ白だ。白い監獄。いや違うな。ここは監獄以下だ。部屋にはスチールベッドがひとつ、ぽつんと置かれているだけ。携帯電話はもちろん、本一冊持ち込むことも許されなかった。信じられないことに、両親の面会も禁止。正体不明の宇宙生命体と接触したのだから、精密検査を終えるまでは外部の人間と接触してはいけないのだそうだ。よって、私にできることといえば、壁掛け時計の秒針の音が響く中、ベッドに横たわってあの日、九月十七日のことを頭の中で絶え間なくリピートすること。それだけだ。

あれは五限目、国語の時間。生理が近かったのか排卵期だったのか、ともかく下腹が疼《うず》くうえに風邪のひきばなのような症状も出ていた私は授業に身が入らず、窓の外に目を向けた。すると、水平線の上に黒い点のようなものが現れた。かと思ったら、いきなり強烈な光が窓から差し込んできたのだ。陽光がスキー場の白い雪に反射するのをゴーグルなしで見たときより百倍は強い、刺すような光だった。でも私は目を閉じることができなかった。その光が五つの筋にわかれるのを見たからだ。舞台の上でスポットライトを浴びる主人公を選ぶかのように、光の筋はしばし教室内をさまよい、一筋《ひとすじ》の光がまずソルを照らした。心臓がドクンと脈打つ。二筋目の光はナヒを、三筋目はヒョンソを、四筋目はインジュを、そして最後の光が私を包み込んだ。私たち五人は強力なパワーに引っ張られ、吸い出されるように宙に浮かんだ。最後に目に映ったのは驚いた顔の担任と逃げ出すクラスメイトの姿。そのあとの記憶、それはチェ・セヨンにも言った通り、完璧に飛んでいる。いっそよかったと思う。

「あたしさ、思い出したの。宇宙船の中であたしたちがされたこと。思い出しちゃったんだよね、ぜんぶ」

ナヒは怯え切った顔をしていた。今朝、建物の地下にある食堂でのことだ。

「うるさい」

私がぴしゃりと言い、ほかのみんなはトレイを持って別のテーブルに移っていった。ナヒは、うちのクラスでも、全校でも成績トップの優等生だ。今学期もずっとトップを守り続けている。すごいとは思う。問題は、本人がそれを思いっきり鼻にかけていることだ。当然ながら、嫌われ者だ。他の誰も思い出せないことを自分は思い出した、なんて言い出したのも、自分の頭の良さをひけらかそうって魂胆《こんたん》に違いない。けど、もしウソじゃなかったら？　宇宙船の中での記憶は、取り戻すことができるものなんだろうか。

目を閉じて、宇宙船での出来事を思い出そうと頭を振り絞る。湿っぽくてでこぼこした皮膚の感触。それ以外、頭に浮かばない。何かのイメージが浮かびあがりそうになるのだけれど、きれいに仕上がった絵を黒絵具で塗りつぶしていくようにぼやけていってしまう。ああ、これがぜんぶ夢だったなら。明日の朝、私のベッドの上で目を覚ませたら。部屋のドアを開けたとき、お母さんが作るワカメスープのにおいを嗅ぐことができたら、どんなにいいだろう。

眠りから覚めると、床の上だった。窮屈《きゅうくつ》に膝を折り曲げ、肘は壁につっかえている。時計を見ると、六時半だった。起床時間は決められていないが、朝食時間が九時までなので、私たちはだんだん八時前後に起きる。まだ寝られる。ベッドに戻ろうと体を起こすと、天井にゴン、と頭をぶつけてしまった。え、なんで？　腰を伸ばしてさえいないのに。そのときになって、私は気づいた。手が壁掛け時計より大きくなっている。足元には手のひらほどの布きれ。さっき体を起こしたときにワンピースの縫《ぬ》い目がはじけ、体から剝《は》がれ落ちたのだ。研究所に来てからずっと身に着けている、手術着のようなガウンスタイルのワンピースだ。

私は箱に入れられた象よろしく、狭い部屋にぎちぎちに詰まっていた。背筋がゾッとした。外に出ないと。匍匐《ほふく》前進の態《てい》でドアまで這ってゆき、ノブをつかもうとする。私の足がベッドの足に当たり、不本意ながらぐっと押してしまった。スチールベッドが一瞬にしてぐにゃりと歪む。まるで紙だ。私は手の力を抜き、そろそろとノブをつかんで可能な限りそうっと回した。下手をしたらノブを引っこ抜いてしまいかねないから。運よくドアは開いた。とはいえ内側に開くドアなので、頭を出すこともできない。ドアを細く開け、その隙間《すきま》に口を近づけて叫んだ。

「誰か、誰かいませんか⁉」

その自分の声に驚き、私はまたもや天井に頭をぶつけてしまった。まるで洞窟《どうくつ》で叫んでいるかのような大音響だったのだ。キャアアッ！　隣の部屋から悲鳴があがる。あたかも象の咆哮《ほうこう》。すさまじい大声だがソルの声だ。間違いない。私と同じように、ソルも巨人になってしまったようだ。

人が駆《か》けつけてくる足音がした。当直の研究員たちだろう。反射的にベッドにかけられていたシーツを引きはがし、体を隠す。できる範囲内で、精一杯。

「どうしたんです」

足音が部屋の前で止まり、男性研究員の声がした。彼らには私の裸体は見えない。というのに、顔が赤くなるのはいかんともしがたかった。

「わからないんです。寝て起きたら、こんなに大きくなっちゃってて」

そう言って、ドアの隙間から顔をのぞかせる。私と目が合うや、研究員はヒッと息をのんだ。ヒョウ柄のようなまだらフレームの眼鏡をかけた男。名前は知らないが、見たことがある顔だ。

「キ、キム先生、そちらは……いや、そちらもですか？」

まだらフレームがソルの部屋のほうを向いて訊いている。なにしろこの大声だ。状況をわざわざ説明せずとも通じるだろう。

「ええ、同じです、こっちも」

もう一人の研究員から答えがあった。

ソルと私がひと晩で巨人になった。ナヒ、ヒョンソ、インジュ。彼女らもだろうか。宇宙人どもはどんな姿だったろう。私は思い出そうと頭をふり絞った。あいつらって巨人族だったっけ？やっぱりダメだ。包み込まれたときのイメージがうっすらと浮かぶばかり、あとは何ひとつ思い出せない。そうだ、ナヒ。宇宙人の姿を思い出したって、あの子……。あの子に訊けば、なにか手がかりがつかめるんじゃないだろうか。

「ミアさん、ちょっとドアから離れられます？　ドアを破るほかなさそうなんで、すみません」

「ドアを破ったところで、そこから出るのはムリかと思うんですが」

「えっ？　じゃ、あの、正確に、どれぐらい大きくなったのか……」

「この部屋じゃ、足を伸ばして座れません。背筋もまっすぐ伸ばせません。いま膝を抱えて座ってるんですけど、狭い箱に押し込まれた気分です」

できるだけ声をひそめて言ったのだが、それでもガランガランと耳障りに響いた。

「はあ、そうですか。じゃ、壁をぶち抜かないといけませんかね。ちょっと待っててもらえますか。人を呼んできますから」

隣の部屋ではソルが泣いていた。慰《なぐさ》めの言葉をかけようとして口をつぐむ。自分にとっても耐え難い事態なのに人を慰めるなんて。そんな偉ぶったこと、できっこない。

　しばらくして、廊下から騒がしい足音が聞こえてきた。足音は、私の部屋の前で止まった。

「あのー、いま建築技師の方たちに来てもらったんですがね、えーと、壁をぶち抜きますので、ちょっと音がうるさいかと。あと、ドアがある壁からできるだけ離れててもらいたいんですが、できそうですか？」

「やってみます」

　ウィーン……壁を切る機械の音は、歯医者の音に似ていた。私は耳をふさぎ、壁から顔を出している機械の刃を見つめた。この体があとちょっと大きかったら、あの機械の刃でズタズタにされちゃったろうな。ギザギザした刃が肉に食い込むさまを想像して、私は吐きそうになった。

　壁は、思ったよりもあっさり抜けた。ビスケットみたいにすぽっと。廊下には研究員二人、建築技師四人、合わせて六人の男たちがいたが、みな啞然《あぜん》としていた。いや、啞然というより怯えた顔のほうに近いか。シーツを首まで引き上げたい気持ちはやまやまだったが、胸とへそ下を隠すので精いっぱいだった。

「ミア……」

　壁がぶち抜かれた部分から首を突き出し、私とソルは顔を見合わせた。巨大化したソルの丸い顔に涙の跡がくっきりと残っている。ソルが泣き止んでくれて、私はありがたかった。もう涙が枯れはてたからだろうが、泣いたところでどうにもならないと悟《さと》ったためだろうが、どうでも構わない。

そのとき、髪が濡れたままのチェ・セヨンが駆けてきた。白いガウンではなく普段着だ。今日は土曜日。家でのんびりシャワーでも浴びていたのかもしれない。

「この子たちのことは私に任せて。B棟の子たちがどうなったのか、確認お願いします」

チェ・セヨンは息を切らせていた。走ってきたからか、私たちが怖いからかは知るすべもない。

「院長先生には連絡しておきました。今ごろB棟でも作業が行われているはずです」

「ああ。キム先生はじゃあ、あの方たちの費用精算、お願いします。チョン先生は持ち場で待機していてください。この子たちは大講堂に移しますが、私ひとりでも十分そうですから」

「わかりました」

キム先生と呼ばれた男が四人の建築技師を引き連れて廊下の果てに消える。ここはもともと研究所ではなく、廃校になった学校だそうだ。

「でも、チェ先生おひとりではちょっと……危ないんじゃ……」

チョン先生と呼ばれたまだら眼鏡がひそひそ言っている。思いっきり声をひそめているが、耳が大きくなっているからかはっきりと聞こえた。

「私は大丈夫。戻ってください、早く！」

チェ・セヨンが目を怒らせる。まだら眼鏡はそろそろと退いていった。彼が廊下の果てに消えるや、チェ・セヨンが私たちを見上げて言った。

「さ、大講堂に行くわよ。立って歩くのはムリみたいね……」

「這っていきます」

そう言うと、チェ・セヨンは申し訳なさそうな顔になった。

ソルと私は廊下を這って大講堂に行った。大講堂のドアが両側に開く形だったので、どうにか中に入れた。

「ごめんね、ちょっと床に寝てみてくれる？　服を作らないといけないでしょ。サイズ測らせてくれるかな？」

チェ・セヨンは当惑気味だった。大講堂は天井が高いので、床に座れば頭がつかえることはない。とはいっても、頭と天井の間はせいぜい五センチぐらいだったが。

「ベッドシーツを基準にしたらどうでしょう」

私が言った。シーツの大きさは、私たちの体の片面を隠せるくらいだった。ちょうどバスタオルぐらいか。

「ああ、そうだわね。思いつかなかったわ。じゃあ、ここで待っててね。ちょっと時間はかかると思うけど」

「あのう、お腹すきました」

ソルが訴える。言われてみると、私も空腹だった。胃腸のほうはまたどれだけ大きくなったことやら、考えるだに恐ろしい。

「あ、そう、そうだわね。何か持ってきてくれるよう、チョン先生に頼んどくわ」

「チョン先生に伝えてくれますか。ドアの前に置いてノックして、そしたら戻ってくれればいいって」

チェ・セヨンは私の目をじっと見てからうなずいた。

トントントン。ノックの音がした。足音が遠ざかるのを待ってドアを開ける。ドアの前には大型のクーラーボックスが置かれていた。パン、菓子、牛乳、ジュースがたっぷり入っている。ソルがボックスに飛びつき、パンをつまみあげる。ところがパンが小さすぎて、ソルの太くなった指では袋を破れない。飲み物も同様だ。そこでソルは、ビニール袋ごとパンを口に入れ、くちゃくちゃ嚙んでからペッと袋だけ吐き出す方法をとった。そんな食べ方しちゃダメ。チェ・セヨンを呼んで開けてもらおうよ。そう言おうと思いつつ、いつしか私も同じように、包装されたままのパンや菓子を口に押し込んでいた。

「体の中に、なんかいる。感じない？」

パンや菓子の空き袋が見苦しく山を作ったころ、ソルが訊いてきた。口もとにクリームをくっつけている。私はそれを親指で拭《ぬぐ》ってやった。

「ううん、わかんないけど」

「あいつら、宇宙人の奴らが、あたしたちの体になんか植え付けたんだよ。それで、こんなふうになっちゃったんだ」

「ソル、あんた、映画の見すぎじゃないの？」

「じゃあ、これをどう説明すんの？　ミア、あんたっていつもあたしのことバカにしてるよね」

「え？　なに言ってんの、してないよ」

「ううん、してる。いっつもそうだった。あたしがあんたのこと好きだから。あんたにそんな態度とられても、あたしが我慢してるから」

「え……なんでそう思うの？」

「思ってたんじゃないよ、感じてたの。あたしがあんたのこと好きだからって……あんたがあたしのこと好きなのよりもっと好きだからって、あたしのことバカにする権利なんてないんだからね、あんたに」

ソルは膝歩きで離れていった。できるだけ私と距離を置きたいらしく、私とは対角線上に座る。とはいえ、私たちがなにしろ大きくなったので、私たちの間の距離はさほど広がらなかった。ソルは体を縮めて横になると、目をつぶった。すう、すう。じきに一定の間隔で息をする音が聞こえてきた。眠ったのだ。ソルにはストレスがたまると眠る癖がある。ソルがぐっすり眠っている間にインジュとヒョンソがやってきた。

「あれ、ナヒは?」

「それが……実は口止めされてるんだけどさ……チェ・セヨンが話すからって」

「え、なんかあったの?」

「死んだって」

「えっ?」

え、え、え……私の声が講堂にこだました。ナヒは嫌われ者だったけど、だからって死ぬなんて……。そんなこと、断じて望んでなかったのに。

「体がね、急に大きくなったもんだから、首がベッドの隅っこのとこに挟まって、それで折れちゃったんだって。でも変じゃない？　あたしのベッドなんかさ、つぶれちゃったよ、ぺったんこ」

ヒョンソが異議を唱える。ということは、私は寝返りを打ってベッドから落ち、その後で大きくなったのか。

「挟まった首の角度がね、捩《ねじ》れちゃってたみたい。そこへ声帯と食道が肥大して気道をふさいじゃったんだって。それで窒息《ちっそく》したらしいって」

インジュだ。この子はもともと口数が少ない。それが今、落ち着きはらってナヒの死因の説明なんかしている。同じクラスの子が死んだっていうのにインジュもヒョンソも泣いていない。私も泣かなかった。誰が死のうが世界が滅びようが、今の私たちに悲しむ余裕なんかない。ソルは依然《いぜん》として眠っていた。いや、寝たふりをしていたのかもしれない。

「残ったパン、食べていい?」

ヒョンソが訊くので、私は問い返した。

「もっともらおうか」

「ううん、あたしたち、食べてきたから」

インジュが答える。研究所に来てから、というか同じクラスになってから、いちばんよくしゃべっている。私は悲痛な気分で大講堂に座っていた。ヒョンソとインジュも虚脱状態だった。まさか、もっと大きくなったりしないよね。誰かがつぶやく声がした。


チェ・セヨンが大きなカートを押して入ってきた。カートの上には四着の白い服が几帳面《きちょうめん》に積み重ねられている。私たちに近づけば近づくほどチェ・セヨンは小さく見えた。私たちはガリバー、チェ・セヨンは小人国の住人になったみたいだ。チェ・セヨンに服を手渡された。巨大なワンピースは布袋に穴をあけたような代物だったが、着るしかない。私たちが服を身に着けている間、チェ・セヨンは回れ右をして壁を眺めていた。

「すいません、わざわざ」

背を向けているチェ・セヨンに礼を言う。

「みんな着替えた?」

はい。私が答えると、彼女は大講堂のドアを大きく開けた。

「ミア、ちょっといい? 話があるの。悪いけど廊下に出てくれる?」

「ここじゃできない話なんですか?」

「でなきゃ、出ようなんて言わないわよ」

チェ・セヨンの声には苛立ちが滲《にじ》んでいた。膝歩きで外に出る。膝が痛い。でも、這って出るのは嫌だ。が、そんな私のささやかな抵抗心はいくらも経たずにしぼんだ。廊下の天井が大講堂より低かったからだ。廊下に出てからは、ほとんどうつぶせといえるぐらいに腰をかがめなければならなかった。

「外に出ましょう」

そう言って、大講堂の脇にある非常ドアから出ようとしたチェ・セヨンが、あ、と小さく声をあげて、正門に向かった。私が観音《かんのん》開きのドアしか通過できないのを思い出したのだろう。

運動場に出た私はようやく背筋を伸ばした。本日初だ。建物の三階の窓に映る巨大な二つの目。自分のものだと知りながらも、思わずびくっと後ずさる。めまいがするほど広くなった視野の果てに海が見えた。ひしひしと感じる。ほんとに巨人になったんだ、私……。

「ねえミア、これ、ちょっと見てくれる?」

チェ・セヨンが白いガウンのポケットから写真を取り出す。しゃがみこんで写真に目を落とした私は、思わず手で口をふさいだ。ナヒの剖検《ぼうけん》写真。

「どうしてこれを……私に？」

「よく見て、ここのとこ」

チェ・セヨンがナヒの下腹を指し示す。ぼかし処理がしてあってよくは見えなかったが、そこにくっきり映っていたもの、それは胎児《たいじ》だった。アンモナイトのように身を丸くしている。三角形の骨がつんつんと突き出た背中は、ステゴザウルスを思わせた。大きさは、隣に映っている男性研究員とおなじぐらいある。

「妊娠……してたん……ですか？」

「そう……あなたたちはね、宇宙人に……」

チェ・セヨンが言葉を濁《にご》して私から目をそらす。

「あなたたちが急に大きくなったのはそのせいみたいね。体内の胎児が大きくなるから、それを保護するため……」

「え？　あの、妊娠って……それって、ナヒのことでしょ？」

「違うの。あなたたちみんな、なの。妊娠チェックの結果は陰性だったんだけど、ホルモン数値の変化が確かに激しかった……。ごめんね、もっとよく調べなきゃいけなかったのに」

チェ・セヨンが言いにくそうに眉間にしわを寄せる。私は運動場の隅《すみ》に駆けてゆき、嘔吐《おうと》した。さっき食べたものが胃からせり上がってきて、どろどろとあふれ出る。チェ・セヨンが歩み寄ってくる。彼女は女にしては大きいほうだ。そんな彼女の頭のてっぺんが、私の膝あたりにある。

「大丈夫、心配しないで。私たちが面倒みるから」

「ウソ！　ウソだ、そんなの！」

私は足をバタつかせた。地面にボコッと穴があき、チェ・セヨンがしりもちをつく。信じられない。なにがなんだかわからない。巨人になったってだけでもどうにかなりそうなのに、宇宙人の子どもを身ごもったって？　運動場の外に飛び出したかったけれど、そんなことをしたら最後、まずフェイスブックあたりに載り、それからニュースにも出て、大騒ぎになってしまう。有名人になりたいと考えたことはあるけれど、こんな姿になった私を人目にさらしたいなどとは全く思わない。

「ソル、呼んでくれる？」

「いえ、私から話します」

ソルは正しかった。体の中に何かいる。ソルはそう言った。妊娠してるなんて聞かされたら、彼女はどう反応するだろう。仰天するだろうか、それともまったく驚かないか。

「ダメよ。私が話す」

白衣の尻に付いた土をはらいながら、チェ・セヨンがきっぱりと言う。大きくため息をひとつ吐《つ》いてから、私は大講堂に戻った。

私たちは淡々としていた。否、ぼうっとしていたと言うのが正しい。私たちの身にふりかかったことが受け入れ可能な限度を超えていたので、どう反応すればいいのやらわからなかったのだ。ヒョンソだけがショック状態に陥《おちい》った。いや、いや、いや……膝を抱えて座ったヒョンソが前後に体を揺らすたびに、天井から下がった蛍光灯が危なっかしく揺れる。チェ・セヨンが毛布を持ってきてくれたが、毛布ごときではとうてい彼女の両肩を包みきれない。ヒョンソを無理やり寝かせ、毛布を何枚もかけてやる。モザイク柄の毛布みたいだ。ヒョンソがひどく体を震わせるので、何度かけてやってもそのそばから毛布は滑《すべ》り落ちてしまう。

「あたし、死ぬんだ。ナヒみたいに」

ヒョンソは震える声で言い続けた。

「大丈夫よ、お医者さんも呼んだし」

チェ・セヨンの声に、私たちはハッとした。彼女の存在をすっかり忘れていた。私たちにとって、彼女は小さすぎたのだ。

まもなく医療機器が運ばれてきた。体が正常な大きさだったときは怖気《おじけ》づかされたものだったが、今はおもちゃみたいに見えるのが滑稽《こっけい》だった。だからといって、笑うどころではなかったけれど。超音波検査機、心拍測定器、除細動器などの機器が次々と運び込まれ、中年の男性医師が現れた。内科検査の担当医だ。土曜日に出勤する羽目になったからだろう、顔に苛立ちを滲ませていた医師は、私たちを見るやいなや顔色を変えた。イラつきにとって代わって恐怖と驚愕《きょうがく》の表情が浮かぶ。

「お、お前たち……」

「先生、早く診察を」

チェ・セヨンが割って入る。

「ここでですか?」

思わず問い返す。体が大きくなったからって、プライバシーが消えてなくなるわけじゃないのに。二の句が継げない。

「しかたないでしょう」

チェ・セヨンが肩をすくめてみせる。

「隠せるようななにか……幕とかはないんですか」

「ここにある幕なんか使い物にならないの。わかるでしょ?」

ソルが無言でヒョンソに背を向けて座る。インジュも背を向けた。私も一拍遅れて背を向ける。

そのとき医師は、ヒョンソの胸に聴診器を当てようとしていた。次の瞬間。ううっ、奇妙な悲鳴に思わず振り向く。医師の耳から血が流れていた。ああ、鼓膜が破れたんだ。ヒョンソの心拍音で。とはいえ、医師のことが気の毒だなんて思えなかった。医師は聴診器を床にたたきつけ、悪態をつきながら出て行った。彼を追いかけて出て行こうとしたチェ・セヨンは何を思ったか、講堂の隅に座り込んでしまった。

今度は産婦人科の医師がやって来た。私たちに優しくしてくれたおかっぱ頭の医師だ。彼女には怪我してもらいたくない。私は診察のようすを見守ることにした。

「ミア」

チェ・セヨンがあごで合図する。後ろを向くように、と命じているのだ。しかたなく体をひねるふりをする。けれどその実、少し首を回せばいつでも彼女らを見られるような体勢を取っていた。

「エコー検査、できますかねえ」

おかっぱ頭は心配そうだ。無理もない。あんなに小さな経膣《けいちつ》プローブでヒョンソの内部を見るなんて、お笑いだ。

「できるところまでやってみていただけますか。私は院長先生と話し合ってきますので」

「わかりました。じゃとりあえず、ここは私が……」

チェ・セヨンは講堂から出て行った。おかっぱ頭は経膣プローブをぐうっと引っ張り、とりあえずヒョンソの中に入れる。いちど手を放して使い捨ての手袋をはめると、またプローブをつかみ、その手ごとぐっと突っ込む。予想していたことが起こった。手を入れただけでは、ヒョンソの子宮の内部までプローブが届かなかったのだ。おかっぱ頭は、今度は腕まで入れた。いつか見たドキュメンタリーが頭に浮かぶ。難産の牛の出産シーン。獣医は腕を牝牛《めうし》の体にぐっと突っ込み、子牛を引っ張り出していた。でも……でも私たちは人間なのに。やりきれなさがこみ上げる。おかっぱ頭はうんうん言いながら腕で中をかき回すが、画面は黒いままだ。なにも浮かばない。おかっぱ頭はため息をつき、腕を引き抜いた。白いガウンにはべとべとした粘液が付着している。困った顔で立ちつくしていたおかっぱ頭は、やがて決心したかのように、腕をぐううっと深く突っ込んだ。すると、画面に映像が浮かんだ。真っ黒で大きな目。鼻はなく、穴だけあいている……。宇宙人の顔だった。

あっ！　腕を引き抜き、小さく声を上げるおかっぱ頭。その目と私の目が合った。そこには嫌悪が浮かんでいた。おかっぱ頭があわてて表情を取り繕《つくろ》う。

私の子宮にも、ソルの子宮にも、あんな姿の宇宙人が入ってるんだ。ソルとインジュは抱き合って、小刻みに肩を震わせていた。

ガタン、ガタン……。講堂の床が大きく揺れた。蛍光灯がひとつ、床に落ちてくる。ヒョンソだ。痙攣《けいれん》している。それも激しく。おかっぱ頭がヒョンソに鎮静剤を二、三本うった。効かない。

どうせ一般人向けの量なんだろう。十本うったとしても効果は見込めないんじゃなかろうか。

「あ、も、もうちょっと注射器と薬を……」

おかっぱ頭は逃げるように出て行った。おそらく戻ってはこないだろう。

私たち三人は、ヒョンソを取り巻いて座った。ソルがヒョンソの左手を、私は右手をつかみ、インジュが頭を押さえる。それでもヒョンソの足は揺れ動く。駄々をこねる子どものように、休むことなく。ヒョンソはついには白目を剝《む》き、口から泡を吹き始めた。げえっ、げっ。苦しそうな荒い息。そのとき感じ取った。私たちは、ヒョンソを失うのだと。三人の目から、ほとんど同時に涙があふれ出る。そしてヒョンソの動きは止まった。講堂は静まり返った。あまりの静かさに、私たちの涙が床に落ちる音が聞こえそうだった。

「あたしたちも死ぬのかな」

独《ひと》り言のようにソルがつぶやく。

「うん、おそらくね」

「ちょっと、インジュ！」

私はインジュをにらんだ。

「死ぬのは怖くない」

小さい声で、でもはっきりとソルは言った。

「あの医者ども、ヒョンソを、ううん、あたしたちを、化け物を見るような目で見た。あんたたちも感じたでしょ？」

「あたしたちは化け物だよ。宇宙人に拉致されたときから化け物になる運命だったの」

インジュが言った。

「ちょっとあんた！」

思わずインジュの頬を叩いていた。嘲笑《ちょうしょう》を呑み込んで私をにらみつけてくるインジュ。それがやにわに大きな声で笑い出す。狂気をはらんだ笑いだった。私は背中が壁にぶつかるまで後ずさった。わかっている。私たちは化け物になった。また前みたいに小さくなれないとしたら、そしたらもう、普通の人たちと一緒に暮らすことはできないだろう。学校に通うなんて夢のまた夢だろうし、両親とひとつ屋根の下で暮らすこともできなくなるだろう。でも、そしたらどうなるの。私たちが暮らせるような大きな家を建ててもらえるんだろうか。よしんばそうしてもらえるとして、今お腹の中にいる宇宙人が生まれたら？　そしたら、そのときは？

「離於島《イオド》に行こう」

インジュが言った。私の手の跡《あと》がくっきり残っている顔は、この上なく真剣だった。

「離於島？　離於島なんかに行ってどうすんの。あそこには海洋科学基地しかないじゃん」

「その離於島じゃなくて、伝説の島の、離於島」

「あたしの言ってるところがその伝説の島だってば。海の中に沈んでるから、とてつもない高波でも打たない限り姿が見えない。それで、幻想の島って呼ばれてるんじゃない」

「違うよ。そこは伝説の島なんかじゃない。ほんとの離於島にはね、お母さんが住んでるの。海《あ》女《ま》だったんだ、うちのお母さん」

四年前だったか。インジュの母親は、仕事をしていて行方不明になった。海で行方がわからなくなったということは、死を意味する。大々的な捜索が行われたけれど、ついに遺体は見つからなかった。ニュースやなんかでいっとき騒いでたっけ。海女の溺死《できし》事故が頻発《ひんぱつ》していることを受け、安全対策づくりが求められるとかなんとか。

そうか、イッちゃってたんだ。口数が少ない子だとばかり思ってたけど、気の毒に……。とはいえ、ここを脱出しようって考えは、悪くないかもしれない。研究所にいたところで、私たちに希望はない。この半月の間、チェ・セヨンがしたことからしても、それは確実だ。注射器にたっぷり二本分の血を採って、宇宙船の中であったことを思い出せとプレッシャーをかける。あの人たちは、地球外生命体と接触した私たちを保護しようとしていたんじゃない。人目につかないよう閉じ込めて、暴れたり逃げ出したりしないよう見張っていただけなのだ。でも、今や状況は変わった。私たちが巨人になったから。私たちの中で地球外生命体が育っているから。これからはどう接してくるつもりなんだろう。五人のうち二人が死んだ。ヒョンソに打ったのは、本当に鎮静剤だったのだろうか。ナヒが窒息して死んだっていうのは事実なんだろうか。もしかして、解剖するためにナヒを殺したんじゃないか。いろいろな疑いが次々と頭に浮かぶ。ともかくここにいたところで、なにかが解決するってわけじゃない。

「ソル、あんたはどうしたい？」

「うちに帰る。お母さんに会いたい」

「それは、ここから出ようってことだよね」

「うん。ここにはいたくない。だって、ヒョンソみたいになりたくないもん」

「よし、じゃ早く逃げよう。インジュ、あんたも」

インジュがうなずく。私は大講堂のドアを押しあけようとした。ところが。なんだこれは。鍵がかけられている。誰がかけたんだろう。おかっぱ頭？　チェ・セヨン？　でも、そんなことしたってね……。フッ。鼻で笑ってドアに足蹴《あしげ》りをくらわしてやる。狙いが少し外れてつま先にビリっと痛みが走ったが、なんのこれしき。私は瞬《また》く間にドアを蹴破った。

「行こ。ここがどこなのかよくわかんないけど、市内を抜けるまでは、とにかく走ろう」

そのときだった。階段の脇からチェ・セヨンが姿を現した。やっぱり監視していたんだろうか、私たちのことを。

「ダメよ。ここにいなさい。私たちを信じて」

「デタラメはもうたくさん。信じられるわけないでしょう。ナヒとヒョンソはね、死んだんですよ」

「あれは事故だったの。あなたたちは絶対あんな目に遭《あ》わせない。約束するから。聞いて。外は危険なのよ」

「私たちにとって危険なんじゃなくて、あなたたち普通の人が、私たちのせいで、危ないことになる。でしょ？」

「違う。そんなことない、断じて」

「どいて。踏みつぶされたいの⁉」

私の警告に屈せず、チェ・セヨンは腕を広げて私たちを阻《はば》もうとした。

「行こう」

ソルの一言を合図に私たちは走り始めた。床に散らばったレゴブロックを避けて進むように。もちろん、チェ・セヨンを踏んづけたりしないようにだ。正門を通過するとき、私は振り向いた。

チェ・セヨンが必死で追いかけてくる。でもムダ。私たちに追いつくなんて、出来っこない。あーはっは！　笑いがこみ上げてきて、弾《はじ》ける。スカッと爽やかな笑い、じゃないな。気の抜けた笑いだ。こんなにあっさり逃げ出せるなんて。ソルもインジュも笑っていた。私たちを見た人たちが、びっくりして逃げている。そんな中でも、携帯電話をこちらに向けて突き出し、写真を撮る輩《やから》がいた。けれど、恐い顔をして恐竜のような雄叫《おたけ》びをあげてみせたら、真っ青になって逃げだした。度胸なんてこれっぽっちもないくせに、写真撮ろうなんて、ざけんじゃねえよ。大股でずんずんと街中を走り抜ける。建物や街路樹はできるだけ避けて通ったけれど、私たちが通り過ぎた後には、割れたアスファルトや崩れた歩道ブロックが累々と残った。致し方ない。最善は尽くした。

「ちょっと、ひと休み、しない？」

ソルは息を切らせていた。そういえば、もともと気管支が弱いほうだったな。胸を手で押さえて苦しそうに息をしているソルの頭が、傾《かたむ》きかけた夕日と重なる。ソルの肩の後ろに広がる空が赤く染まっていた。

「大丈夫？　もう歩ける？」

インジュがせかす。うん、行こ。歩き出したソルの後に私が続く。ところがそのとき。どこからか、安物のマイクを使っているに違いない雑音まじりの声が聞こえてきた。

「オ・ミア、キム・ソル、ファン・インジュ、君たちは包囲されている。今すぐ止まりなさい」

いつの間にか、軍人たちが私たちを取り囲んでいた。戦車にジープ、カーキ色の服を着て帽子をかぶった人たち。でも、まるでおもちゃの兵隊みたいで、まったく脅威《きょうい》に感じられない。

「いいよ、こんな奴ら、ほっとこ」

インジュが先に立って進もうとすると、パーン！　銃声が響いた。う……。インジュの口からうめき声が漏れる。ふくらはぎに銃弾が突き刺さって血が流れ出していた。インジュの顔が苦痛に歪む。

「撃つな！　撃つなあ！」

ソルが叫ぶと、おそらく隊長なのだろう、マイクを手にした軍人が耳をふさいだ。私たちは巨人になったぶん声も大きくなっていたが、中でもソルの声は耳をつんざく大音響だった。

「動くな。動いたら撃つ！」

「どうする？」

ソルが泣きそうな顔で言った。そういえば、私たちはまったくの丸腰だ。武器もない相手に銃を撃つなんて……私たちは人間じゃないっての？　怪獣映画の主人公かっつうの。そのときひらめいた。医師の鼓膜……。聴診器でヒョンソの心音を聴いたらあっさり破れてた。今さっきソルが声を張り上げたら、隊長は耳をふさいでた。よし、いっぺんやってみよう。

「ソル、今からね、思いっきり叫ぶの。いい？」

「え？　あ、うん」

「インジュ、あんたも。よければ叫んでくれない？　もう死ぬ気で」

「わかった」

「せーの、いち、に、さん！」

うわあああっ！　私たち三人は声をそろえて叫んだ。私たちの声は、雷より大きく轟《とどろ》いた。

私たちを取り巻いた軍人たちが一斉に耳をふさぐ。私はソルとインジュの手を握った。目顔で言う。絶対にやめちゃダメだよ。ここを脱け出すまで。私たちは叫びながら、行進でもするように一歩一歩、足並み揃えて進んだ。なぜだろう、涙が出てくる。私だけじゃない。ソルとインジュも泣いていた。

「よし、じゃあ走ろう」

彼らの射程距離から脱け出すや、私は叫んだ。私たちはまた走り始めた。足を踏み出すたびに大地が揺らぐ。インジュは心もち足を引きずっていたけれど、走れないほどではなかった。

私たちは走り、走って、山房山《サンバンサン》の麓《ふもと》に身を潜《ひそ》めた。ソルがスカートの裾を口にくわえて引き裂き、インジュの足に巻いてやる。なんの手当もしていないふくらはぎからは血が滲み続けていた。

「ねえインジュ、大丈夫?　あたしはお母さんのとこに帰るけど、一緒に行かない?」

「大丈夫。ありがと。でもね、あたしは離於島に行くの」

「どっちにせよ、弾は抜いたほうがいいんじゃない?」

「手当てはお母さんにしてもらう。とにかく離於島にさえ行ければ……」

お母さん、と口にするときのインジュの瞳は輝いていた。その顔をみると、もうそれ以上は引き留められなかった。

「わかった。幸運を祈る」

インジュに右手を差し出す。謝罪と感謝の気持ちを込めて求めた握手。インジュがいなかったら、脱出するなんて思いもつかなかったろう。インジュも手を差し出し、私の手を握った。

「じゃあね、インジュ」

ソルは涙声になっていた。インジュが海岸に向かって歩みだす。私たちは、その後ろ姿が小さな白い点になるまで見送った。

「さ、うちに帰ろ」

ソルの家には何度も言ったことがある。シングルマザーのソルの母親は仕事が忙しく、帰宅はいつも遅かった。なので、ソルの母親の顔を見たことは一、二回しかない。今日は土曜日だから家にいるよ。ソルが明るい声で言う。

「のど渇《かわ》いたなあ」

かなり歩いたところでソルが言った。私たちは巨人なので、コンビニにも入れない。喉が渇いてるのに、水を飲むことすらできないなんて。

「ま、いっか。うちに帰ってお母さんにもらえば」

たった今の言葉を打ち消すように、ソルが白い歯を見せて笑う。山房山から西帰浦《ソグィポ》の西端にあるソルの家まで十分ちょっとで着けた。ふつうなら、いや、大きくなる前だったら、一時間以上かかったろう。

「ねえ、着いたよ。わあい」

見慣れた平屋建ての家を指さして、ソルがはしゃぐ。二人とも入るには庭が狭いので、私はとりあえず外に出ていることにした。

「お母さん」

ソルが家の前にしゃがみこんで、母親を呼ぶ。

「お母さん」

玄関が開くと思ったのに、窓が開いた。まあ、どんなドアが開こうが、どうせ入れないが。母親と目を合わせようとして、ソルは地面にうつ伏せ、頬杖をついた。

「ソル……」

なかば正気を失ったような顔で、ソルの母親は娘の名を呼んだ。お母さん……。ソルが半泣きになって、窓のほうへ手を差し伸べる。反射的に後ずさりしていたソルの母親が、ソルの親指を両手で包む。その目から涙があふれた。二人はしばらくの間、何も言えずにただ泣いていた。ソルの母親がつけていたテレビからはニュースが流れていた。私たちのことを報じている。

ついにソルの母親が泣き止み、口を開く。

「ソル、ここにいたら危ないでしょ。研究所に戻りなさい」

「え？　何言ってんの、お母さん。帰れって言うの、私に？」

「そうよ。研究所にいなきゃ、危険でしょう」

「お母さん、ねえ、なんでそんなこと言うの？」

「じゃあ、どうしたらいいの、あんたを……」

ソルの母親が喉を詰まらせ、苦痛に満ちた表情を浮かべる。

「どうするって、なにを？　あたし、おかあさんと一緒にいたくって帰ってきたんだよ」

ソルの声が興奮に高まると、母親はビクッと体を震わせて後ずさった。ソルがあわてて声をひそめる。

「おかあさん、あたしね、研究所には戻らない。だって、あそこのほうが危険だもん。あのね、友だちが二人も死んだんだよ」

「ソル、おかあさんはね……。うん、そうよ、研究所に戻れば、治療してもらえる。また前みたいに戻れるはずよ、きっと」

「そんなことないよ、おかあさん。ねえ、あたしはね、もう巨人として生きるっきゃないの。ヨンドゥンハルモニみたいに、ソルムンデハルモニみたいに。お母さん、お話してくれたよね、巨人のおばあさんのこと。あたしがちっちゃいときに。覚えてるよね。それにあたし、実は……あ、ううん、なんでもない。あたしがさ、うち建てるよ。お母さんと一緒に住めるように、おっきなうちを建てる。力がね、うーんと強くなったんだよ、あたし！」

ソルがしどろもどろになってしゃべりたてる。不安になると、ソルは口数が増えるのだ。

「ごめんね、ソル。あたしはおかあさんなのに……なんにもしてやれない」

躊躇《ため》い、迷っていたソルの母親が、ついに顔をそむけた。ゆっくりと窓が閉められる。と同時に、私の心も閉じた。うちの両親だって、さほど変わるところがないだろう。それは確信だった。

「おかあさん、ねえ、おかあさんってば！」

ソルが手のひらで窓を叩く。ガチャガチャーン！　音を立ててガラスが割れる。家の中でソルの母親が悲鳴をあげた。

「ソル、お願いだから……研究所に戻りなさい……」

「おかあさん、なんで？　なんでそんなこと言うの？　あたし、おかあさんの娘だよ。でしょ？ここがあたしのうちじゃない！」

ソルはドアを蹴り、屋根を叩いた。そのたびに古い家のあちこちが崩れる。

「やめなよ、ソル。何したってムダだよ。諦《あきら》めよう」

ソルの手首をぐっとつかんで言う。

「放してよ。あんな人、お母さんじゃない。だって、ひどいよ、我が子を見捨てるなんて。巨人になろうが化け物になろうが、娘なのに！」

ソルが私の手を振り払い、地団太《じだんだ》を踏む。身をよじる。私はソルを抱き寄せた。そして赤ん坊をあやすように言う。ううん、ちがうよ、捨てたんじゃない。あたしたちが大きくなりすぎちゃったんだよ。ほら、ほら……大丈夫だって。あたしとさ、離於島に行こうよ。そこで楽しく暮らそう、二人で。

そのとき、サイレンの音が聞こえてきた。軍人が私たちを取り囲み、銃と大砲で狙っていた。私たちは、何も悪いことをしていないのに。ただ巨人になってしまっただけなのに。

「え……軍人たち、どうしてここに。まさかお母さん、通報した……？」

「なに言ってんの、ソル。そんなわけないじゃん。ここに来るに違いないって思って来たんだよ。それか、誰かあたしたちのこと見て、それで通報したか、どっちかだよ」

「ああ、もういい。もうどうでもいい。みーんな踏みつぶしてやる。軍人どももこの家も！」

「ダメだってば。あたしたちはね、怪獣じゃないんだよ」

「ううん、怪獣だよ。怪獣なんだよ、もう！」

ソルがあらん限りの大声で叫ぶ。私もつられて泣き叫んだ。逃げたり地面に倒れたりと、軍人たちはもはや、てんでんばらばらになっていた。血を吐くように喚《わめ》きたてながら、私たちは駆けた。ソルの家が遠ざかる。私たちが走れば走るほど、ぺちゃんこに潰れた車や崩れた家などが増えていく。もしかしたら、怪我をした人や命を失った人もいるかもしれない。私たちのせいで……。

巨人は、人間の世界で暮らすことはできないのだ。

無我夢中で駆けていた私たちは、いつしか海辺に来ていた。白い砂浜が広がっている。さらさらしたきれいな砂が、傷だらけの足の裏に心地よい。濃い紫色をした空には、ソルの横顔に似た半月がおぼろげに光っていた。

「あたしたちさ、大きくなりすぎちゃったんだね」

ソルが寂しそうな顔で私を見る。

「うん。ここはさあ、あたしたちには狭すぎるよね」

軽く、冗談めかして言いたかったのに、私の声は哀しい響きを帯びていた。ソルの表情よりもっと。

「離於島に行こ、あたしたちも」

「うん、そうしよ」

私たちは手をしっかり握り合い、砂浜を後にして海に入った。十月初旬の夜の海は冷たい。水が足首までくるあたりで、私たちはしばらく立っていた。ひんやり冷たい風が体当たりをしてくる。ソルが肩を軽く震わせる。私は、握り合った手にぐっと力を込めた。ソルはもう震えていなかった。私たちは顔を見合わせて笑った。そして黒い海に踏み入っていく。ざぶざぶと、離於島をめざして。

巨人少女　ナム・ユハ

作者あとがき

済州《チェジュ》は神秘的な美しさを持つ島ですが、その美しい懐に、実に多くの物語を抱いている島でもあります。

済州島の説話には、しばしば巨人が登場します。その巨人たちがハルモニ、ハルマン（おばぁさんの意）だということに私は興味を抱きました。済州島を作ったソルムンデハルマン、海の安全を守り、豊穣をもたらすとされるヨンドゥンハルマン。私はこの二人のハルマンが大好きで、その話をモチーフにした小説を執筆するに至りました。

説話に登場する二人のハルマンには三つの共通点があります。巨人であるという点、人間を愛しているという点、そして彼らの愛情が報われなかったという点。

ソルムンデハルマンは、下着をひとそろい作ってくれたら、島と陸地を結ぶ橋を作ってやると人間に言います。けれど人間たちは約束を守れませんでした。百枚必要な絹が、一枚たりなかったためです。怒ったハルマンは、橋を架けるのをやめてしまいます（ソルムンデハルマンはその後、息子たちに食べさせる粥を炊いているときに釜に落ちて死んでしまいます）。一方のヨンドゥンハルマンは、人間の漁夫たちを助けたことが発覚し、一つ目の巨人たちに殺されてしまいます。

巨人のおばあさん、つまり力をもった女性が、なぜこんなにも冷遇されたり、残酷な死を迎えたりしなければならなかったのでしょう。

そんな疑問を抱いたことから、この小説は生まれました。巨大になってしまったがために社会から排斥される少女たち、人と違うという理由で世の中から孤立する少女たちの話です。
少女たちが、彼女たちの心の島、離於島《イオド》にどうか、たどり着けますように。

（小西直子訳）

徐福が去った宇宙で

ナム・セオ

서복 이지나간 우주에서

남세오

ナム・セオはソウル大学原子核工学科を卒業し、研究員をしていたある日、なんとなく文章を書き始めた。ほとんどの作業をひとりで行い、その結果として出来上がったものは読者によっておのおのの方式で読まれ得る、そんな小説という媒体に心地よさと魅力を感じている。幻想文学ウェブジン『鏡』の執筆陣であるほか、オンライン小説プラットフォーム〈ブリットG〉に「ノーマルシティ」というペンネームで作品を発表している。『肌を合わせる』、『優雅な宇宙人』などのSFアンソロジーにも参加。著書としては、『重力の歌を聴け』がある。

徐福が去った宇宙で　　　　ナム・セオ

死んだ月の海。耽羅星《タムナ》を取り巻く岩塊の帯……というより皮に近いか。かつて耽羅星の赤道から極地に至る様々な軌道を描いて回っていた幾《いく》つもの衛星は、どれもぶつかり合って砕け散り、いまや大小の欠片《かけら》となって、耽羅のまわりの宇宙を巡っている。

そんな衛星の欠片のひとつ――大きさが二階建ての建物くらいの岩石――その表面のでこぼこの隙間《すきま》に身を落ち着けて、一面に星がちりばめられた宇宙の景色が目の前を流れてゆくさまをモンナはぼんやりと眺めていた。黒い影に覆《おお》われていた耽羅星の一方の端から少しずつ光がにじみ出て、やがて大きな弧《こ》を描く。待つことしばし。ついにコレル、すなわち耽羅星の太陽が頭を覗《のぞ》かせ始める。宇宙から眺める日の出だ。

耽羅星は、コレル恒星系のいちばん外側の軌道を回る小さな惑星だ。太陽から遠いだけに冷たく凍り付いているはずのその表面にはしかし、見渡す限りの青い海が広がっている。地殻活動が異常なまでに活発で、少なからぬ地熱が噴き出しているためだ。人々は、小さな惑星のあちこちに散らばる火山の近くに寄り集まって暮らす。モンナもやはり同様だ。

とはいえ、モンナとしては、惑星の地表に立っているよりも、こうして宇宙から眺めているほうがよかった。惑星から遠ざかれば遠ざかるほど、どういうわけか心がときめくとともに、安らぐ。寄る辺のない宇宙空間。それでもちっぽけな岩の塊さえあれば、モンナはそこに身を置くことができる。永遠に宇宙をさすらいながら、いろんな星を見られるったけ見たい。それがモンナの願いだった。耽羅星だって、もとは星間空間をひとりぼっちでさすらっていたと言うけれど。コレルの重力に捉《とら》えられる前は。

だからといって、無限に広がる宇宙の遙《はる》か遠くには出られない。ここが限界だ。死んだ月の海。砕けた星の残骸ただよう空間。耽羅星は、岩塊の帯で取り囲まれている。その厚さは一万キロメートルを超える。そのうちモンナが特別な装備なしで遊泳できるのは三百キロメートル以内。でも、モンナの他にはそこまで行ける者はいない。呼吸と飛行の両方に使われる気体。それを常に絶妙に使い切るモンナだからこその遊泳距離だった。

「おい、なにしてんだよ、さっさと戻れって！」

ヘルメットの内側にダルマンの声が木霊《こだま》する。岩塊の帯のすぐ外に停めた小舟の中で、ダルマンはいつもモンナを待っていた。宇宙船のような大きな金属物体は、死んだ月の海には入れない。磁場と太陽風と岩の欠片が入り混じり、渦を巻く死んだ月の海。そこに進入したが最後、一瞬のうちに様々な大きさをした岩片の攻撃を受けることになる。金属は、周囲の物質を引き付けるのだ。ということで、そこに入ることができるのは、炭素繊維混じりの強化プラスティック素材でできた薄い宇宙服を身に着け、酸素ボンベを背負った人間だけだ。

「わかったって。でもちょっと待って。日が昇るの見てから一」

「なに言ってんだ、圧力警告を見ろ！　まったく毎回毎回ムリな遊泳しやがって、見てるこっちがハラハラすんだよ。で？　『矮星《わいせい》』は掘りだせたのか？」

「そこんところはご心配なく。見て驚くな、最高級のネススリィアム。こいつがあれば、酸素ボンベを新調できるよ、最新型のに。圧力をさ、二〇パーセントもアップできるってヤツ。それからあんたが口癖みたいに言ってるアレ、小舟の姿勢制御装置もアップグレードできるだろ」

「なに夢みたいなこと言ってんだ。引越し資金だよ、ソイツは。地熱活動指数が上がり続けてんだぞ、四か月連続で。いつ火を噴いたっておかしくない火山の隣にゃ住めない。なんべんも言ったろ？」

「あ、そうだっけ？」

「そうだ！　だから今すぐ戻ってこい。どうしても戻りたくなけりゃ、矮星だけでも寄こせよ！」

通信が切れた。腰にしっかりと結び付けた原石を、モンナはもういちど確認した。モンナの体ほどもあるネススリィアム。死んだ月の海をさまよう衛星の欠片だ。そんな欠片のうち耽羅では手に入らないレアな鉱物は「矮星」と呼ばれる。酸素ボンベを背負って宇宙を遊泳し、矮星を掘る「潜《もぐ》り手」。それがモンナの仕事だった。

いつしか耽羅星の陰から完全に姿を現したコレル恒星が、でこぼこした欠片の表面に影を落としている。モンナは方向を慎重に見定めた。足元をしっかり踏みしめてから、膝を思いっきり屈伸させる。モンナの体が耽羅星めがけてまっすぐに飛んでいく。モンナがしばし留まっていた衛星の欠片はだんだん小さくなり、コレルの光を反射するちっぽけなひとつの点になったかと思うと、宇宙の暗黒に呑み込まれていった。

宇宙服の内側にある気体を手首の噴射口から少しずつ出しながら、モンナはスピードを上げた。

きっかり小舟までたどり着ける量だ。

スピードを上げようとして気体を噴き出しすぎると息をするための酸素が足りなくなる。だからといって、スピードを緩めっぱなしでは目的地まで時間がかかり、やはり呼吸するための酸素が足りなくなる。無重力状態の宇宙を一定量の気体で遊泳できる距離は、この二つの変数を最適化することで最大限に伸ばせる。姿勢制御や速度調節に必要以上の気体を使わないよう気を付けるのはもちろんのこと。

それらを絶妙に調節しつつ、宇宙船が入れない死んだ月の海の深いところまで入り込み、レアな鉱物を採掘してくるのが潜り手の仕事で、どんな鉱物をどれだけ採《と》ってこられるかは潜り手の遊泳テクニックにかかっている。耽羅星での人々の生活は、潜り手たちが掘ってくる鉱物で成り立っているといっても過言ではない。潜り手の遊泳距離が長いほど、貴重な鉱物を掘り出せる確率は高くなる。金を稼ぐため、潜り手たちは圧縮気体が底をつくまで命を危険にさらして宇宙を泳ぎまわる。そんな潜り手たちの中でモンナはトップの実力を誇る。

とはいえ、モンナが遊泳距離を最大限に伸ばそうとするのは金のためだけではなかった。遠くまで行くことじたいが楽しいからだ。耽羅星を取り囲む死んだ月の海の外を見てみたい。それができることならば。太陽風に乗り、耽羅星の周辺を泳ぎまわっているという伝説の銀色の竜を見てみたい……。そんな命を賭《か》けた遊泳に、モンナはのめり込んでいた。どれだけ遠くまで泳いでいけるか。その術《すべ》を考えるのに頭がいっぱいで、矮星を掘れずに戻ってくることもたびたびあった。

気が気ではないのがパートナーのダルマンだ。稼ぎなど問題ではない。モンナに二度と会えなくなるんじゃないか、それを怖れてのことだ。「小舟」と名付けたちっぽけな宇宙船を操って、海の近くまでダルマンはモンナを連れてくる。そして、胸をわくわくさせて漆黒の宇宙に飛び込み、たちまち姿を消す無邪気なモンナをあてどなく待つのだった。圧縮気体を使い切り、突拍子もないところに流されたモンナを助け出すのもダルマンの仕事だ。そういうことはしょっちゅうあったが、いつもモンナは無事にダルマンの胸に戻ってきていた。

「おーい、ダルマーン」

通信が入った。ダルマンがハッとしてレーダーに目を向ける。レーダーが捉えたモンナの電波は、明後日の方向へ進んでいた。

「おい、なにやってんだよ。どこへ行こうってんだ？」

「石の欠片がさあ、急に飛んできたんだよ。よけようとして体を回転させたらさあ」

「させたら？」

「気体、切れちゃった。あと深呼吸一回分ぐらいしか残ってないや」

「だからいっつも言ってるだろうが！　いや、いい。とにかくお前はもうしゃべるな。体こっちに向けろ。できるったけだ。いま行くから！」

ダルマンは急いで操縦桿を握り、燃料を噴射させた。モンナとの距離が少しずつ縮まり始める。ルートを設定したダルマンはヘルメットを目深《まぶか》にかぶり、ハッチに駆けつけた。救命ロープを引っ張りだし、腰にしっかりと結んで宇宙へ続くドアのオープンボタンを押す。そして開きかけの隙間に体を捻《ね》じ込み、宇宙空間に飛び込んだ。

遠く、漆黒の宇宙にちりばめられた星々の間にモンナの白い宇宙服が見えた。最大圧力で気体を噴射する。モンナの姿がだんだん大きくなる。もはや噴射する気体がないのだろう、宇宙空間をひたすら等速で飛んでいる。モンナの息はあとどれぐらいもつんだろう。

焦《あせ》るダルマンの気持ちに反して、モンナとの距離はなかなか縮まらない。

イライラしていたダルマンの目に、モンナの腰に結わえ付けられたままの原石が映った。思わず怒鳴る。

「おい、とっとと捨てろ、その石！　この期《ご》に及んでまだそんなものを……！」

それを聞いたモンナは原石をつかむと、ダルマンめがけて投げようとした。ダルマンが慌てて叫ぶ。

「逆方向に投げるんだよ、バカ！」

ようやくダルマンの言うことを聞く気になったのか、モンナはひょいと肩をすくめたかと思うと、体をくるりと回転させた。原石にまたがろうとするかのように両足を持ち上げ、えいっと石を蹴る。石が反対方向へと飛んでゆき、モンナはそれと同じスピードでダルマンに近づいてくる。そしてついに戻った。ダルマンの腕の中に。透明なヘルメット越しに見えるモンナの顔には、何事もなかったかのような笑みが浮かんでいる。ダルマンが酸素ラインをつなげると、モンナは深々と一息吸い込んでから言った。

「ああ惜しかったなあ、ネススリィアム。だろ？　引越しできなくなっちゃったじゃんか」

モンナが蹴り飛ばしたネススリィアムは、宇宙を飛んでいた。岩塊にぶつかり、ぶつかりして向きを変え、今は表面のごく一部が明るく照らされている耽羅めがけて。そのまま大気圏に突入すれば、溶けて小さな光の滴《しずく》となり、海に舞い散ることだろう。開いた口がふさがらないといった態《てい》で、ダルマンはモンナを見つめた。

「いま何つった？　引越し？　そんなこと言ってる場合かよ！　引越しのために命賭けて原石を捨てずにいたってのか？」

「だって、ダルマンが言ったんじゃん、戻りたくなけりゃ原石だけでもよこせって。いつ噴火するかわかんない火山の隣にゃもう住んでられないともさ」

「もういい！　引越しなんかもうどうでも！　あーあー、オレがバカだったよ。すまなかったな、あんなこと言って。だからってなんだよ。死んで恨みを晴らそうってか？」

「じゃさ、酸素ボンベのほう先に買っていい？　最新型の」

「いいよいいよ、好きにおし。酸素ボンベ新調しようが、ビール山ほど買ってがぶ飲みしようが、どうぞお気に召すままに！」

そう言うダルマンに笑顔を向けたまま、モンナは目を大きく見開いて自分の腰を指さす。腰に結ばれているリールがクルクルと回り、細い炭素繊維を送り出していた。その先にあるのはネスリィアム。モンナは石を捨てていなかったのだ。まんまと引っかかったダルマンがモンナをねめつける。そのときリールの回転が止まった。糸がピンと張り、モンナの体がダルマンの手からするると抜け出す。ダルマンは慌ててモンナの腕をつかみ、自分の腰に結ばれた救命ロープをモンナの体にひと巻きする。ようやく安堵したダルマンは、けらけら笑っているモンナの背中を思いっきりひっぱたいた。

★

「まったく、お前ってヤツは。どうしてそうも生き急ぐ？」

　モンナが採掘してきたネススリィアム原石は、思ったほど高くは売れなかった。モンナの望み通りに酸素ボンベを新調したら、残額は普段の収入にも満たなかった。横目でにらみながら文句を言うダルマンをよそに、モンナはビールを煽る。

「んなわけないじゃん。いつだって最善を尽くしてるよ、死なないようにさあ」

「お前の努力はとりあえず危機に陥《おちい》ってからのことだろう。まず危機を避けようって考え方はできないのか？」

「それじゃ、生きてるって感じがあんまりしないじゃん。生きてるって感覚はさ、緊急信号みたいなもんなんだってば。ふだんとは違う状況に置かれたときにはじめてパッと灯るんだよ。ああ、どうしよう……って思ったときに。そういうときに下す決断、それが生きてるって証拠。いつもとおんなじ状況で、誰もが下すようなありきたりの決断を繰り返すってのはねー。生きてるって感じがしないんだよな」

「ハッ……相変わらず口だけは達者だな。でもな、お前の大好きな生きてるって感覚……なんだったっけ、信号？　うん、それだ。それを感じられるのもな、お前の命が続いてこそじゃないのか？　お前の方がもっとよくわかってるはずだろ。潜ってるのはお前なんだから。息をすべきか、進むべきか、そのバランスを絶妙に取るのが潜り手だろう。けどお前はな、息しないでがむしゃらに進んでる。そんなふうに見えんだよ。スピード上げて遠くまで飛んでったところで、死んじまったらもうそれもわからないだろ、え？　違うか？」

　ダルマンがここぞとばかりに言い立てる。モンナはとっさに言葉が出ず、頭を掻《か》きながらビールをあおる。グラスの内側に泡のあとを三つ付けたあとで、ようやくモンナは言い返した。

「引越しには金がいる。だろ?」

「下手な言い訳は聞かないからな。お前の腹ん中ぐらいお見通しだ。酸素ボンベもアップグレードしたことだし、もっと遠くまで行ってみようって思ってるだろ。引越しの費用だとかなんとか口実つくってさ。で、オレは待ち続けるってわけだ、ずうっとな。どうだ、オレの言う通りだろ?」

「あのさ、あたしが帰ってこなかったことってある?」

「これまではな。けど……」

そのとき家が揺らいだ。テーブルの上をぐるっと回って倒れそうになるグラスをモンナがパッとつかむ。揺れはじきにやんだ。このところ、地震がめっきり増えた。火山が噴火する可能性はまだ低いといえど、人々は不安になり、一人、二人と別の火山の近くに居を移し始めていた。モンナがかすかな笑みを浮かべる。

「ほうら、やっぱり稼がないと。早く引っ越せるようにさ。ね?」

「だったらなぜ酸素ボンベを新調……ああ、もういい。なに言ったってどうせ聞かないもんな。やってらんないわ、ビールでも飲まなきゃ」

ダルマンはモンナを睨《にら》みつつ、グラスをひったくる。いつになく大量のビールを喉に流し込むダルマンのようすにいくらかは良心がとがめたのか、モンナは軽く咳ばらいをして話を変えた。

「ところでさあ、知ってる? 死んだ月の海には銀色の竜がいるんだよ」

「そんなの伝説だろ、昔の」

「見たって人がいるんだよ」

「ふん、潜り手ってのはまーったくほら吹きぞろいだな。見たことないものなんてないだろう。そうだな、ピンクのウサギなんかどうだ？　見たってヤツいないのか？」

「いや、それがさ、必ずしもほらじゃあなさそうなんだよな。だってほら、あれかもしれないだろ、宇宙船。よその恒星系のさあ」

「宇宙船は死んだ月の海にゃ入れない。知らないなんて言うなよな。金属のもんが通れるのは磁気圏の端っこのせまーい通路だけ。ほかにはない。だから耽羅星は安全。宇宙海賊が入ってこれないから。わかりきったことだろが」

「でもさ、難破した宇宙船かもしれないじゃん。で、考えたんだけどね、もしもほんとに難破した宇宙船だとしてさ、そいつを見つけ出したらそれこそ一攫千金《いっかくせんきん》だぞ？　そうすりゃ引越しの金なんか一発だしさ、宇宙船と宇宙服の安全装置だって買えるだろ？」

はしゃいでしゃべりまくるモンナには目もくれず、ダルマンは残ったビールを一気飲みした。

銀色の竜の伝説なら知っている。

昔々、空に浮かぶ星ならぜんぶ片っ端から行ってみたいと思っている人がいた。その人は悲しんでいた。なぜなら自分に残された人生の長さに比して、星々の数が途方《とほう》もなく多いから。これからの生涯を日々泣き暮らしたとして、その涙の滴をぜんぶ集めても星の数には満たないのだ。そう考えると人生なんて、たいして意味のないものなんだな。風に弄《もてあそ》ばれる木の葉ほどの重みもないんだな。そんな思いにかられながらもあくまで夢をあきらめずに空を見上げていたその人は訪れる試練にすべて打ち克《か》って、ついには夢を叶えるに至る。彼はいまも星々の間を旅しているという。銀色の竜の背にまたがって、これからも永遠に。

モンナは銀色の竜を見つけて金を稼ぎたがっているわけではない。その背に乗って宇宙を旅したいのだ。それは重々承知している。

★

新品の酸素ボンベを背負い、死んだ月の海のさらに深くまで泳ぎ入ったモンナはついに見つけた。遠く光る銀色の物体……。その光り方から見て、ゴツゴツした衛星の欠片ではない。滑《なめ》らかな金属が反射する光だ。潜り手たちの言っていたことは、ほらではなかったのだ。彼らは離れたところから眺めただけだった。一方、それで満足する気はさらさらないのがモンナだった。

「なっ……圧力、あとどれだけなのかわかって言ってんのか？　今すぐ戻れ。でないと永遠に戻れなくなるぞ！」

「人工構造物だよ。間違いない。宇宙を飛べるような構造物なんだったら、酸素タンクのひとつやふたつ、残ってるって。きっと」

「きっと⁉　それは正確にどのくらいだ？　確率で言え！」

「そうだなあ、うーん……百パーセント？　どうも死ぬような気がしないんだよねえ」

「お前……ふざけてんのか、ああ？　今すぐ戻れ！　いいか？　言っとくけどな、行くんならオレたちはここでおしまいだ。オレはお前を置いてくぞ。そうなったらな、百パーセントだろうが二百パーセントだろうが、そのうえタンクが百個あろうが、お前は宇宙の藻屑だ。百パーセント！」

「うーんダルマン、おまえがあたしを捨ててく可能性は、そうだなあ、うーん、ゼロパーセントかな。じゃ、行ってくる！」

モンナは通信を切った。そして、漆黒の宇宙空間で銀色に輝いている遠い物体をめざしてスピードを上げた。

モンナのカンは的中した。銀色の物体はやはり宇宙船だった。それも難破船ではなく、平常に運航している宇宙船だ。コレル恒星の光をきらりとはね返す滑らかな金属の表面は、周りの岩々を引き寄せることなく、むしろ押し返していた。宇宙船に向かって飛んできた岩片の軌道がゆっくりと変わり、船体から遠ざかってゆく。そんな宇宙船があるなんて、モンナは小耳に挟んだことすらなかった。

予想が外れたところもあった。宇宙船の大きさだ。モンナが思っていたより少なくとも十倍は大きい。ということは、それだけ離れていたということになる。振り返ってみると、耽羅星が信じられないぐらいに小さく見えた。こんなに遠くまで泳いできた潜り手はいないだろう。少なくとも生還した者は。グレードアップした酸素ボンベとはいえ、もはや自力で戻るのは不可能だ。モンナはしばし目を閉じ、ダルマンの顔を思い浮かべた。そして息を深々と吸い込んだかと思うと、残った気体をすべて噴射する。モンナの体は宇宙船めがけて一直線に飛んで行った。

★

「気が、つきました、か？」

闇の中を流れていくようだった。星も見えない漆黒の闇……。そんなモンナの耳を、なにやら聞き取れない言葉が次々とかすめ去る。そんな音の洪水の中からぎこちなく組み立てられたフレーズが浮かび上がり、するりと耳に入ってきた。耽羅星の言葉とは少し違う、コレル恒星系の公用語だ。モンナはハッと目を開けた。

宇宙船の中だった。ヘルメットは脱がされており、きちんと調節された室内の空気が鼻にじかに流れ込んでくる。誰かが顔を覗き込んでくる。モンナはとっさに身をすくめた。背中をひっぱたかれると思って。ところがその人はダルマンではなく、モンナがいるところも小舟の中ではなかった。ようやく記憶がよみがえってくる。最後の一息を深々と吸い込んで、巨大な銀色の宇宙船めがけて飛んだんだっけ……。

「銀色の竜？」

「なんの、こと、でしょう。あなたの、おなまえは？」

「モンナといいます。耽羅星に住んでます」

「でしょう、ね。ほかの、星からここまで、およいでくる、ことは、できないでしょう、から」

モンナは身を起こし、目の前に立つ長身の人をつぶさに観察した。コレル恒星系の人ではないようだ。端正《たんせい》で気品の感じられる顔は、宇宙海賊には見えない。モンナは安堵した。まあ海賊だったら、こんなすごい宇宙船に乗っていたりはしないか。ぎこちない言葉はよく見ると、口ではなくこめかみの下あたりに取り付けられた小さな装置から流れ出ていた。モンナの視線に気づいたのか、その人の口がかすかに動く。しばらくすると、装置から声が流れ出た。

「あなたの、言葉に、適応するには、時間がちょっと、かかりそう、です。私は、チナイ恒星系から、きました。徐福《ソボク》といいます」

チナイ恒星系は、コレル恒星系の隣にある巨大な恒星系だ。大きな惑星だけでも七つあり、人が住む星は、大小の小惑星と衛星まで合わせると百四十を超える。その巨大な恒星系を、ある皇帝が少し前に統一したと聞いている。

「助けてくださって、ありがとうございました」

「死んだ月の海と、言いましたか、衛星の破片に取り囲まれた耽羅星は、あらゆる神秘に満ちていると、聞きました。それでも、こうして、宇宙空間を、その身ひとつで飛んできて、挨拶してくださるなんて、思いもよりませんでした」

徐福は笑みを浮かべていた。脅威などまったく感じられない表情だ。命拾いした、という安堵《あんど》の気持ちが胸にこみ上げる。と同時に、無数の問いが押し寄せてきた。

「この宇宙船が銀の竜なんですか?」

「銀の竜? そう呼びますか? この軌道に留まるようになってからは少し経ちました。耽羅星についての情報を、収集していたんです。あなたのように、身ひとつで、宇宙を泳ぎ回る人たちと、出会ったことも、何度かありました。私たちに向かって突進してきたのは、あなたが初めてですが」

伝説の銀色の竜ではなかった。もとよりそんなはずはなかったのだ。モンナはふと、ダルマンのことが心配になった。いったいどれぐらい時間が経ったんだろう。

「あの……私、帰れるんでしょうか、耽羅星に」

「もちろんです。あなたたちに危害を加える気は毛頭ありません。ただちょっと、探し物をしているだけです」

いつしか徐福の言葉遣いからは、ぎこちなさがほとんど感じられなくなっていた。死んだ月の海を航海する宇宙船。言語を変換してくれる小さな装置……。目に映るすべてがこれまで見たことも聞いたこともない、眩暈《めまい》がするような異世界だった。ならば、チナイ恒星系の百四十の星、そこにはまたどんな未知のものがあるのだろう。そんな恒星系が、この広大な宇宙にどれだけたくさんあるのだろうか。モンナの胸が脈打った。どきどきと、とうてい抑えきれないほどに。でも、まずすべきことがある。

「通信をちょっと使わせてもらえますか。待っている人がいるので」

★

モンナと連絡がつくやいなや、ダルマンは通信を切った。モンナに言い訳《わけ》するひまも与えず。でもとりあえず無事だってことは伝えたし、大丈夫だろう……。耽羅に戻ったら、いつものように小言を言われるだろうが、後のことを心配しているヒマはない。いま目の前にある桁《けた》違いの世界に、モンナはすっかり心を奪われていた。

その大きさもさることながら、モンナの度肝《どぎも》を抜いたのが徐福の宇宙船の豪奢《ごうしゃ》さだ。人の目を楽しませる以外に何の機能もないモノや装飾が船内にあふれている。食べられて跡形もなくなるのがわかりきっている料理までもが技術の粋《すい》を尽くして美しく形作られているのには、もはや感嘆を通り越して呆《あき》れてしまった。菊の花の形をした肉団子を一口に頰《ほお》張《ば》り、もぐもぐと口を動かすモンナを興味深げに見ていた徐福が笑みを浮かべて問う。

「お口に合いますか?」

「おいしいです。あんまり豪華でちょっと気後れしちゃいますけど。これって、いつものお食事なんですか?」

「今日はお客様がいらしてますからね、特別です。一人のときは、もっと簡単に済ませます」

耽羅星で生まれ、これまで潜り手として生きてきたけれど、こんな特別待遇は受けたことがなかった。ダルマンはモンナを特別に思っている。でも、こんなふうに接してくれたことはない。この徐福という人は、いったい何を考えているのだろう。モンナは匙《さじ》と箸《はし》を置き、徐福をまっすぐに見つめて訊いた。

「どうして私にこんなに良くしてくれるんですか?」

「これぐらい別に、大したことじゃありません。私たちにとっては」

何ともなさそうに徐福は答えた。それなりに勇気を出して投げかけた問いだったのに、あまりにあっさりした答えが返ってきたので、モンナは少し脱力した。

「命を救ってくださったのもそうですし、こうしてよくしてくださるのもそうですし、どれもありがたいんですけど、もしなにかお望みなら言っていただけませんか。借りは作りたくないほうなので」

「さしあたってはありません。後々《のちのち》、生じるかもしれませんが」

「何か探してるっておっしゃってませんでしたか?」

「ああ」

細切りにした野菜の炒《いた》め物を箸でつまんで食べ、口をぬぐいながら徐福は言った。

「皇帝陛下の命で不老草を探しています。ご存じかわかりませんが、チナイの皇帝におかれましては、恒星系を統一して天下の主《あるじ》になられました。けれどただひとつ、流れる時間ばかりはいまだ征服できずにおられます」

「不老草……」

「食べると老いることなく、老いることがないから死にもしないという草のことです。まあ、わかりませんけどね。草ではなくて、何かの実とか水、または粉や煙などかもしれません。食べるものではなく塗るものかもしれませんし、ただ身に着けてさえいれば効果がある宝物という可能性も無きにしも非《あら》ずです。何であれ、人の老いを止める不思議な力を持つもの、それが、私の探し物なんです」

「そんなものが耽羅星にあると？」

「わかっているのは、チナイ恒星系にはないということだけです。耽羅星は私たちにとって、コレル恒星系一の知られざる星です。星の内で滾《たぎ》っているマグマや外を覆う死んだ月の海を見るにつけ、ただならぬ星のように思われまして、それで、もしかしたら不老草もあるんじゃないかと目星を付けた。それだけです」

モンナは呆気《あっけ》にとられた。世の中の不思議なものはすべて耽羅星の外にある。モンナはそうとばかり思っていた。チナイ恒星系に属する数多くの星、そこはどんなにたくさんの不思議なものであふれているのだろう。そんな思いに胸をときめかせてきた。ところが、そのチナイにないものが耽羅にあるかもしれないと徐福は言っている。モンナは生まれてこのかた耽羅で暮らしてきた。けれど、不老草などというものの話は聞いたことがない。徐福のほうも、取り立てて有益な回答を期待しているわけではなさそうだ。

「ご心配なさらず。耽羅星なら、そのあたりの夜店で不老草を買えるだろうなんて思ってませんから。それでも皇帝陛下の命ですし、最善を尽くして探してみないとね」

徐福の宇宙船はまっすぐ耽羅星に向かわず、死んだ月の海をもうしばらく回った。いつも身一つで遊泳していた海を、モンナは艦橋《かんきょう》から透明なガラス窓越しに眺めた。徐福の説明によると、この宇宙船の周囲には保護膜が張られているという。それが外部の磁力線をねじ曲げ、向かってくる破片の方向を転換させるのだそうだ。

「とはいえこの保護膜、稼働させるには途方もないエネルギーが要《い》りますけどね。そのエネルギーは死んだ月の海から得ています。耽羅星周辺の苛《か》烈《れつ》極まりない環境が、私たちにとってはエネルギーの源となるんですよ。二百年に及ぶ戦争の間に発展した技術です。征服されずに済むように、そしてこちらが征服するためのね」

この二百年来、宇宙で採掘した鉱物で暮らしを立てるという耽羅星の人々の生活にはこれといった変化はなかった。命がけの切実さがない限り、世の中は動きが鈍《にぶ》り、停滞するものだ。

「はあ……こんなすごいものがあるから、死んだ月の海を宇宙船で航海できるんだ。素晴らしい技術です。身一つで宇宙を泳ぐ潜り手なんか、チナイ恒星系じゃ用なしですね」

「チナイの惑星には、耽羅星みたいに宇宙船が進入できない帯がありませんからね。身一つで宇宙空間に出て鉱石を採掘する必要もないし、それができる人もいないんですよ。命綱もなく酸素ボンベひとつを背負い、その中の酸素だけで呼吸と前進のバランスを絶妙に取りながら宇宙を遊泳する。そんなの、チナイの人間には信じられないことですよ。どんな感じなんですか？　どこにもつながることなく宇宙の暗闇に身をゆだねるっていうのは」

「そうですねえ、私はいま生きてる。そんな感じ？　ボンベの中の酸素を使い果たしてしまったら、自分の命もそこまでですからね。呼吸のための酸素にしろ、前に進むために発射する気体にしろ、自分の命を賭けて使ってるわけなんです。そんなときこそ、生きてるって感じます。ご理解いただけるかはちょっとわかりませんけど」

窓の外を流れてゆく宇宙を眺めながらモンナは言った。後ろ手を組んで一緒に宇宙を見ていた徐福が独り言のようにつぶやく。

「生きることへの執着は、死を目前にしたときがいちばん強いでしょうね」

「それで、チナイの皇帝は必死になってるわけですか。不老草を見つけようと」

何の気なしに言ったモンナは、振り向いた徐福の顔が強張っているのを見てハッとした。徐福はまたかすかに笑みを浮かべたが、声だけは低めたままで言った。

「ああ、どうも失言をしたようです。皇帝陛下に関する話は控えたほうがいいですね」

★

耽羅星の軌道に浮かぶ停留場に徐福は宇宙船を停泊させた。軌道エレベーターで降りることもできるのだがそうはせず、豪華な着陸船を使うという。徐福に伴《ともな》われて着陸船に乗り込み、耽羅星に向かっているとき、モンナはようやく宇宙船の全容を把握した。中で想像していたのより百倍は大きい。口をあんぐりと開け、宇宙船に目を奪われたままでモンナは訊いた。

「あの……宇宙船には何人ぐらい乗ってるんですか？」

「そうですね、五千人ぐらいですか」

「五千人？　そんなにたくさんの人が、不老草を探しに……？」

「いいえ、三千人は幼い子どもたちです。あと航海やエネルギーの確保なんかを請《う》け負う技術者もいますからね、実際に耽羅星で不老草を探す人は、多く見積もっても五百人くらいです。ですから、どうかご心配なく」

「子どもたちって……それも三千人も、なんのために？」

「ああ、それには事情がありましてね。不老草を見つけるには三千の子どもが必要だとされているんですよ。チナイの言い伝えによるとね。まあ、そんな伝説を鵜《う》呑《の》みにしているわけじゃありませんけどね」

　徐福はそこで言葉を切り、しばしモンナを見つめた後で、体をかがめて囁いた。

「先ほど皇帝の話は控えると申し上げましたよね。その点、ご理解いただけたらと思います。この宇宙船にはね、皇帝の腹心たちも乗り組んでるんですよ。私を監視するためにね。彼らの気分を損ねたくはないんです。私だけでなくあなたのためにも、耽羅星のためにもね」

　徐福の口調は物柔《ものやわ》らかだった。けれどモンナのほうは宇宙船の規模に気圧《けお》されてしまい、質問するどころではなくなっていた。徐福と一緒に耽羅星に降り立つことになってしまったけれど、そんなことをしてよかったんだろうか。不安が胸にひたひたと押し寄せてくる。チナイ恒星系を統一した皇帝ならば、耽羅星を征服するぐらい赤子の手をひねるようなものだろう。耽羅を囲む死んだ月の海だって、チナイの宇宙船の進入を防ぐことができなかったのだ。

　モンナの表情が翳《かげ》るのに気づいたのか、徐福は穏やかな笑みを浮かべた。宇宙船の中で目を開けたモンナが目にした、脅威などまったく感じさせない微笑《ほほえ》みだ。

「そんなに心配しなくても大丈夫ですよ。申し上げました通り、あなたや耽羅星に危害を加える気はありません。それだけは信じていただければと思います」

徐福が船を着陸させたのは、モンナの集落のある火山のすそ野に程近いところだった。見たことのない宇宙船の出現に、鉱物組合と商人組合の警備兵が総出動し、宇宙船を取り囲んだ。とはいえ、性急に攻撃に出たりはしないでいる。軌道に留《とど》まる母船の威容《いよう》を目の当たりにしていたからだろうか。群がってざわめいていた人たちのうち何人かがモンナに気づいた。声を張り上げ、口々に訊いてくる。ダルマンからは宇宙で行方がわからなくなったと聞いていたが、無事だったのか。その宇宙船に乗っている人たちは誰なのか……。

ダルマンは、モンナが生きていることを知っているはず。なのに、人々にはそう伝えなかったのだ。はあ……今回ばかりはそう簡単に許してもらえそうにないな。気が重くなったが、いまは徐福について集まった人たちに説明するのが先だ。モンナを助けてくれたこと、手厚くもてなしてくれたこと、そして耽羅星に危害を加える気はないということをモンナが伝えると、みな内心ほっとしたようすだった。

モンナが手で合図をすると、着陸船から徐福の一行が降りてくる。昇降機に乗った徐福は、ゆうに頭の二倍はありそうな冠をかぶり、華麗な刺繡《ししゅう》が施《ほどこ》された丈《たけ》の長い絹の衣に身を包んでいた。その後ろに従う人たちも、おのおのの役職に見合った華やかな身なりをしている。空から神仙《しんせん》が降りてくるかのような光景に、見ている人々の口がぽかんと開く。それでも警戒はいくらか緩んだようだった。

耽羅の地に降り立った徐福は、重力を推し量ってみて驚いたようすだった。

「惑星の大きさに比べて異常なくらいの重力ですね。計算結果の数値はあらかじめ見ていたのですが、実際に感じてみるとやはり驚異的です。耽羅星の内部構造が、ふつうの惑星とまったく違っているのは明らかです。ここに神仙が住むと言い伝えられているのも納得できますね」

「ここに神仙が、ですか？　私が見る限りでは、徐福さんたちのほうが神仙みたいに見えますけど」

「あはは、私たちが神仙ですって？　面白いことをおっしゃいますね。私がもし神仙だったとしたら、恰好がつきませんよ。不老草を下さいと人間に頭を下げようっていうんですから。それはそうと、私たちは、とりあえずようすを見ることにします。あなたはどうなさいますか。もう少しここに留まられても、私たちは構いませんが」

「あ、私はここで失礼します。待ってる人がいますので」

「ああ、そうですよね。では、少々お待ちを……」

徐福が振り向いて、何やら合図をした。後ろに控えていた人が、ずっしり重そうなかばんを提げて進み出て、それをモンナに手渡す。

「たいしたものではありませんが、お持ちください。耽羅星の人々に私たちのことを好意的に紹介してくださったお礼です。宇宙で出会った縁は、三連星系より貴《とうと》いと言いますしね。しばらくは滞在させていただくつもりですので、なにかあったら、いつでもいらしてください」

★

「ダルマン！　ただいまっ！」

確かに人の気配はある。でも、ドアは開かない。モンナが諦《あきら》めることなくドアをたたき続けると、中からダルマンの声がした。氷のような声だ。

「オレのモンナは宇宙で死んだ。もうお前のことなんか待ってるヤツはいない。さっさと帰れ！」

「ダルマン、ごめん！　でもさ、約束どおりお金稼いできたんだよ。徐福さんがさ、贈り物どっさりくれたんだ。これで、引っ越しだってできるよ。もう危険な遊泳はしない。約束する。だからさ、安全なとこで一緒に落ち着いて暮らそう。ねえ、お願いだよ、ダルマン」

「うるさいな、帰れって言ってるだろ！」

そのとき、音をたてて大地が揺れた。木に止まっていた鳥たちが怯《おび》えて舞い上がる。胸がざわつく。そのせいか、かすかな眩暈を感じた。開いた扇《おうぎ》の骨のような稜線《りようせん》。そのてっぺんの噴火口にモンナは目をやった。ひとすじの黒い煙が這い出してきて、稜線に沿って流れ落ちる。

「ダルマン！」

答えはない。胸がつぶれるように痛み、体は地中に沈んでゆくようだ。やはり耽羅星の重力は異常だ。徐福の言った通り。モンナは思っていた。糸の切れた凧《たこ》になって、どこまでも空を飛んでいきたい……。たとえ窒息して死体になったとしても、重力がない宇宙を泳いでいきたい。急ぎもせず、休みもせず、同じスピードで、ずっと。でも、そんなモンナの気持ちをダルマンはついにわかってくれなかった。モンナはダルマンのいる家に背を向け、立ち去った。鉄の塊を引きずっているかのような重い足取りだった。

★

軌道エレベーターに乗り、静止軌道上にある宇宙停留場に降り立ったモンナは、埠頭《ふとう》に停泊している小さな一人乗り宇宙船に乗り込んだ。徐福にもらった金で買った最新型だ。ダルマンはこれまで通り古い小舟に乗って、一人で採掘に出ていると聞いた。死んだ月の海の深いところまでは入れないから、稼ぎは芳《かんば》しくないことだろう。

埠頭から離れたモンナの宇宙船が、ゆっくりと停留場から遠ざかる。安全距離を抜け出したところで、モンナは燃料を噴射した。宇宙船は耽羅星を後にし、死んだ月の海に向かう。停留場の脇に徐福の母船が止まっている。停留場より大きな宇宙船。

この数か月間、徐福は耽羅星に拠点を構え、耽羅の人々との交流に身を入れていた。徐福によってもたらされる新しい技術に、みな目を丸くした。徐福はチナイの技術者たちを連れて耽羅星のあちこちを探査し、そのお返しだといって精巧な機械や道具を贈った。耽羅の人々は、その優れた技術はもちろんのこと、チナイの人たちの雅《みやび》な文化にも魅了され、そのしぐさや慣習をわけもわからないまま真似《まね》して喜んでいた。

一方、徐福は発電所も建て、黒い岩に深い穴をあけていた。耽羅星の異常なまでに活発な地殻活動。それがなかったら、コレル恒星のエネルギーをほとんど得られない耽羅は氷に閉ざされた星となっていたことだろう。石の隙間をこじ開けるようにして噴き出してくる熱気のおかげで火山の周りはぽかぽかだ。そこへ徐福が大きな穴を穿《うが》った。すると、ぶくぶく煮え滾る溶岩が噴き上がり、辺りは星でも落ちてきたかのような熱気に包まれた。人などとても近寄れない。火山もますます色濃い黒煙を吐き出すようになっていた。

耽羅星の人たちのうち、不老草について聞いたことがある人は誰もいなかった。それでも徐福は気にしていないようすで、耽羅星のあちこちに散らばる火山島を回り、何かを調査していた。とりわけ人が住めない島々を調べて回っているようだ。火山活動が微弱で寒すぎるところや、溶岩を噴き出し続けているところや。

そんなとき、銀色の竜が現れたといううわさがまたもや囁《ささや》かれ始めた。停留場に停泊している徐福の母船のことではない。死んだ月の海に出た潜り手たちが言うのだ。衛星の残骸の間をすり抜けて、疾風《しっぷう》の如《ごと》く泳いでゆく銀色の竜を見たと。なにやらひどく怒っているように見えて、近寄るなんて思いも及ばなかったとも。

ダルマンと別れてから、モンナは採掘をしなくなった。徐福にもらった贈り物のおかげで、さしあたっては仕事をしなくても食べていけたのだ。死んだ月の海の近くに宇宙船を停めておき、岩塊の間をさすらって、また戻ってくる。海の奥深くまで入り込みもせず、酸素が底をつくまで危なっかしい遊泳をすることも今はなかった。

宇宙を遊泳していても、前のように生きているという感じがしない。酸素ボンベの圧力がだんだん下がるのを見ても、緊張もしない。ま、いいや、死んでも。そんな気分だった。そして酸素がまだ残っているうちに宇宙船に戻る。なぜだろう、あんなに夢中になっていた遊泳なのに、いまは退屈でさえある。

時がたつにつれ、その理由がわかってきた。待っていてくれる人がいなくなったからだ。高価な鉱石を掘り出せたと威張《いば》っても、それがどうしたと平然と言う人、酸素を使い切って危ないところで戻ってきたといって、背中をひっぱたく人。そんな人が、もういなかったから。ダルマンを失ったがために、いまやモンナの毎日は、色あせた絵のように無味乾燥なものになっていた。にもかかわらず、モンナはダルマンを訪ねる勇気を出せずにいた。ダルマンがもう自分を待っていないということを改めて思い知らされるのが怖かったのだ。それで、銀色の竜を探すことにした。どうせほらだろうと思いながらも、モンナは死んだ月の海をさまよい続けた。

銀色の竜の伝説は、実はもうひとつある。昔々、耽羅星には衛星がなかった。月が欲しかった耽羅星の人たちは、地上の山をえぐって空に打ち上げた。そのうち耽羅の空は大小様々な月でいっぱいになった。皆が皆、人より大きい月を作ろうとして競いあって山を打ち上げたからだ。そのうち耽羅星の大地は血のように赤い溶岩を吐き出し始め、海は蒸発して宇宙に散っていった。そのとき銀色の竜が現れて空の月を食べつくす。と同時に黒い石がバラバラと降ってきて、割れた大地を覆った。いまの耽羅星を取り囲んでいる死んだ月の海は、そのときの月の破片だという。月を食べつくした銀色の竜はどこに行ったんだろう。宇宙の星という星をぜんぶ見たいと望み続けた人をその背に乗せて、無限の宇宙に旅立ってしまったんだろうか。いくら探しても、銀色の竜の姿は見えない。

竜を探してさまよう間、モンナは海に吹き付ける太陽風と磁場がどこかおかしいと感じた。宇宙のあちこちに磁場の渦巻きが凝《こご》っている。そんな場所は、飛びぬけた技量を持つモンナでさえもうかつに近寄れなかった。岩塊の激しい動きをとても読み切れなかったからだ。宇宙から見た耽羅星の姿もまた、妙に不安定だった。青い海と黒い島々を覆う雲が、これまでとは違う方向に流れているのだ。

徐福が現れてから、たくさんのことが変わった。また前のように戻れたら……。そう願い、徐福のもとを訪ねようと思っている矢先に、徐福のほうから連絡がきた。

着陸船に乗って徐福が初めて耽羅に降り立ったところは火山島だったが、そこからさほど遠くないところに徐福はいた。モンナとダルマンが暮らしていた家の近くだ。もっともモンナは今、鉱物組合の共同宿所で寝泊まりさせてもらっているのだが。それはともかく、モンナは早いうちから感づいていた。火山島の気候が変わってきていることに。地殻活動の変化に伴い気温が上下するのはよくあることだ。でも、こんなに暑くなったことはいまだかつてない。黒い岩の隙間からはひっきりなしに煙が流れ出て、あたりに硫黄《いおう》のにおいをふりまいていた。

徐福が建てた発電所に近づくにつれ、空気がだんだん蒸してきた。海風さえも熱い。上着を脱いでも汗がつるる、つるると流れ落ちる。ところが、建物のドアを開けて室内に入ったとたん、そんな暑さは跡形もなく消えうせた。発電所の中の温度は、天井から噴き出す冷たい空気によって快適に保たれていた。

耽羅星の人たちが人為的に温度を調節することはない。熱い火山の中心部と冷たい海、その間のどこかに必ず人が住める温度が保たれているエリアがあったからだ。耽羅星の長い公転周期にもかかわらず、これまでずっと。地熱活動の変化によって気温が変わったときには、家の中の温度を変えるのではなく快適なところを見つけて居を移してきた。

居を移すと言えば、この発電所の中にいるチナイの人たちも、引越しでもしようとしているかのようにバタバタしている。船着き場からは宇宙船が一台、また一台と舞い上がる。四つの噴射口から熱い気体を吐き出して。どの船も人と荷物をぎっしり積みこんでいた。モンナは行き会った人を呼び止めて尋《たず》ね尋ねた末に、やっとのことで徐福のいる部屋を探し当てた。徐福も荷づくりをしているところだったが、モンナが入っていくと、明るい笑みを見せた。

「ああ、ちょうどいいところへ。もう会えないかと思っていました。よかったです、最後にお会いできて」

「えっ、ここを発《た》つんですか？　じゃあ不老草は？　見つけたんですか？」

「いえ、違うんです、実は……」

徐福はそう答えてからドアのほうへ向かった。顔を出して廊下を窺《うかが》い、もと通りしっかり閉めてからモンナに向き直る。

「実は、不老草を探しにここに来たんじゃないんです。それがもしここにあったとしても、皇帝に捧げる気はありません」

「何ですって？　それはいったいどういう……」

「皇帝はチナイ恒星系を統一し、戦乱の時代の幕を引いた偉大な人物です。ですが、統一された帝国を治めるのには不向きな方なんです。万が一にも不老不死になったりしたら、チナイにこの上ない不幸をもたらすことでしょう」

モンナにとって、チナイ恒星系ははるか遠いところだ。そこでどんなことが起こっていようと、さしあたって興味はない。モンナが気になっているのは、徐福がここで何をしていたのかだった。

「だったら……じゃあ、ここでなにをしてらしたんです？　耽羅星をあちこち調べて回っていましたよね」

「住める場所をさがしていたんです。チナイでは、また戦争が始まるはずです。平和な時代が訪れるのは遠い先のことでしょう。私はね、戦争で死なせないよう、子どもたちを連れて逃げてきたんです。不老草を探すためには三千人の子どもが必要だという伝説を口実にしてね」

「定着って……あんなにたくさんの人が住むことになったら耽羅は……。確かにおっしゃいましたよね、耽羅に害は与えないって！」

「ええ。だからこそ、条件の悪い場所を調べていたんです。耽羅星の人たちが住んでいないところを切り拓《ひら》いて住めるかどうか。死んだ月の海に取り囲まれた耽羅星なら、皇帝に見つかることなく隠れ住むことができるかと思ったんです」

「てことは、最終的に住めるところを見つけられなかったってことですね。耽羅星はね、そんなに住みやすい場所じゃないですよ。残念ながら」

徐福が真顔になり、両手を左右に振って否定する。

「そんなことありません。住みにくいからじゃないんです。反対ですよ、むしろ。この星はよそでは見られない圧倒的なエネルギーにあふれている。神秘的な力の潜む星です。私たちの技術をもってすれば、離れ島の火山島を開拓して暮らすことはできます。充分に」

ゴゴゴ……。音とともに大地が揺れた。よろけて倒れそうになる徐福をモンナが支える。揺れがおさまると、徐福は話を続けた。

「ああ、もう時間が……。問題はね、この惑星があまりにも巨大なエネルギーを秘めているってことなんです。私たちは、そのエネルギーを吸い上げることには成功しましたが、コントロールはできませんでした。私たちがここに留まり、循環している巨大な流れに逆らってエネルギーを吸い上げ続けたら、遠からず生態系全体に歪みが生じ、耽羅は取り返しのつかない災難に見舞われることになる。人々も無事ではいられません。お約束した通り、私たちとしては耽羅星に危害を加えることは本意ではない。なので、早々に立ち去ることにしたんです。ここに不老草がないことがわかったので、皇帝の腹心らに反対されることもないでしょう」

「でも、この地震は……」

「申し訳ありません。なんとかして鎮《しず》めようと努めたのですが、この島の火山は噴火します。このあたりに住んでいる人たちには避難してもらいましたが……」

徐福が言い終わりもしないうちにモンナは部屋を飛び出し、宇宙船が待機している船着き場をめざして走った。

★

荷物を積みこんでいた小さな宇宙船の操縦席に強引に乗り込み、モンナが空中に舞い上がったそのとき、黒い煙を立ち昇らせていた噴火口がついに火を噴いた。チナイの人々が乗った宇宙船が海に向かって飛び立つのに逆らい、モンナは島の奥へ舵を切った。空に噴き上げられた石塊が雨のように降り注ぐ。モンナはその隙間を縫《ぬ》って、ダルマンの家に向かった。山頂の部分は吹っ飛んでおり、そこから吐き出される真っ赤な溶岩が稜線を伝って流れ降りている。そのようすは、開いた扇の骨が真っ赤に染まっていくように見えた。

「なんで引っ越さなかったんだ、あのバカ！」

酸素ボンベなんか買うんじゃなかった。引越しの資金にすべきだった。徐福にもらった贈り物をダルマンに全部やればよかった。ダルマンが受け取ろうとしなくても、家の前に置いてくるべきだった。それよりなにより、あのとき止めるダルマンを振り切って銀色の物体めがけて飛ぶんじゃなかった。ダルマンが待っていてくれるうちに、そのもとへ戻らなきゃいけなかった。引き止めなければいけなかった、なんとしてでも。待ちくたびれ、背を向けて去っていくダルマンを。

溶岩の雨に見舞われた村は、すでにあちこち火の手が上がっていた。噴火口から吐きだされた溶岩も、もう山の中腹まで流れ降りてきている。モンナとダルマンが暮らしていた家は、村でも一番高いところにあった。

村のとば口あたりまで来たときだ。空から落ちてきた炎の塊が、宇宙船の左の噴射口を直撃した。バランスを崩した宇宙船はきりもみ状態になって落ちてゆく。モンナは必死で操縦桿を動かし、残る噴射口を操作したのだが、健闘むなしく宇宙船は村の広場に墜落《ついらく》した。火山灰の舞い散る中、地面に長い溝をつくって。

頭から血を流しながらもモンナは歯を食いしばって立ち上がり、ダルマンの家に駆け付けた。ダルマンがモンナを追い返したあの日とちょうど同じように、ドアは固く閉まっている。

「ダルマン！　開けてよ、ダルマーン！」

モンナはドアを叩きながら叫んだが、中からは何の応《いら》えもない。巨大な火の玉がひとつ、ダルマンの家を直撃した。轟音に耳がキーンとする。屋根が崩れて火柱が立ち、炎が壁を這う。モンナの口から絞り出されるような悲鳴が迸《ほとばし》った。その声は、すさまじい熱気にやられてすっかり枯れていた。

「ダルマン！」

モンナはドアに体当たりした。真っ二つに割れたドアと一塊になって、炎に包まれた家の中に転げ込む。煙が充満した家の中を必死に見回すが、ダルマンの姿は見当たらない。有毒ガスを吸い込んだせいで、モンナは頭が朦朧《もうろう》としてきた。酸素が足りなくて息が吸えない。宇宙に出たときは、最後の息を吸い込んでからも方向さえ間違っていなければ小舟に戻れた。ダルマンの待つ小舟に。だからモンナは恐いと思ったことなどなかった。そうして等速で飛んでいるだけでいい。そうしていれば、ダルマンがモンナの腕をつかんで抱きよせ、宇宙服に酸素を吹き込んでくれる。そう信じて疑わなかったから。けれどここは宇宙ではない。地上だ。重力に囚われたモンナは床にくずおれ、ぐったりと動きを止めた。ダルマンがいないところで、たったひとりで。

倒れ伏していたモンナがふと顔をあげ、空を見上げる。黒い火山灰で覆われた空からダルマンが降りてくるのが見えた。はじめは白い点だったのが、だんだん大きくなってくる。

「おい、しっかりしろ！　寝てんじゃねえよ、このボケが！」

腰に結わえてあった救命ロープをダルマンがモンナの体にしっかりと巻き付ける。ああよかった、最後にダルマンの顔が見られた……。ダルマンの腕の中でモンナは目を閉じた。

★

またも闇の中を流れていたモンナの意識が徐々に戻ってきた。鼻に新鮮な空気が入ってくる。耽羅星の大気ではない。宇宙船の中……？　ガバッと身を起こしたモンナの背中に誰かの平手が飛んでくる。

「まーったく……オレの寿命を縮めるのがそんなに楽しいか？　自分で墓穴を掘っといて、落っこちそうになるとジタバタして。お前はいっつもそうだ。いい加減そのクセ直したらどうだ、え⁉」

　ダルマンだ。もう一発お見舞いしようとしているダルマンに抱きつき、腕を首に回す。そのとたん、胸に焼けつくような痛みが走り、モンナはまたずるずるっと崩れ落ちた。

「横になってろ、ケガしてんだから。しっかし、信じられないほど悪運が強いな、お前ってヤツは……」

　モンナはそろそろと起き上がってベッドに腰かけ、あたりを見回した。小舟の中ではない。豪奢かつシックな室内。間違いない、徐福の宇宙船だ。

「あれ、ここって……え、なんで？」

「ああ、気がつかれましたか。よかった、思ったより回復が早くて。耽羅星、ご覧になりますよね、最後に」

　徐福が入ってきた。モンナの声を聞きつけてやって来たらしい。徐福はなにかボタンのようなものを押した。部屋の片側の壁がさっと黒くなる。そこに現れたのは、星がちりばめられた宇宙だった。画面が拡大され、片側の隅にあったひとつの惑星がスクリーンいっぱいにクローズアップされる。日暮れを迎えた耽羅星だった。

　コレル恒星が耽羅星の後ろにその姿を隠していく。それにつれて、耽羅星を覆う丸い影が大きくなる。黒い火山島と青い海と凍り付いた氷河と渦巻く白い雲。耽羅の自然が塗りつぶされていく。それはいつしか細い弧となり、ついには黒い影に覆いつくされて見えなくなった。

　影に覆われた耽羅星の前に光り輝く宇宙停留場があった。停留場を中心に再び画面が拡大される。何度か拡大を繰り返すと、埠頭の一方の地面になにか大きな模様が刻まれているのが見えた。

よく見ると文字のようだ。でも、なんと書かれているのかはわからない。

「徐市過此。チナイの文字を刻ませてもらいました。私が耽羅星に来たこと、そして耽羅星に不老草はなかったという印に。これはまた、私が皇帝の命に忠実に従っているという証にもなるものです。私がすでに立ち寄ったとわかれば、チナイの皇帝が耽羅に手を出すこともないでしょうし」

「えっ、じゃあこの宇宙船はいま、耽羅を離れてるってことですか？　でもダルマン、あんた……」

モンナがダルマンを振り返る。ダルマンは深いため息をついてモンナを睨みつけた。

「お前にまともな治療を受けさせようと思ったらな、この宇宙船の技術が必要なんだよ。お前、耽羅星から出るのが願いだったよな。それがオレまで引き連れていけるんだから、もう最高だよな。でもな、覚悟しとけよ。小言のタネは星の数ほどあるんだからな。思いつくたんびに説教してやる。一生だぞ、わかったな？」

「サンキュ、ダルマン」

「なんだよ、そんなに嬉しいか？　説教されんのが」

「違うって。助けてくれたことだってば！」

「ハッ！　なにをいまさら。オレがお前の命を救うなんて、珍しいことじゃないだろ。これまで何度あったと思ってる？」

「あとね、待っててくれたこと」

「オレがお前を待ってる……ああ、もういい、寝てろ。まだ肺が本調子じゃないんだ。肺を痛めた潜り手なんて使えないぞ。まあ、その実力を耽羅の外で発揮できるかどうかは不明だけどな」

突然、ぐらりと宇宙船が傾いた。小さくなりつつあった宇宙停留場も、静止画面に切り替えられたように同じ姿のままストップしている。徐福のこめかみの下に取り付けられている装置から声がした。

「徐福様、トラブルです！」

「何事です？　どうして急に止まったんですか？」

「わかりません。とりあえず周りの磁場が異常に不安定になっています。渦巻きに巻き込まれたのかもしれませんが、確かではありません。磁力線を歪める装置もまったく言うことを聞きません！」

ドスンという音がして、宇宙船がまたもや揺れた。なにかとぶつかったようだ。

「岩塊が宇宙船を避けていきません！　というよりむしろ引き付けられてくるように見えます。このままだと……！」

報告の間も大小の衝撃が続いた。ダルマンがモンナのベッドを押さえ、壁に背を預ける。徐福はよろけながらも冷静に命令を下した。

「護衛機を出動させましょう。近づいてくる岩を手動で迎撃するんです」

そう言いながら徐福は艦橋に向かった。体を起こして徐福の後を追おうとするモンナをダルマンが引き留める。

「おい、どこへ行く！」

「だって、行ってみなきゃわかんないだろ、なにが起きたのか」

「その体でなに言ってる！　ここでおとなしくしてろ！」

「足はケガしてないよ。あんたはここで……」

ダルマンの眉間にしわが寄る。モンナは腕を伸ばし、ダルマンの手を握った。

「ううん、一緒に行こう」

★

艦橋正面の広いガラス窓越しに、宇宙で繰り広げられている光景が見えた。宇宙船は、死んだ月の海の真ん中あたりにいた。周囲を流れてゆく岩塊の軌道をひと目みただけで、保護膜に問題が生じたことがわかる。宇宙船に向かって飛んでくる岩塊がこれまでは脇にそれていっていたのに、いまは磁石に引き付けられるように接近してくる。遠く離れた岩塊までもだ。

急遽《きゆうきよ》出動した護衛機が接近してくる岩を必死で迎撃していたけれど、あまりにも力不足だ。保護膜を突破した岩石が艦船に衝突するたび、艦船の状態をモニタリングするパネルに赤い表示が増えていく。磁場の影響が徐々に強まっているのか、護衛機はバランスすらまともに取れないようだ。

ついに護衛機の一台がコントロール不能に陥り、くるくると回り出した。そのままどこかへ引きずられていく。まるで蜘蛛《くも》の巣にかかった羽虫のようだ。すんなりした護衛機の船体が変形し始める。護衛機を引き寄せている宇宙空間のある地点。モンナはそこに銀色の物体を見た。コレル恒星の光をキラリとはじき返すその物体が、徐福の宇宙船に向かってゆっくりと近づいてくる。

「銀色の竜！」

モンナが叫ぶ。椅子に座って状況を観察していた徐福は、それを聞いて顔を上げた。

「銀色の竜。あなたからその名を聞いてから、耽羅星の伝説を調べてみたんです。耽羅星の周囲を回っていた幾つもの月を食べつくしてしまったんですよね、その竜が。この宇宙船も食べられてしまうんでしょうかね、伝説の月とおんなじように……」

そう言っている間にも、宇宙船と銀色の物体との距離は縮まっていた。レーダーで測定した距離を考慮すると、銀色の物体は徐福の宇宙船よりもはるかに大きいようだ。人工構造物にしては大きすぎる。とはいえ、滑らかに整えられた表面などは自然物ではありえない。物体はやがてその形がはっきりわかるぐらいまで接近してきた。円筒形をしている。中は空洞で、軸を中心にして凄まじい速さで回転していた。その真ん中にあいた黒い穴が、周囲の金属性物質を吸い込んでいる。

「護衛機を帰艦させてください。母船は最大出力で後進します」

徐福が命令を下すと、宇宙船の噴射口が一斉に熱い気体を吐き出した。なのに銀色の竜との距離は広がらない。銀色の竜は巨大な口を開けて迫ってきていた。徐福の宇宙船を丸ごと呑み込む勢いだ。徐福は深刻な表情を浮かべ、なにごとか悩んでいるようだった。

「伝説とは、あるていど事実に基づいているものです。万一あれが伝説の銀色の竜ならば……。不老草を見つけるには三千人の子どもが必要という伝説は、果たしてどんな事実に基づいているんでしょうね」

「え……なんのことです？」

「高速で回転しているあの円筒形の物体が周辺の磁場を歪ませ、ほかの物体を引き寄せているんでしょう。金属性を帯びているほど、また物体が大きいほど、影響を強く受けるようです。ならば、金属性を帯びていない小さなものならば、あそこに吸い込まれることなく接近できるんじゃないでしょうか。もしかしたら……三千分の一ぐらいの確率で」

「え、それって……徐福さん、あなたまさか……！」

三千人の子どもを供《そな》え物として捧げるつもりなのか。モンナは驚愕を露わにして徐福を見た。

徐福がほろ苦い笑みを浮かべる。

「ご心配には及びませんよ。私はね、あの子たちを救うためにチナイから連れ出したんですよ。ただ、いまの想像が当たっているなら……それを前提に、ひとつお願いをさせていただきたいんです、あなたに」

「なにをふざけたことを！　モンナに遊泳をさせる気ですか？　身一つであの化け物の口の中に飛び込めっていうんですか？　子どもたちの命もあなたの命も大切だけど、モンナの命はそうじゃないってことですか⁉」

ダルマンはいきり立った。徐福がそんなダルマンに目を向ける。

「もちろん無理にとは申し上げません。ここで、この宇宙船が、あの物体の中に引き込まれるのを黙って見ていらしても構いません。まあ、おそらく見ているヒマもないでしょうけれど。瞬く間に砕け散るでしょうからね、金属の外壁が。子どもたちではなくモンナさんにお願いしているのは、モンナさんが優れた潜水技術の持ち主だからです。ほかの理由は一切ありません」

黙って聞いていたモンナが短く答えた。

「やってみます」

「おいモンナ！　お前な、いい加減に……！」

「しかたないだろ。だって、ここでこうして手をこまねいててもしょうがないじゃん。とりあえず、なにかやってみるしかないだろ。違う？」

「バカ言うな！　お前、ほんっとに変わってないな。またオレを置いて死にに行くってのか？　お前が戻ってくるのを待ってろってのか？　ダメだ。オレは死んでも許さないからな！」

「違うよ、ダルマン」

モンナはダルマンの手を取った。実に久々に込み上げてくる、生きているという感覚を味わいながら。

「ひとりじゃムリだ。だから、ねえダルマン、一緒に行ってくれないかな」

★

宇宙船のハッチが開く。丈夫な炭素繊維でできたロープで体をつないだモンナとダルマンは、そこから黒い宇宙に身を投じた。ダルマンの目を見つめ、モンナが手に取り付けられた噴射口から少しずつ気体を噴射する。モンナの体が銀色の竜に向かって進み始める。ダルマンの腰に結わえつけられたリールが回り、するするとロープが送り出された。ダルマンもモンナの後を追って宇宙空間を泳ぐ。

「おいモンナ、大丈夫か？　お前の肺、本調子じゃないんだぞ。それ、わかってるよな？」

「ああ、加減してる。ダルマンこそ大丈夫？　潜るのあんまり好きじゃないだろ」

「そりゃな。オレが潜るときって言ったら、明後日の方向からお前を引っ張ってくるときだったしな。まあ同じか、今だって」

モンナは腰に結び付けたリールを叩いてみせる。

「今日はこれがあるからね。じゃあダルマン、信じていいよな？　ちゃんと付いてきてよ」

モンナはスピードを上げた。いささか息がしづらい。空気を深く吸い込んだだけで、焼け付くように胸が痛む。モンナは浅い呼吸に切り替えた。方向を注意深くコントロールしながら、予測不能のルートで飛んでくる岩塊を避けるのに全神経を集中する。

徐福の宇宙船をいまにも呑み込まんとしている銀色の竜は、ますますパワーアップしていた。宇宙船の外部構造物が一つ、また一つと剝がれ、円筒中央の黒い穴に吸い込まれてゆく。モンナとダルマンの目には、いまや銀色の竜の全体像が映っていた。高速で回転するいくつもの金属の円筒が伸縮性のあるネットでつながっている。巨大な蛇《へび》にも似ているが、やはり銀色の竜を連想させる。何者かの手で作られた構造物なのは確かだ。でも、人間が作ったにしては違和感がある。その大きさからして人の想像をはるかに超えている。

その周囲を取り巻く異常な磁場は、近くにある金属性物質をまず先頭部分に吸い込み、後尾から吐き出していた。金属は竜の腹の中で固い岩塊に変わり、ふたたび前方へと放たれる。大きな弧を描いて。それら元金属の岩塊と異常な磁場にとらわれた周囲の岩塊が一丸となって徐福の宇宙船を攻撃し、船から金属性物質を倦《う》まず弛《たゆ》まず引きはがしている。

「まるで……浄化してるみたいだな。人間が創り出したものを」

ダルマンが吐き出すように言う。モンナも同じように感じていた。銀色の竜は伝説の中でも、人間の欲によって増えすぎた月、つまり打ち上げられた人工衛星を食べつくしているのだ。銀色の竜は今また食べることで悪しきものを浄化しようとしているのかもしれない。死んだ月の海からエネルギーを抽出して磁場を歪ませ、耽羅の地殻活動まで狂わせた徐福の宇宙船を。

でも、いくら徐福が過ちを犯したとしても、その宇宙船にはいま子どもたちが三千人も乗っている。その子たちが宇宙船の破片とともに銀色の竜に呑み込まれるのを黙って見過ごすわけにはいかない。なにか打つ手があるのかどうかわからない。けれど、ともかくあの巨大な構造物の近くに行ってみるしかない。もしもあれが何者かの手になる構造物ならば、コントロールする術が必ずやあるはず。

けれど、銀色の竜の周囲は無秩序に飛び回る岩石や金属だらけだ。磁場が複雑に揺らいでいるからだ。死んだ月の海を自由自在に泳ぎ回っていたモンナではあるが、あくまで決まった軌道を回る岩片の間を縫って遊泳していたのであり、こんなに不規則に動きまわる無数の岩の欠片をすり抜けるのは至難の業《わざ》だ。

「ムリだ、近づくのは！　危険すぎる！」

ダルマンが叫ぶ。モンナは破片の動きに精神を集中させた。無秩序とはいえパターンはある。それが徐々に見極められるようになってきた。小さめの円形軌道をスロースピードで回っているものがある。そのうちいちばん近いところにある、家ほどの大きさの岩石めがけてモンナは飛んだ。見事としか言えない動きで破片の渦巻きをすり抜け、狙っていた岩石に手をかけたモンナは、そこにスパイクをしっかりと打ち込んだ。

「ダルマン、こっちだ！」

そう叫んでおいて、ダルマンとつながっているロープをリールに巻きとっていく。けれどダルマンは、モンナのように巧みに方向を変えられるわけではない。飛んできたちっぽけな岩石を避けようとして気体を噴射したのだがうまくいかず、体がくるくると回り始めてしまった。慌てたダルマンが回転を止めようと反対方向に気体を噴射する。が、方向が不正確だったせいで、立った状態でスピンしていた体が今度は上下に回り始めてしまった。モンナが急いでリールを回し、しがみついている岩石にダルマンを導く。

「ダルマン、大丈夫?」

「ダメだ、目が回る。吐きそうだ」

「ここで少し休んでろよ。次はあんたがつかまえてくれる番だからね。頼んだよ」

ダルマンはうなずいて、岩石にスパイクを打ち込んだ。岩塊の渦巻きをじっと観察していたモンナは、次に飛び移る岩を見つけた。岩の表面を蹴り、自信満々で飛び出したはいいが、こんどはモンナも失敗してしまった。ダルマンがリールを回し、方向感覚を失ったモンナを引き寄せてやる。しばし気を落ち着かせてからふたたび挑んだモンナは、どうにか次の岩に移るのに成功した。

二人はそうやって、少しずつ銀色の竜に近づいていった。互いを結んだロープを頼りに、飛び石を渡るように岩から岩へと飛び移って。近づけば近づくほど磁場の揺らぎが激しくなる。二人の体もやがて、金属や岩石と一緒に揺れ始めた。

「もうムリだ!」

絶叫するダルマン。モンナはそのヘルメットを撫でてやり、目の前に迫ってきている巨大な円筒の内部を指さした。黒い穴の中、かすかに見える構造物は間違いなくハッチだ。それも、外側から開けられるようにリングハンドルが付いている。

「遠すぎるだろ！　揺れもひどいし！」

ダルマンが叫ぶ。そのときダルマンは、ヘルメット越しにモンナの顔を見た。顔色が悪い。治療途中の肺で無理に動きすぎたのだ。ダルマンはもういちど叫んだ。

「わかった。オレが行く！」

モンナがかぶりを振る。もう口を利くのも苦しいようだ。でも、そのまなざしは揺らいでいない。モンナの目は、できると言っていた。そうだな。こいつが死ぬわけがない。ダルマンはうなずいて見せ、手をかけた岩石にスパイクを深く打ち込んだ。体を丸めて準備姿勢を取ってから、力強く岩を蹴って、モンナは銀色の竜めがけて飛んでいく。リールがカラカラと回った。

ふらついたり、バランスを失って回転したりしながらも、モンナがじりじりと円筒の入口に迫っていく。その場で回転を続ける岩石にしがみついたまま、ダルマンはハラハラしながら見守っていた。モンナのめざす円筒の黒い穴に、金属の欠片が次々と吸い込まれている。とてつもないスピードだ。すべて徐福の宇宙船から剝がれ落ちたものだった。そんな金属構造物のひとつがらせんを描いて飛んでくる。よりにもよって、モンナの体が回転しているときにだ。

「モンナ、危ない！」

金属の直撃を受けたモンナの体がぐったりとし、他の金属物体に混じって黒い穴の中に吸い込まれていった。

「あ、ああ……あのマヌケ！　自信満々で飛び出しといて……！」

ダルマンはスパイクを抜き、銀色の竜めがけて飛んだ。けれど、ダルマンの実力で銀色の竜を取り巻く途方もない磁場の揺らぎに打ち勝てるわけがない。一瞬にしてバランスを崩したダルマンの目の前を、宇宙にきらめく無数の星々がぐるぐると回った。銀色の竜なのか徐福の宇宙船なのか見当もつかない構造物の数々が、予想もつかない方向にヒュッヒュッとかすめ去る。あせって噴射口から気体を発射すればするほど、ダルマンの体は高速でスピンした。ダルマンの意識が遠のいていった。

★

腰にむすんだロープがピンと張り詰めるのを感じて我に返ると、ダルマンは巨大な円筒の中にいた。モンナとつながっているロープはハッチのほうへ伸びていた。さっきモンナが指し示した、あのハッチだ。ダルマンは腰に手を伸ばし、探り当てたリールを回した。磁場の流れに逆らって、ダルマンの体がハッチに向かって引き寄せられていく。やがてロープがリールにすっかり巻き取られ、ついにダルマンはモンナを胸に抱きしめた。モンナは気を失っている。ロープはハッチのハンドルに巻き付けられていた。

意外にも、リングハンドルは何の抵抗もなくするりと回った。ハッチドアを開ける。広い空間が現れた。開かれたドアから射し込む光だけでは、果てが見えない。破片が舞い狂う外とは違い、驚くほど静かで安らかな雰囲気だ。リングハンドルに巻かれていたロープをほどき、ダルマンはモンナを中に引きずり込んだ。ハッチを元通りに閉めると、内部は漆黒の闇と静寂に包まれた。

宇宙服につなげたライトをつけようとしたけれど、つかない。モンナの名を呼ぼうにも、マイクが用をなさない。しばし頭を悩ませていたダルマンは、ヘルメットのシールドを上げてみた。

温度は常温。真空でもない。息を吸い込むと、適量の酸素を含んだ新鮮な空気が肺に流れ込んできた。

「あれ……ダルマン？」

モンナの声がした。通信ではない。空気の振動によってじかに伝わってくる声だ。モンナの手がダルマンの手をしっかりと握る。ダルマンは闇の中、モンナの声と手の感触を味わった。

「モンナ！　大丈夫か？　気を失ってたんだぞ、お前」

「あ……生きてんだ？」

「ああ、おそらくな」

「でもヘンだな。苦しくないよ。胸がぜんぜん痛くない。ここって、どこ？」

「銀色の竜の腹ん中だよ。ロープを巻いといたろ、ハンドルに。そこのドア開けて入ったところ」

「ああ、そうだったっけ。うん、そうだ、そうしといた。よかった、夢かと思ったよ。ここ、重力もあるね」

「円筒が回転してるからな。重力じゃなくて遠心力だろ。それより、立てそうか？」

「うん、どっこも痛まない」

モンナが起き上がる気配がする。ダルマンは辺りを手探りしてみたが、手に触れるものはなにもなかった。さっき入ってきたドアがどちらの方向にあるのかもわからない。闇の中でダルマンが触れているのはモンナの手、それからひんやり冷たい滑らかな床だけだった。ダルマンは、手に力を込めた。いまモンナの手まで放してしまったら、漆黒の闇の中にひとりぼっちで取り残されそうな気がして心細くなったからだ。

「ねえ、ここさあ……重力がちょびっと揺らぐんだけど」

モンナが言った。言われてみれば、重力の方向と強さが少しずつ変わっていくようだ。それにつれて二人の体もかすかに揺れた。

「加速度だ。床が動いてるんだろう。なんか、どっかに連れてこうとしてるみたいじゃないか？　オレたちをさ」

「……だね。どうも、生きてるみたいではあるけど……」

その瞬間、無数の輝く光の点が周囲四方に浮かび上がった。宇宙だ。二人は星々が一面に散りばめられた宇宙の真ん中に立っていた。コレル恒星も耽羅星も見える。

「あっ、あそこ。徐福の宇宙船だ！」

船体のあちこちが剝がれ落ちて骨組みが露わになった徐福の宇宙船は、二人が立っているところに向かって少しずつ引きずられ、近づいてきていた。そのようすを注意深く観察していたモンナが言う。

「本物じゃない。ホログラムかなんかみたい。このあたりが真ん中へんなんじゃないかな、多分」

モンナが少し前進し、虚空をまさぐる。二人は手をつないだままだった。ダルマンもモンナに引っ張られるように前に出て、周囲を手探りする。その手になにかが触れた。

「お？　なんかあるぞ！」

丸く滑らかな球の感触。撫でてみる。すると、球体がパッと明るい光を発した。ダルマンは仰天して手を放したが、またそっと触れてみた。恒星のように光っているけれど、熱くはない。

「なんかできないかな、これで？」

モンナが歩み寄り、球体の上に手をのせる。球体の明るさが少し変わった。手を置く位置によって、明るくなったり暗くなったりする。あちこち触ってみているうちに、二人は球体の光が完全に消える位置を見つけ出した。光を消したままで、モンナは自分たちを取り巻く宇宙を窺った。

「わっ。見て、宇宙船！　もう近づいてこないよ！」

本当だ。徐福の宇宙船はもはや近づいては来ず、むしろゆっくりと遠ざかり始めていた。周囲を回転していた破片の動きも変わっている。円筒の周りの磁場に振り回されることなく、元通りおのおののスピードで耽羅星の周囲を回っていた。徐福の宇宙船に体当たりしていた岩塊も、もと通り宇宙船を避けていく。宇宙船は舵《かじ》を切り、猛スピードで耽羅星から遠ざかっていった。耽羅星を取り巻く死んだ月の海には二度と入らない。そう言っているかのようだった。

「成功だね」

二人はしばし沈黙した。ダルマンが口火を切る。

「さて、これからどうする？」

「うーん」

「ところで、腹って減ってるか？」

「ううん、全然」

「オレもだ」

「死んだのかな、二人とも」

「死んではいないんじゃないか？　だって銀色の竜が宇宙船を食っちまうのをやめたんだぜ。そうだよな？　さっき見た光景、あれ実際に起こったことだよな？」

「じゃないかな？」

「あ、おい、重力が消えてくぞ」

ダルマンの言う通りだった。二人を床に引き付ける力が弱くなっていく。いくらも経たないうちに、二人の体は宙に浮かんだ。もう床がどのへんにあるのかもわからない。でも、ホログラムはそのままだ。一面に星々がちりばめられている宇宙空間。そこに二人は浮かんでいた。

「回転とまったみたいだな、円筒の」

「うん。どうなるんだろ、これから……」

少し考えてからダルマンは言った。

「伝説に出てくるよな。永遠に夜空の星々の間を旅する人。永遠を生きる銀の竜の背中に乗ってさ。ひょっとして、そうなったんじゃないか？　オレら」

「ならよかった」

ダルマンが訊き返す。

「なにが」

「あんたと一緒でさ」

ダルマンは、答える代わりにモンナの手をしっかりと握り直した。二人を取り巻く宇宙が少しずつ動き始める。いや違う。動いているのは二人のほうだ。スピードがだんだん上がっていく。

二人は飛び始めた。無限の宇宙を光の速さで。

作者あとがき

不老草を見つけてこいという秦《しん》の始皇帝《しこうてい》の命を受けて三千の子どもと技術者を連れて旅立った徐福（徐市とも呼ばれる）。言い伝えによると、彼は再び秦に戻ることはありませんでした。ですが、徐福の足跡は韓国、日本など東アジアのあちこちに刻まれ、今に伝えられています。特に済州《チェジュ》島の西帰浦《ソギポ》という地名や正房瀑布《チョンバンポッポ》に刻まれた徐市過此という文言などは、よく知られた徐福の足跡です。

徐福の説話を呼んでいて興味深く感じるのは、子どもと技術者を伴って旅に出たというところです。皇帝の命で探し物をするのだったら、ふつうは探検家や兵士を連れていくものではないでしょうか。皇帝の無茶な命に従うふりをして自分ひとり逃げおおせる、それだったら誰しもが考え得ることでしょう。しかし伝説をうまく利用して新たな定着場所を求めて旅立つ。それも新しい国の基盤を築くための準備までして、泰然と。その度胸は実にたいしたものだと感じました。

そんな徐福が済州に到達し、そこでどんなことがあったのだろうか。徐福はなぜ済州に定着せず、ほかの場所へと向かったんだろう。そんなことを考えながら、このお話を書きました。舞台を宇宙に移し、中国と韓国、そして本作には登場させられませんでしたが日本は、おのおの惑星を従える恒星系と設定してあります。また済州は耽羅《タムナ》という名にし、韓国を意味するコレル恒星系のいちばん外側の軌道を回る惑星ということにしました。

この物語の中の耽羅は現実の済州島と同様に火山活動が活発で、生命力と未知のエネルギーにあふれる星です。その周辺を強い太陽風と磁力線が取り巻いていて、金属でできた宇宙船は入れません。ちなみに太陽風と磁力線は、済州島に吹く風をイメージして考え出したものです。死んだ月の海と呼ばれるその空間には、銀色の竜が住むと伝えられています。海で囲まれた済州には、竜に関する説話も多くあります。この物語に出てくる銀色の竜の伝説は、そんな説話を参考にして創り出したものです。

本作の中で、自分でも気に入っているところは、潜り手という存在です。済州島の海女《あま》はよく知られていますが、その宇宙版とでも申しましょうか。潜水服を身に着けた済州島の海女たちが海に潜って様々な海の幸を採ってくるように、耽羅星の潜り手は宇宙服に身を包み、宇宙船が入れない死んだ月の海に身一つで飛び込んで、軌道をさまよう岩塊の中から貴重な鉱物を採掘してくるのです。その呼び名を海女ではなく潜り手としたのは、生計を立てるために危険な海に飛び込むという大変な仕事を宇宙でまで女性にさせたくないという気持ちがあったからです。潜り手たちは、酸素ボンベを背負っています。中の酸素は呼吸をするためだけではなく、宇宙を遊泳するためのエンジンとしても使われます。残り少なくなった酸素を呼吸するのに使うのか、それとも目的地に向かって加速するのか。常に計算しながら身一つで宇宙空間を泳ぐその姿。想像するだにエキサイティングだと思うのは私だけでしょうか。

ふつう説話というものは、ひとつの地域の特色が盛り込まれて伝承されるものなのですが、この徐福の説話は古代東アジア全域を舞台にしているという点も興味深いところです。そんな説話をもとにした物語がアンソロジーとして、それも意義深いことに東アジア文化圏にルーツを持つ作家の方々の手になる物語と一冊に編まれて世に出ることになり、心から光栄に思っています。

（小西直子訳）

海を流れる川の先

藤井太洋

藤井太洋は日本のＳＦ作家。奄美大島《あまみおおしま》で生まれる。十五歳のときに島を離れ、かつて薩摩《さつま》の国があった半島で高校生活を送った。デビュー作『Gene Mapper』はａｍａｚｏｎの電子書籍によるセルフパブリッシングで発表され、「二〇一二年 Kindle 本・年間ランキング小説・文芸部門」で一位を獲得、話題を集めた。二作目の『オービタル・クラウド』で二〇一五年に日本ＳＦ大賞と星雲賞を受賞、同年から二〇一八年までＳＦ作家クラブの会長を務めた。

満月に照らされたクジュ浜の波打ち際に、アマンは重い素舟《シブネ》を引きだした。軽い板付舟《イタツケ》なら水面《みなも》を飛ぶように走れるのだが、八十艘《そう》もの大船団で攻めてきたサツ国に対抗するために、村長《むらおさ》は板付舟を全て持っていってしまったのだ。浜には、タブの本をくり抜いた、この丸太舟しか残っていなかった。

波に濡れる砂に腰を下ろしたアマンは、行く先の向かい島に目を向ける。風がぴたりと止まった真夜中の海峡は、とろりと揺れて、真っ黒な向かい島を映し出している。瞼を開いてじっと見つめていると、ただの影にしか見えなかった島の陰影がはっきりとわかるようになり、目指す新浜《ティバマ》が月明かりで輝くのも見えてきた。

「間に合うかな」

アマンは父《ウジュ》に学んだとおりに右目を閉じて月を見上げ、その位置を確かめた。暗がりに慣れた目を片方だけでも残しておけば、危険から身を遠ざけることができる。

月はちょうど中天にかかっていた。夜明けまではあと三刻（六時間）ほど。板付舟なら、半里先の新浜まで二往復してなお余るが、重い素舟ではそうはいかない。竜骨《りゅうこつ》も舵もない不安定な素舟は、波を越え損ねると転覆してしまうこともある。丸太舟なので沈む心配だけはしなくていいが、引き起こし、海水を汲み出したりしていれば夜は明けてしまう。

舟に絡み付いたハマヒルガオをむしりとり、松脂《まつやに》の樽《たる》と薪《まき》を積んで引き縄をかけ、トゲだらけのアダン木の茂みを抜けて波打ち際まで運んでいると、月は大きく傾いていった。ゆうに二刻(約四時間)はかかってしまっただろうか。

だが、日の出まではまだいくらか残っている。

立ち上がり、尻にへばりついた砂を払い落としたアマンの耳に、声が届いた。

「どこに行くのか」

「誰?」

アマンは暗闇に慣れた方の目を開いて、月を目の中に入れないように注意しながら、浜と村を隔《へだ》てる砂よけの植え込みに目を凝らす。曲がりくねったアダンの木の幹は、月明かりの中で見ると絡みあった蛇《へび》がうごめいているかのようだ。声は、村に入る道のあたりから聞こえてきた。大きなガジュマルの樹が立っている。

声は確かに、ガジュマルの梢《こずえ》から聞こえた。鳥肌が背中から脇腹へ、そして二の腕へと走っていく。アマンは強く拳《こぶし》を握って、寒気とともに抜けていく力を繋ぎ止めようとした。

「ケンムンか?」

ガジュマルに住むという妖精の名前をアマンは口にした。一度も見たことはないが、アマンは巫女《ノロ》の使いでひとり夜の砂浜に出てきたのだから、この程度の怪異はあってもおかしくない。悪戯《いた ずら》や相撲《すもう》好きで知られるケンムンだが、相手をせずに無視していると肝《きも》を抜くという物騒な話でも知られている。

アマンは、とりあえず声の源に背を向けた。この世にあらざるものと目を合わせてもいいことはない。

「俺はユラキの息子、西方《にしかた》のアマン。相撲の相手をしてもいいけど、クジュのアシュケ巫女《ノロ》の使いで、新浜まで行くところなんだ。夜明け前には必ず戻るから、相撲したいならその時でいいかな」

返事はなかった。アマンが素舟を海に押し出そうとするとすぐ後ろから同じ声が響いた。

「やめとけ」

慌てて振り返ったアマンの目に映ったのは、奇妙な風体の男だった。

男は、夜目にも柿色だとわかる長い衣を、前で深く合わせていた。わずかな体の動きについて揺れる衣の生地は、那覇《なは》からやってくる役人のものよりも良いものに見えたが、従者を連れて歩くほど裕福ではないようだ。背負った木枠には、水か酒かをつめた瓢箪《ひょうたん》と、穀物が入っているらしい袋が縛り付けられているようだった。

奇妙だったのが、それほどの年齢でもない男の頭に髪が一本もない事だった。罰を受けたのか、それとも男が入れ上げている神事《カムイゴト》のしきたりなのかはわからないが、男は髭《ひげ》を剃《そ》るように、髪の毛をすべて剃り上げていたのだ。

男は、両方の手を顔の前で合わせて、そのまま深く体を折る礼をした。

「俺は千樹《せんじゅ》と申す、サツ国の僧だ。相撲の話はよくわからぬが、とにかく、妖《あやかし》ではない」

千樹と名乗った男は、島の言葉を事前に学んでいたらしい。耳なれない響きではあるが、ゆっくりと、アマンの反応を確かめながら話した。

「四日前に、島の北にあるカサリの港に着いた。それからナジュ、ヤキュチとたどって、ようやく南端のクジュに着いた次第」

千樹の口にした村名を聞いた時、アマンは素舟から銛《モリ》を摑み出していた。カサリ、ナジュ、ヤキュチはいずれも、サツ国に攻め込まれた港だ。

「お前が手引きしたのか！」

アマンは銛を千樹の腹に向ける。よける素振りを見せなければ、ひといきに突き立てるつもりでアマンは銛を突き出した。柿色の着物に触れる。瞬間、銛に引き込まれたアマンは砂浜の上でつんのめる。

どんな手妻《てづま》を用いたのか、千樹がだぶついた袖《そで》で銛を絡め取っていた。

「あぶねえな、おい。魚じゃねえぞ、俺は」

くだけた口調で言った千樹は、銛を浜に投げ捨てながら言った。

「そういや、さっき言ってた新浜ってのは向かいの浜だな。なるほど、その薪は岬に潜《ひそ》んだ村の衆たちに、狼煙《のろし》をあげるためか。たしかに、あの岬からだとトンキャン淵《ぶち》を回ってくる船団は見えないからな。遠見の呪いかい？　すごいもんだな」

銛を拾ったアマンは、もう一度取り上げられると逆に自分が突かれてしまう可能性に思い当たって、銛を素舟に放り、引き綱を摑んで舟を波打ち際に押した。

「なんだよ、ダンマリかい」

千樹は、浜の西に突き出す岬を指さした。

「なあ、抵抗はやめなよ。サツ国のサムライたちは、つい三年前まで、万の兵隊がぶつかる戦場で命の取り合いをしてきた連中だぜ」

アマンは無視して舟を押す。実は昨日のうちにサツ国に下ったトンキャンの村長がこっそり知らせてくれたのだが、わざわざそれを言うこともない。その後をついてきた千樹は語るのをやめなかった。

「鉄砲だって使うし、槍も刀も長い。魚を獲るための銛なんかいくら集めても勝てやしない。俺はね、無駄な戦がはじまらないように、説得して回ってるだけだよ――おっとっと」

アマンは足を止めて振り返り、千樹を睨んだ。

「逃げた方がいいのはサツ国の方だ。アシュケ巫女《ノロ》が、姉神《ウナリガミ》を呼んだ。ウナリ神は弟《エケリ》の俺らを絶対に見捨てない」

「カサリやナジュ、ヤキュチで、同じことをしなかったとでも言うのかい」

「それは……」

「どこも盛大にやってたぜ。浜に小屋ぶったてて、あれはノロっていうのかい？　頭に草の葉をゆわえた神女《しんめ》に踊ってもらって神おろしをやってたさ。それでもさ、知ってるだろう。鉄砲を撃ち込まれて手も足も出なかったんだよ」

千樹は、つるりとした顎を撫でてアマンの顔を覗き込む。

「待ち伏せをしようっていうお前さんがた西方村の備えは、今までの三つの村とは一味違う。それは認めるよ。だけどさ――おいおい、待てよ」

アマンは千樹を無視して舟を海に押し出し、艫《とも》に飛び乗った。相手をしている暇はない。寝かせておいた櫓《ろ》を摑もうとしゃがんだ時に、舟が大きく揺れた。

「何をするんだよ！」

千樹が、艫から舟に乗り込もうとしていたのだ。

「俺も新浜に連れてってくれ」

やすやすと舟に乗り込んだ千樹は、我が物顔で船首側に渡してある板に腰を下ろした。櫓で突き落とそうかと思ったアマンだが、銛を取り上げられた時のことを思い出す。

「邪魔はしないでよ」

「しないしない」

千樹はそう言って顔の前に手刀を立て、呪いの言葉のようなものを唱えた。

「今、何をした！」

「航海の安全を祈っただけだ」


新浜に向かう舟の上で、千樹はサツ国の事情を語ってくれた。

数年前、日本《ヤマトウ》を二分した大きな戦で負けた側についてしまったサツ国の王、島津《しまづ》は南に目を向けた。明《ミン》や南越、南蛮国との交易を行なっている那覇の王を背後から操ることができれば、戦に負けて失った権勢も取り戻せるという計算があるのだという。

島津王は樺山《かばやま》という武将に三千の兵を与え、千六百の鉄砲と八十艘もの戦船を仕立てて、この島へと向かった。

二日かけて島の北の玄関口、カサリの港村に到着したサツ国の軍勢は、島の北部から集まった五千余りの男たちが築いた土塁《どるい》を、いとも簡単に蹴散らしたという。カサリ村の大親《ウーヤマ》は九歳の息子を人質に取られてしまい、自らも人質になって船に囚われてしまった。

戦は一方的だったという。つい数年前まで、血で血を洗う戦場で過ごしていたサツ国の兵たちが放つ矢は島の猟師の三倍の距離から届き、刀を振れば三人を束ねて両断してしまうほど屈強だった。人を殺すことにためらいはなく、血に飢えた者も少なくない。

勝てるはずがないのだ、と諭す千樹にアマンが聞いた。

「見てきたの？」

「ああ。気持ちのいいもんじゃなかったな……まあ、そんなことはいいじゃねえか。どうした、アマン。漕ぐ手を緩めるなよ」

アマンは櫓を船のへりに置いて首を巡らせていた。目は両方ともに閉じ、水面を渡ってくる水音に意識を研ぎ澄ませる——来た。

顔全体に笑いが浮かぶ。

「もう大丈夫」と言ったアマンは、船縁に腰掛けた。

「おい、座り込むなよ。何が大丈夫なもんか」

夜目にも顔を青ざめさせた千樹が、前方の向かい島を指した。

「まだ新浜まで半分も来てないぜ。何をどうすりゃあこれで大丈夫なんだよ。新浜に向かってないだろう。流されてるぞ。アマンお前、笑ってる場合じゃねえ。櫓をとれ。おい、おいったら。ほら、回っちまったよ」

アマンは櫓を水に差し込んで舟が回るのを止めると、手を耳の後ろにかざしてあたりの音を聞いた。

「うん、大丈夫。川の真ん中に乗った」

「川だと？」

「わからない？」

不思議そうに聞き返したアマンの顔が、ぼうっと照らされる。その時千樹の耳にもはっきりと水の音が聞こえてきた。

それは、舟が水を切る音とは違っていた。

荒れた海で聞こえる風の音とも、その風が波頭を崩す音とも違っていた。最も近いのは米を研ぐ時の音だろうか。

心地良さそうにアマンが体を揺らし、膝をとん、とんと叩くと、水の音が後ろから前に揃っていくのがわかる。いや、アマンが水音に合わせているようだ。

さらさらさらさら。

チャラチャラチャラチャラ。

後ろから前に、水の音が舟を押していく。

今やはっきりと、千樹も何が起こっているのかわかった。

海を流れる川に、アマンが素舟と呼ぶ丸太舟は流されている。

船縁から海中へ差し込んだ手指の間を、アマンの顔を照らしていた夜光虫が通り抜けていった。

流れの速さは、千樹の故郷の山を流れる渓流《けいりゅう》とさして変わらないらしい。アマンの操る舵で流れの真ん中に出た舟はますます速さを増し、風を切る音までも聞こえ始めていた。

「たまげたな」と、千樹はつぶやいた。「なんてこった。海の中に川が流れているよ。これは新浜まで行くのかい？」

聞いてすぐに、千樹は質問のばかばかしさに気づいた。

この「川」は、潮と潮がぶつかるところに生まれた乱れに過ぎない。月の潮が出入りするときに、とある湾を満たしていた海水の塊と、とある岬に妨げられてうねった海水が混ざり合う場所には、流れが生まれることがある。

陸まで繋がることはない。海の中だけに流れる川だ。

「知ってたのか？　流れがあることを」

「もちろん」アマンはうなずいて、櫓を操った。「潮の具合で変わるけど、満月にできる川だけは覚えてる。ここから先は、新浜の立神《たちがみ》（岬の先で海から突き出した岩）まで繋がってるから、漕がなくても大丈夫」

アマンは西の岬——村の仲間達が身を潜めている暗がりを指さした。

「あっちにももう一つ。ちょっとしたコツがいるんだけど、流れは見えるよ。乗る筋を間違えると、ニラヤに連れて行かれるけど」

「ニラヤ？」

「魂の帰る国」

千樹は思い出した。島々の信仰が呼ぶところの、黄泉《よみ》の国だ。那覇王宮のあたりではニライカナイなどと呼んでいる。水底にある、とされることもあれば、海霧の向こうにあると言われることもある。

きっと流れが強すぎて、あれよあれよという間に、自力では戻れないほど遠いところまで運ばれてしまうのだろう。

「今日もその、ニラヤに行く川は出てる？」

アマンは立ち上がって辺りをぐるりと見渡した。

「あるね」と言ったアマンが顔を向けた方を、千樹も見つめる。確かに、僅《わず》かに波立っている場所があるような気がする。

「西に向かってる？」

「そうだね。ぐるりと回って、クジュの岬の向こう側に消えていってる」

アマンが指さしたのは、村の人々が待ち伏せている岬だった。つまりこの流れに乗っていけば、ひと息に村の人たちに近付くことができる。明るい満月の夜だが、これだけの速さがあれば気付かれずに相当近くまでいけるだろう。

「なあ、アマン」

「何？」

「待ち伏せしている村の人は、何人ぐらいいる？」

「どうしてそんなことを聞くの」

アマンの顔に不信が戻った。

「たくさんだよ。たくさん、サツ国を追い払えるぐらい」

「嘘はつかなくていいよ。五十人？　七十人？　それとも百人はいる？」

百人、のところでアマンが目を逸らした。七十人よりも多いが百人には届かないというあたりだろう。このまま、新浜まで行って篝火《かがりび》を焚《た》けば、サツ国も異変に気づくはずだ。

待ち伏せる、クジュ浜の七十人余りは無駄に死ぬことになる。

「アマン」と、千樹は呼びかけた。「夜襲をしかけないか?」

「夜襲?」

「そうだ。夜の闇に紛れて——っと、満月か。とにかくサツ国の船団を、夜のうちに襲わないか?」

「……千樹さんは、どっちの味方なの? サツ国の拝み屋でしょう?」

「六年前までは、サツ国のサムライだった」

千樹は、着物の胸をはだけた。そこには、肩から腰まで斜めに走る刀傷が盛り上がっていた。

「九年前の戦に負けて逃げる時、混乱の中で味方に斬《き》られて、サツ国を離れた。相手が下手くそだったおかげで、命だけは助かったけどな」

着物を胸元でぴったりと合わせた千樹は、西の岬の向こう側を見つめた。

「戦は終わるかと思っていたが、琉《りゅうきゅう》球討伐に出るって話を聞いたんで、君たち島の人たちに、サツ国に逆らうな、皆殺しにされる、と警告するために海を渡ってきたわけだ」

「そんなに強いの?」

「ああ。強い。カサリの話はしたろ」

「でも海の上なら——」

「まともにやっては勝てない」

千樹は流れを指さした。

「だけど、今夜は川がある。この速度で百人、いや、八十人でもいい。舟を運べれば、船団の真ん中に切り込める。樺山大将の首をとれば、いったん兵を引くはずだ」

　アマンはじっと話を聞いて、考えた。

　今夜は至る所に海の川が流れている。クジュ村の大人が操る板付舟なら、アメンボウかミズスマシのように船団の中に入り込んで、目的の船に取り付くことができるだろう。

　そうすれば、兵を引かせることができるらしい。しかし――。

「また、兵隊を増やして戻ってきますよね。千樹さん」

　言葉に詰まった千樹に、アマンは追い討ちをかけた。

「やっぱりだ。大将を殺したりしたら、次に来るときはもっと容赦ないことをされるでしょう。だから、こうじゃないかな」

　アマンは櫓を水に突き立てて、舟の向きを変えた。

「……おい、岬の外に出ちまうぞ」

「そうです――危ないですから、立たないで」

　アマンは櫓を漕《こ》いで、西の岬の外に出る流れに舟を進ませた。

　そう難しいことではない。あとふた漕ぎもすれば流れの分かれるところに差し掛かる。

　左は新浜、右はニラヤ。

「千樹さんは、火を起こせますか？」

「……ああ、できるが」

「舟に篝火を焚いて、ニラヤへ向かいましょう」

　どうして、そんなことを？　と聞くかのように首を傾げた千樹は、口を開こうとして、アマンの狙いに気づいたらしい。

「樺山に見せつける、というわけか」

「そうです」

頷いたアマンは、櫓を漕ぐ腕に力を込めた。

「ウナリを呼ぶ篝火を焚いて、僕たちが姿を現せば、待ち伏せているクジュ浜の人たちも、奇襲は考え直すと思います。サツ国のサムライたちは、信じられない早さで近づいてくる火を見れば、警戒するでしょう」

「……そうだろうな。それがいいな」

千樹は、背中の荷物から火打ち石とこよりを出して、ふとアマンの顔を見上げた。

「ニラヤか。魂が生まれる場所ってのは、どんなところかな」

アマンは答えずに、海を流れる川に素舟を進ませた。

作者あとがき

「海を流れる川の先」で描かれる侵略は歴史に基《もと》づいています。私が生まれた奄美大島は一六〇九年、薩摩の国に占領されました。天下分け目の大合戦と呼ばれた「関ヶ《せきが》原《はら》の戦い」から九年目のことです。敗者となった薩摩の国は日本における権勢を諦めて南に目を向けました。琉球《りゅうきゅう》国を従え、その支配下にあった島々を直轄の植民地にするために軍艦を送り込んだのです。

私はこの具体的な暴力を先祖たちがどのように見たのか書いてみたくなり、筆をとりました。

どうぞお楽しみください。

……やっちまった！

クァク・ジェシク

내가 잘못했나

곽재식

クァク・ジェシクは化学者出身の小説家。二〇〇六年に短編小説「ウサギのアリア」がMBCベスト劇場で映像化されたのを機に小説の執筆を始める。『新羅王女海賊戦』、『地上最大の賭け』、『あなたと結婚したいです』など作品多数。また『怪物、朝鮮のまた違った風景』など、膨大な量の資料と説話を参考に書かれた妖怪談の集大成ともいえる作品もある。

応用フォノンビーム学会（フォノンとは、結晶中における格子振動の量子）は、学会という名が付いたイベントのうちでキム・ジンウォンが一番好きなものだ。好きだと言えるような学会がほかにあるだろうか。ジンウォンはこれまでに参加してきた学会を振り返ってみた。理論音響学会、融合振動学会、産業共鳴制御学会、なんとか学会、なんとか学会……。

かなりの学会名が思い浮かんだ。よくもまあこんなに……と自分でも驚いてしまうほどだ。とはいえ、記憶の中の場面はどれも似たり寄ったりだ。天気の話または感謝の言葉で幕を開ける司会者。まじめな顔で座り、コンピューターに何やら打ち込んでいるふりをしているが、実は遊んでいる聴衆たち。笑いをとる目的で最初と最後に挿入されたスライドしか記憶に残らないパワポの発表レジュメ。会場後方のテーブルに置かれたスティックコーヒー、Couque Dasse《ククダス》（クリームを挟んだクッキー菓子）なんかのありふれた菓子……。

でも、応用フォノンビーム学会だけは違った。

とりあえず、会場後方のテーブルにククダスはない。まず特産物のミカン。あとはあまり見かけない菓子。でもまあそれは、たいして重要ではない。この学会を他と差別化させる要因はほかにあった。開催地が済州《チェジュ》島なので飛行機に乗れる。応用フォノンビームという技術じたいがいま注目の新技術だ。それらの要素ももちろんある。けれど、応用フォノンビーム学会をファンタスティックなイベントに格上げしている要因はそんなことではない。理由は別にある。

応用フォノンビーム学会の最大の特徴。それは参加人数の制限だった。参加機関ごとに一人。つまり応用フォノンビーム学会に出るときは、一人で行って帰ってくればいいのだ。研究員が学会に出席するとする。そういうときはふつう研究チーム長だの副所長だのといった御仁《ごじん》をお連れし、お世話しなければならないものだが、この学会ではそんなことをしなくてもいい。チーム長と隣り合って座り、イベントの間じゅう発表内容に心酔《しんすい》しているふりをする必要もなく、食事や休憩の時間にお偉いさんの話し相手を務めなくてもよい。

ジンウォンの上役である研究チーム長はまともな人ではあった。そこは幸運至極。とはいっても、食事のたび、休憩時間ごとにチーム長が喜ぶような雑談に興じるふりをするのは決して楽なことではない。芸能人が人生を台無しにした話だの、人が株で損をした話だのが、チーム長の大好物だった。どちらもジンウォンとしては一切興味のないテーマだ。学会をどうにか乗り越えたとしても、まだ夜が残っている。これまた苦役だ。

「飲むか、キム博士。今日はちょっといい酒にしよう。久々に奢《おご》るよ」

チーム長の一大決心を断るに断れず、ナントカホテルのラウンジで味もわからない高価な酒をふるまわれる。講義かなにかのように長々と語られるその酒にまつわる話を興味津々といった態《てい》で聞き、時には興を添えるような質問もして差し上げなければならない。苦いばかりでうまくもない酒を飲みながら、いや先生はほんとに造詣《ぞうけい》がお深い、などと感心してみせたりしているうちに、話題が尽きる。そうなるとまた芸能人の人生台無し話と他人の投資失敗談が、夜も更けるまで繰り広げられるというわけだった。

でも、応用フォノンビーム学会に参加するときは別だ。なにせ一人でしか出席できない。それがイベントの規定なのだから。

この学会の日は、出勤するときと違って朝から気分爽快。空港から飛行機に乗って一人のんびりと済州島の会場をめざす。「先生、お昼はどこで食べましょうか」などとお世話しなければならない上役もいないし、休憩時間に「所長、お疲れでしょう。お昼は赤貝でもいかがですか」などと無理やり話しかけなければならない相手もいない。出席者たちの顔も明るく、発表される内容もひときわ豊かで充実しているような気がする。笑いを取るためのスライドはもちろん、それ以外の内容もよく記憶に残る。

時間が空いたらスマートフォンで漫画でも読んでいればいい。疲れたら、ホテルに帰るなり寝てしまってもいい。呼び出しがかかる心配もないからのびのびと休める。翌日の朝いちからスケジュールが組まれていることもないから、うんざりするまで寝ていてもいい。小腹がすいたときに会場で食べるミカンさえもおいしく感じられる。ククダスみたいに食べかすが落ちないところに潔《いさぎよ》ささえ感じるほどだ。

こんなワンダフルな学会をいったい誰が企画しているのだろう。その答えをジンウォンは今回知った。

それは、フォノンビームを利用して手術せずに体内の結石を取り除く方法に関する発表が多数の出席者の関心を集めて終わった直後の休憩時間。結石を除去する方法の発表をした研究所の所長の前には人だかりができていた。みな我勝ちに名刺を差し出したり、質問しようとしている。

あそこには加わるまい。ジンウォンはそう決めた。

変化する振動を体外から巧妙に加える。そうすると体の表面には何ら変化を与えずに、体内のある一か所を破壊したり揺るがしたりできる。かねてから人気の高いテーマだ。でも、何か新しいシステムが編み出されたとしても、既存のものよりも良い結果が出るケースは稀《まれ》だった。このタイプの研究発表は、コーヒーカップの上に泡できれいな絵を描くラテアートのようなものだ。うまく描ければ美しいし、見る者の目も楽しませてくれる。だからといって、美術館に展示できるわけでもないし、それで大金を稼げるわけでもない。

ジンウォンは、ひとり会場を出た。すぐ外にソファが置かれた静かな場所があった。ソファに腰を下ろす。いい座り心地だ。本のページを開く。ジャンルは小説。幕間《まくあい》の休憩時間は二十分だ。それだけあれば、そこそこ読み進められる。発表合間の休憩は四回ある。空港での待ち時間や飛行機に乗っている間も読み進めれば、読了できそうだ。

ジンウォンはここ何年か、欠かすことなく応用フォノン学会に出席してきたのだが、いつしかその学会の間に本を一冊読むのが習慣のようになっていた。隙間《すきま》時間に読む本はなぜか面白い。世で起きているあれやこれやなんかについてはいっさい考えず、空き時間を見つけて本など読みながら時間を過ごす。こんな贅沢《ぜいたく》な時間の過ごしかたがほかにあろうか。本の内容も、いつになくじわじわと深く心に染み込んでくるような気がした。

「おやキム博士、お一人？　せっかく学会に来たんなら人脈づくりに励《はげ》まなきゃ。よその人たちと交流したり、挨拶したりさ」

声をかけられて、ジンウォンは顔を上げる。

目の前にジョンヒがいた。ジンウォンが記憶しているそのままの笑みを浮かべて。

「あ、せ、先輩、ずいぶんとご無沙汰《ぶさた》してしまって。お元気でしたか？」

「相変わらずだね、キム博士は。こーんなとこに一人で隠れてさ」

「いやいや、隠れてなんかいませんよ。人脈づくりだってちゃんと……」

「ほほう人脈づくり。で、何の人脈？　誰との？」

「え……それはええと、いま、先輩と」

ちょっと、それってジョーク？　つまんなーい。そうからかいながらも、ジョンヒの目は笑みを浮かべていた。

「う、えっと先輩、先輩ほんと、どんどんステキになりますね。いまじゃ、うーん、新しい時代の幕を開けるスタートアップのCEO？　そのものじゃないですか。電気自動車乗り回して、お昼はオフィスにオーガニックランチをデリバリー、みたいな？」

「でしょ？　半分に折りたためる最新型のスマホ使ってて、仕事終わったら携帯の人工知能に声かけてさ。リビングの電気つけといてーって、そんな感じでしょ？」

ジョンヒがまたも明るく笑う。自分と話をしているときにこんなに明るく笑った人が、このところいたろうか。事業はうまくいっているのかというジンウォンの問いに、事業はうまくいっているのだが、稼ぎのほうはイマイチ、とジョンヒは答えた。

長話をしているヒマもなく、休憩は終わった。

ジンウォンはやむなく応用フォノン技術に頭を戻した。ジョンヒと話をしていて休憩時間に本を一ページも読めなかったというのに、ジンウォンはまったく意に介さなかった。いや、本を読もうとしていたこと自体を忘れていた。どうしよう、ジョンヒ先輩に会ってしまった……。いまどこに住んでるんだろう。あのことは覚えているだろうか、昔のあのこと……とかまあ、こんなことばかり考えていた。

何年か前、ジョンヒと同じ研究チームにいた頃にジンウォンは思いを馳《は》せた。二人は親しいほうだった。とても親しいわけではなかったが。性格もまったく違った。曲がりなりにも科学技術の最先端をいく分野の研究をしているというのに、その現実はこんなものなのか、と思い知らされるたび、しかたないさ、我慢することも学ばないと、と自らを宥《なだ》め、受け入れるのがジンウォンだったら、何としてでもそれを変えようとか、そんな状況から脱《ぬ》け出す方法を模索せねばと考えるのがジョンヒ先輩だった。そしてジンウォンは似たり寄ったりのテーマの研究を黙々としながら耐え忍んだ末に、今の研究所に居場所を見つけ、ジョンヒは何とかいう学校の青年創業助成競演大会で優勝したのを機に会社を設立したのだ。

学会が終わり、のろのろした足取りで会場を出たジンウォンは、そこでぐずぐずしていた。夕食をどうするのか決めかねていたのだ。コンビニで弁当を買ってホテルに戻り、テレビを見ながらのんびりと食べようか。胸弾む魅力的な食事とは言い難いが、そうやってゆっくり過ごせる夜も、この学会のおかげで享受できるメリットのひとつだ。そう考えれば、悪くない選択のような気もしてくる。

頭を悩ませながら突っ立っているジンウォンをジョンヒが見つけた。

「おや、キム博士ったら。やっぱり友達いないんだ、ふふん。夕飯どうするか困っててんでしょ」

「あっ、いえいえ。いますよ、友だち」

「どこに」

「先輩」

ジョンヒは今度も笑ってくれた。ジンウォンの馬鹿さ加減を許容し、包み込んでくれるような笑いだ。ジョンヒによるとアワビがおいしい店が近くにあるということで、二人はそこで食事をとることにした。その日の夕食は長い長い食事となった。いったいその店にどれだけ居座ったのやら記憶もおぼろげだ。

「えっとつまり、この学会を、先輩の会社が仕切ってるってことですか？」

「そうだよ。この学会はねえ、まあちょっとカネにはなるかな。でも来年からはちょっとわからないんだなあ、これが」

「ん、わからないって？　何がです？　会場の利用料がどーんと上がるとか？」

「いやいや、そっちじゃないのよ。この学会ってさ、出席できるのひとつの機関から一人だけって決まってるでしょ、原則」

「ですよね、それも先輩が決めたことですか？」

ジョンヒはうなずいた。

「なのにさ、うーんと『挑戦する教授会』って言ったかな、そんな団体所属の教授連中が建議書を出してきたんだわ。この学会のこと、すごくいい、最高だ、なんてまず褒《ほ》め称《たた》えておいてさ、そんでこうよ。次からは一機関当たり三人までは出席できるようにしてほしい」

「はあ……」

「あーもう、黙殺するわけにもいかないし」

ジョンヒが悪戯《いたずら》っぽくため息をついてみせる。なんだそりゃ、頭がおかしいんじゃないのか……。ジンウォンは呆れ、そんな建議をする人間が本当にいるのかとジョンヒに尋《たず》ねた。

「なんだかやたらと建議事項が多いんだよねえ、今年は。どっかの研究所の所長だったかな、その御仁いわく、日程に自由時間っていう名の空き時間があるが、特にやることがない人は退屈ではないか。でさ、ピクニックだとかハイキング、それか済州島の郷土探査、まあそんなお気楽なイベントを日程に入れてほしいって言うんだよね」

「ええぇ？　自由時間よりみんなで山登りのほうがいいって？」

もうやってらんないでしょ、という表情を浮かべて答えに代えてから、ジョンヒはにっこりと微笑《ほほえ》む。ジンウォンは思わず声を上げて笑った。ジョンヒが話を続ける。

「でね、調べてみたんだわ、必死こいてさ。ねえキム博士、漢拏山《ハルラ》のてっぺんって、なあんだ？」

「漢拏山のてっぺん？　白鹿譚《ペンノクタム》でしょ」

「だからあ、白鹿譚って、なあんだ？」

「そりゃ、昔々、漢拏山が噴火した跡じゃないですか。くぼみができてたところへ泉が湧いて、いまは池みたくなってる……」

「それがさ、違う説もあるんだよ。知ってる？」

「へ？　聞いたことないですけど。なんか伝説でもあるんですか、白鹿譚に？」

「あったんだなあ、それが。件《くだん》の研究所の所長が大喜びしそうなヤツがね」

これは決して自分の創作じゃない。朝鮮時代の記録の中から見つけ出したものだとジョンヒは前置きし、話し始めた。いまから四百年ぐらい前に記された文献に、金尙憲《キム・サンホン》とかいう人の手になる『南槎錄《ナムサロク》』というのがあって、それは彼の済州島旅行記なのだが、その真ん中あたりで短く触れられている伝説だという。

「昔々のそのまた昔、『虞人《ウィン》』という人がおりましたとさ。虞人って猟師のことなんだけどね、その人がある日、鹿を探して歩き回ってたら、漢拏山の頂上、それこそいっちばん高いとこまで登っちゃったんだって。でまあ、そこから矢を射たんだけど、それが外れちゃったと。でもさ、その矢を放ったところってのがまた、漢拏山のてっぺんの、おっそろしく高いとこでしょ。でね、そのはずれた矢はなんと、空に刺さっちゃったんだって」

「矢が空に刺さった？　それって、大気圏突き抜けて人工衛星になったとかいうオチじゃないでしょうね？」

「だからあ、四百年前の話なんだってば！　大気圏なんて知るわけないでしょうが、当時の人たちが。空ってなんだろう。蓋《ふた》みたいな形してて、大地を覆《おお》ってるんだよ、うん。せいぜいそんなところでしょうよ。で、その蓋みたいな空に刺さっちゃったってわけさ、矢が」

「でも漢拏山って、そんな高いですかね。外国の山に比べたら別に高くもないでしょ？」

「途方もなく高く見えたでしょうよ、昔々の人には。でね、漢拏山のてっぺんから虞人が射た矢が空に当たったんだけど、それって〝空のへそ〟に矢を当てちゃったってことになるんだって。伝説によるとだよ、いい？　でもって、空を統べる王様がもう怒髪衝天《どはつしょうてん》」

「で？　地球を滅亡させて、何もかも消失させちゃったとか？」

「そしたらここはどこなのさ、地球じゃないっつの？」

「ああ、まあ……ですね」

「でね、どうしたかっていうと、漢拏山のてっぺんを切り取っちゃったんだって。二度と高みに上って空に手出しができないようにって、人間ごときが。んで、漢拏山のてっぺんはボコッとくぼんじゃった。それがいまの白鹿譚。引っこ抜いたてっぺんは、そのへんに放り出してしまいましたとさ」

ジョンヒが窓の外、山房山《サンバン》を指さす。平らな大地からぬっと突き出ている小さな岩山。いまの漢拏山のてっぺんに乗っけると、ちょうど一つの山みたくなりそうだ。言われてみれば……。

ジンウォンが言った。

「あのう、それって、宇宙人の話なんじゃ？」

「あのさあ、昔々の伝説にね、空からなにか舞い降りてきただの、空がなにかしでかしただのって出てくると即！　宇宙人だ、昔の人はわかんなかっただけだって言うの、ちょっといかがなものかと思うよ」

「だって、ほんとにそうかもしれないでしょ。昔々、宇宙人が地球にやってきて、漢拏山の上空に浮かんでいました。そのとき一人の猟師が放った矢が、宇宙人の一人に当たってしまいました。宇宙人たちは、ものすごく腹を立てました」

「そんで、火山を噴火させて山のてっぺんを吹き飛ばしたって？　どうなの、それって。それにだよ、宇宙人がなんだってわざわざ地球に来てさ、漢拏山の上空なんかに浮かんでなきゃなんないわけ？」

「うーん、それは……まあ一種の郷土探査、とか？」

「ふーん。でもまあ悪くないかもね、郷土探査のテーマとしちゃ。それこそ大喜びしそうだわ、例の所長様」

二人は声をそろえて笑った。

長い長い夕食タイムが終わってからも、二人は場所を移して話を続けた。

ジョンヒは疑念を抱いていた。お金を稼いで事業を手広く展開して……。そんな夢を抱いて会社を立ち上げたのはいいけれど、とにかく苦労ばかり。研究実績は積めない。こんなことをしているのが果たして意味があるのかと。一方、ジンウォンも自分の先行きを危ぶんでいた。職場の人たちは頭が固くて面白みのない人たちばかりだ。でも、いくら努力して成長したところで、自分もそのつまらない人たちの一人になるだけなのだ。もちろん二人とも、そんなことをダイレクトに口には出さなかったが。前の週に観たホラー映画のこと、近ごろ人気の歌の歌詞がムカつくのはなぜか。そんな当たり障《さわ》りのない話をあれこれしただけだ。

とはいえ二人はそんなやり取りを通じ、互いに必要なものを与えあっていた。ジンウォンは、この世にはクールで魅力にあふれたものがまだまだあるのだと思えるようになったし、ジョンヒはジョンヒでジンウォンの仰ぎ見るような視線を浴びることで、自信を取り戻すことができた。

夜が更けていく。二人はいつしか同じ思いに浸っていた。自分たちは、慰《なぐさ》めあえる……。その思いはさらに募《つの》り、卑劣な人間があふれる殺伐《さつばつ》としたこの世の中で、自分たちのような二人が出会えた。それはどんなにすばらしいことか……と二人をして思わせるに至った。そうこうしているうちに、他愛ない話を交わしながら二人はいつしか寄り添い、抱き合い、そして翌朝、これはいったい……と無言で見つめ合うことになる、そんな夜になったというわけだ。

――やっちまった……

朝の光の中で、二人は正気に返った。なんとも気まずい朝だった。朝の挨拶をしようにもまったく言葉が見つからない。こんなとき、映画の主人公はどうしていたっけ……。俳優のスマートな振る舞いを真似《まね》てみようにも、そんなシーンは浮かんでこない。今日に限って。どんなに頭を振り絞っても。

「今日の日程って、どんなんでしたっけ?」

「だいじょぶ?　疲れてない?」

「あの、寝づらくなかったですか?」

それで二人は、言った後で頭を壁に打ち付けたくなるような質問と、そんな言葉を発した自分の口をひねりあげたくなるような答えばかりをやり取りした。とにかくきちんと話をして、一緒に状況を整理する必要があるのは確かだ。でも、どんな話をすればいいのか、状況をどう整理すればいいのか。二人は見当もつかずにいた。

赤貝のスープをすくって飲みながら宇宙人の話なんかをしているだけで、時間が猛スピードで流れていった昨夜《ゆうべ》の二人はどこに行ったのか。今朝の二人は、朝食を食べにいこうと言おうにも、どう口火を切ったらいいのやらわからずにいた。

当然の流れで二人はだんだん口数が少なくなり、言葉を交わさなくなればなるほどさらに気まずくなった。二人が会話らしい会話を始めたのは、朝食を食べ終わるころだった。

「あの……」

「はい、先輩!」

「うーんと、その……」

「はい！」

「ああ、郷土探査、なんだけどさ」

「あれ、なにか準備した方がいいのかな」

「あっ、じゃあ……事前調査。行ってみませんか、いっぺん。白鹿譚に……」

「え、あ……」

「あ、ちょっと……何ですよね。いきなり今から、とか言っても」

「いや、そんなことないよ。今。行こう、うん」

「ええと、郷土探査、なんだけど、漢拏山のてっぺんから矢を放った話ですよね」


「ええと、今度また済州島に来るのは、その、大変ですものね」

ということで、二人は肩を並べ、漢拏山の頂上を目指すことになった。そういうことになろうとはほんの数時間前まで思ってもみなかった突発的スケジュールだ。

「来年の学会のとき、ほんとに漢拏山の探査をするかもしれませんしね。前もって知っておかないと、スケジュールも組めないでしょうし……」

「だね」

「じゃあ、ドローンでも飛ばしませんか。確か、官公庁が公共ドローンのレンタルやってるはずです。済州島はあっちのエリアがドローン自由区域ですから、大丈夫なはずですよ」

「ふうん、じゃ、そうしようか」

ジンウォンが重いほうの荷物を背負い、先に立って山を登る。ジョンヒは後について登りながら、ドローンを操縦する。そう役割を決めて歩く二人をドローンが見下ろしていた。自分たちはどんなふうに見えるんだろう。ジンウォンは訊いてみたかった。ドローンに心があったなら……。

ある程度のところまで車で来たからか、傾斜が緩やかだったからか、漢拏山の頂上に続く道は思ったよりきつくはなかった。それでも息が切れ始め、少ししんどくなってきて、考え事ができなくなってきたころ、白鹿譚に着いた。

「漢拏山って韓国の最高峰ですよね」

「うん」

「うわ、見てくださいよ、下のほう。すごいきれいな景色ですよ。それとあっち、ずうっと向こう。噴火口みたいなのが幾《いく》つも見えますよね。なんか、よその惑星の風景みたいで面白いですねえ」

「韓国でいちばん高い所なんだよね、ここが」

ジョンヒが空を見上げる。ほんの少しの間でいいから仲良く手をつないで歩きたい……。手を差し出そうかどうしようか、ジンウォンは迷った。そのときドローンを操るジョンヒが腕を前に伸ばして前進した。ドローンが二人の先に立つ。

ジンウォンはジョンヒに話しかけようとした。が、ジョンヒが先に口を開いた。

「ねえ、山房山の高さ、何メートルだったっけ?」

「三百九十メートルぐらいだと思いますけど。漢拏山が千九百五十メートルですから、伝説の通り山房山が漢拏山のてっぺん部分だったとすれば、漢拏山のもとの高さは……」

「二千三百四十メートル」

「ですね。ふーむ、二千三百メートル……。ってことは、二千三百メートルの高さまで行けば、空のへそを矢で射ることができる？　昔の人はまた、空を低く見積もったもんですねえ」

「二千三百四十メートルまで上げてみようか、高度」

ジョンヒがドローンの高度を上げる。画面に表示されるドローンの高度が二千三百四十メートルに達すると、ジョンヒは高度を固定させ、ぐるぐる回して周囲を探らせた。

「ぶつかりそうですか、空に？」

「ぜーんぜん」

ジョンヒの言う通り、ドローンは蓋につかえることもなく、すいすいと飛んでいた。ところが少しして、ジョンヒは気づいた。画面におかしな表示が出ている。〝衝突注意〟と。

「衝突注意って……特になんにもないですよ、ぶつかるものなんて」

「だよねえ」

「センサーのエラーですかねえ。目視する限り、何もないじゃないですか。他の人がドローン飛ばしてるのかな。でも、だったら見えるはずですよね」

「ドローンじゃないよ。センサーのシグナル見ると、ドローンよりずっとおっきいものみたい」

「でも、なんにも見えませんよ。そんな大きな装置かなにかが空中に浮かんでれば、見えるはずでしょ。人の目に見えないドローン飛ばすなんて、そんなすごいテク、誰も持ってませんよ」

そのときジンウォンさんの携帯に未来技術庁ドローン管理室から連絡が入った。

『キム・ジンウォンさんでお間違いないですか。あのう、ドローンは一台ということでしたよね。でもひょっとして今、二台飛ばしてらっしゃいます？』

ジンウォンは念のため、ジョンヒに訊いた。もしかして自分たちは今、ドローンを二台飛ばしているのかと。当然のことながら、違うという答えが返ってくる。ジンウォンは電話に向かって言った。

「一台しか飛ばしてませんよ」

『ですがね、こちらのドローン監視画面の統合ドローンセンサーには二台キャッチされてるんです。ついさっきまでは一台だったんですが、もう一台、新しく感知されたと出てまして』

「一台は確かに飛ばしてますよ。もう一台は……こちらのドローンが感知した情報が、そちらに転送されたんじゃないでしょうか。こちらのセンサーにもなにか浮かんでいると出てるんで」

『あのですね、困るんですよ。一台しか申請してないのに二台飛ばすなんて。一台は無許可ということですよね』

「いえ、ですから、一台は私たちが飛ばしてるんじゃないんですよ。どうもドローンじゃなくて、もっとずっと大きい何からしいんです。正体はよくわかりません。ええと、調査がですね、必要かと……」

『あのですね、こちらの画面上では空中に止まっている形で表示されますのでね、ドローンとみなすほかないんですよ。今すぐ着陸させてください。でないと無許可ドローンとみなし、機能を停止させる電気衝撃を発射せざるを得ませんよ』

「違うんですよ、やめてくださいよ、電気衝撃なんて。ですから、無許可ドローンじゃなくて、正体不明の物体なんです。さっきから何度も申し上げてるじゃないですか。なのに有無を言わせず電気衝撃だなんて。危険物として消防署に通報するなり、空中に侵入している正体不明の物体というこでスパイ通報をするなり、方法があるんじゃないですか？」

『あのですね、ここはドローン飛行自由区域ですよ。ここに飛んでいる物体はですね、すべてドローン管理室が担当してるんです』

「ドローン飛行自由区域？　ええ、そうですよね、ドローン飛行自由区域。ドローン飛行自由区域、ですよね。なのに、空中にドローンが浮かんでるのが問題になるんですか？」

『ですから、無許可ドローンでしょうが。いいですか、ドローン飛行自由区域は、私ども管理室の管理下にあるんです。自由区域と言ってもですね、勝手に飛ばしていいわけじゃない。私どもに申告する必要があるんですよ。でなければ、無許可ドローンとみなされるんです。先ほど通報とかおっしゃってましたけれどね、消防署、航空安全院、警察など、みな管轄《かんかつ》外です。航空交通安全法だの空中浮遊物安全法だのの対象になっていませんのでね。ですので、おっしゃるような処理はできません。私ども管理室が管理するほかありませんので。で、こちらの規定では、無許可ドローンは即時着陸を要請、受け入れられなければ電気衝撃を発射、ということになっています』

「あ、あ、待ってください。違う、違うんですよ」

『あのですね、こうしている間に万が一事故でも起こったりしたらですね、規定通りにしなかったということで、つまり安全管理をおろそかにしたということでですね、私どもが処罰されるんです。まかり間違えば、裁判までいく恐れもあるんですよ。私たちはね、規定通りにしなければならないんです。でないと後で大変なことになるんです。ご存じですよね？　安全規定違反は厳罰に処されるようになってるって』

「ですが、あ、あ、ちょっと……」

ジンウォンがあたふたしていると、操縦画面に〝電気衝撃発射〟という文字が浮かんだ。それはつまり、ジョンヒが操縦しているドローンが、虚空のどこかをめがけて電気衝撃波を発射したということになる。

ジョンヒが空を見上げる。ドローンから発射される電気衝撃波が目に見えることは、さすがにない。でも、なにか鈍い振動が上空で発生し、伝わってくるような感じがした。その感覚を信じていいのかわからない。でも、空のはるか彼方が一瞬、揺らいだような気がし、なにか大きな物体が高速で吸い込まれていくような感じがした。もっと高いところ、ことによると空の外へと。

「ねえ、見た？　さっきのあれ」

「ええ、先輩。でも何だったんでしょう、あれは」

しばらくのち、二人は連れ立って山を下りた。登るときと同じようにジンウォンが先、ジョンヒが後だ。ジョンヒは今、どんな表情を浮かべているのだろう。自分の背中を見ながら……。ジンウォンはふと、そんな思いにとらわれた。

山を下りるにつれ、二人の会話はますます減っていった。ジンウォンは、なにか話しかけようと試みては口をつぐむ、というのを繰り返した。無言の時間が刻一刻と過ぎてゆく。変だよな、ずっと一言もしゃべらないなんて。なんでもいいからとにかくしゃべらないと……。焦る間にも、時間はどんどん過ぎてゆく。考えてみれば、どうでもいいような話を仕掛けるのもそれはそれで、ますます気まずくなりそうだし。となると、このまま押し黙って山を下りきるしかないんだろうか……。ジンウォンは悶々《もんもん》としていた。

山をほとんど下りきったところ、ジンウォンは前をみたまま言った。後ろにいるジョンヒにかけた言葉だった。

「あの、考えたんですけど、もしもですよ、フォノンビーム技術に優れた宇宙人がいたとしたら、火山の噴火を起こすこともできるんじゃないでしょうかねえ。例えばですよ、そんな宇宙人の乗った宇宙船が山の上空に潜《ひそ》んでたとします。目隠しの幕みたいなものをかぶって、人間の目に見えないように。でね、その宇宙船がなんらかの攻撃を受けて、宇宙人たちが頭に来ちゃうんです。そしたら奴らはどうするか。地中の一点、火山の噴火を引き起こす地点に照準を合わせてフォノンビームを放つんじゃないかなあ」

「うーん、どうだろ。でも噴火まで引き起こせるかなあ。いくらうまく照準合わせて撃ったって……」

「うーん、でも、可能性はあると思いませんか？　韓国だって、人が感知できないってだけで、地震だの火山の噴火なんかが意外と頻発《ひんぱつ》してるって言うじゃないですか。地中の深いところ、そう、急所みたいなとこ、そこにフォノンビームを的中させたらどうなりますかね。地上には影響ないかもしれませんけど、地面の下は？　衝撃を受けた地層の一部が隆起して、場合によっては噴火を引き起こしたりしませんかねえ」

「そしたら、伝説通りなのかな……」

ジョンヒはまた口をつぐみ、黙々と歩を運んだ。ついに車が通る道に出た。ジョンヒがジンウォンを見つめる。その顔を一生忘れられないだろうとジンウォンは思った。なぜかはわからないけれど。ジョンヒが口を開く。

「でもね、さっきはあれ、行っちゃったみたいじゃん。なんにもしないでさ」

ソウルに戻る飛行機に乗るため、二人は空港に向かった。ジンウォンの乗る飛行機のほうが、ジョンヒのより一時間早く離陸する。

変更しようかなあ、先輩と一緒に乗っていけるように。そう言おうかどうしようか。ジンウォンは迷った。よし、言おう、と決心した瞬間もあった。航空便の出発時刻がずらりと表示されている画面をのぞきこみながら。そんな瞬間は、一度ではなかった。

「先輩は、その……なにしてるんですか、飛行機の時間まで？」

「せっかく済州島に来たことだし、なにかおみやげでも買っていかれたら」

「あ、そこね。いいですよ、その航空会社」

そんなことをいいながらもチャンスを狙っていた。「飛行機、変更しようかな。先輩と一緒にいけるように」と言いだすチャンスを。なにもそう御大層《ごたいそう》なセリフでもない。飛行機の出発時間を一時間遅らせるぐらい、よくあることじゃないか？　なにか適当な口実を作って、何気なく言ってもいい。「考えてみたら、あんまり早く帰るのはちょっと……。イヤな奴とばったり顔を合わせそうなんですよね。まったく、困っちゃいますよ。歳をとるにつれて嫌いな奴ばっかり増えて。好きになれる人はそうそう現れないのに……」こんな感じで充分だったはずなのに。

ジョンヒに見送られてジンウォンが搭乗ゲートをくぐろうとしているとき、ふとジョンヒが言った。

「でもさ、あれがその、人の目に見えない宇宙船みたいなものだったとしてよ？　何だってそんな長いこと山の上にいたのかな。変じゃない？　どういうつもりだったんだろ、それもこっそり隠れてさ」

「ああ、それもそうですね。うーん、何しようとしてたんでしょうねえ」

ジンウォンはそのときになってもなお想像していた。おなじ飛行機に乗ろう。もっと一緒にいたいとジョンヒに告げている自分を。

ジョンヒが続ける。

「でね、逆に考えてみたんだ。つまり、宇宙人の宇宙船が火山を噴火させようとしてたんじゃなくて、実は噴火しようとうごめいてる火山を抑え込んでたんじゃないかって。そのためにその場にずっととどまって、地中の急所、いわばへその部分が崩れないように、フォノンビームを数百年、数千年ものあいだ、発射し続けてたってわけ。火山の噴火を防いで、地球の人が安心して暮らせるように。あそこ、漢拏山の下が地下のへそで、だから宇宙船がその上空にいたってわけよ」

「じゃあ、あの伝説は？　矢で射られて頭にきて、漢拏山のてっぺんを引っこ抜いちゃったっていう……」

「そうやって地球の人々の生活を守ってくれてたのに、虞人がうっかり矢で射たりするからムカついちゃったんだよ、きっと。で、もうやめちまえって帰っちゃった。だから……その宇宙人が帰っちゃったから、つまりは地中の急所が崩れるのを防いでくれる人がいなくなっちゃったから、火山が噴火したの」

「ははあ、なるほど。辻褄が合いますかね、それなら」

「でねでね、続きもあるんだ。火山が噴火しちゃうの見てね、宇宙船がまた戻ってくるの。ムカつくけどやっぱり放っておけなくって。で、また噴火を防いでくれるようになった。でなきゃ、とんでもないことが起こっちゃうかもしれないから。漢拏山だけじゃ済まないような、済州島全体、さらには南海岸周辺の山々に至る噴火の連鎖。そんな途方もない災害が起きることになるからさ。それで守ってくれてたっていうの、どう?」

一人で飛行機に乗って金浦《キンポ》空港に降り立つ。変わったものなどなにもない。目に入るすべてが、出発したときと同じだった。体の半分ぐらいはまだ、海を隔《へだ》てた遠い地に残っている気がする。置いてきた部分はサラサラと散っていく。幻想の中で。目の前にあるすべてのものが、ぼんやり霞《かす》んで見えた。

人々がテレビスクリーンにちらり、ちらりと目をやりながら彼の前を通り過ぎてゆく。どうせ何の変哲もないニュースが流れているのだろうに。ソウルの南山。そのてっぺんにある八角亭が揺らいだかと思ったら、そこから硫黄のにおいのする煙が立ち上り始めて人々が驚いている……なんていうこともありうるのでは。そんな気がした。

作者あとがき

済州《チェジュ》は、説話が多彩なことでも名高い。済州島が生まれたときのエピソード、いわゆる創造神話に近いもの、多数の神霊がそれぞれ嫉妬《しっと》しあって争いもめるややこしいものなどなど……。そんなことから、このごろは済州島のことを「神話の島」と呼んだりもする。

でも、現在よく知られている済州の神話や説話には、六〇年代以降にシャーマンたちによって調査・整理されたものが非常に多い。六〇年代といえば、韓国でもすでに新聞やラジオなど現代メディアが広く普及していたし、キリスト教が定着して百年余りも経った頃である。つまりは様々な外来文化と済州島の土着文化が多層的な融合を成した後ということだ。ということは、その時期に採集された済州の説話もやはり、外からの多様な文化を吸収した末に誕生したものと言っていいだろう。

そういう物語であっても、その価値は評価されるべきというのが個人的な考えだ。ある集団の文化は、別の集団の文化との交流を通じて発展してゆくものだからだ。そのうえ韓国文化は二十世紀に、歴史の荒波にさらされている。筆者が思うに、そんな社会の激変がおのずと反映され、その痕跡が残る物語こそが、韓国人の物語と呼ぶにふさわしい。六〇年代に、町で人気のシャーマンたちによって収集された物語の中には、朝鮮時代から継承されてきた風習も残っているだろうし、植民地時代に日本から持ち込まれた日本のシャーマニズム文化もあるていど加味されていることだろう。またその一方で、韓国で知らず知らずのうちに広まったキリスト教的な概念——霊魂や死後の世界——なども入り混じっているだろう。さらには現代のハリウッド映画やラジオ連続ドラマの影響なども加味されているはずだ。そんな複雑に混じりあった味わいこそが、現場で採取された生きた説話の妙味ではないだろうか。

とはいえ、そんな神話や説話を見ていると、ほかの文化の影響を受ける前の原型がどんなものだったのか知りたくもなってくる。どんな物語が元祖なのかに執着するのは無意味だ。だが、済州島に深く根を下ろした古い物語の素材はどういったもので、新しく生まれた物語の素材はなんなのかをきちんと把握することは、少なくとも物語の性格を分析したり理解したりするのに役立つのではないかと思う。よって私は、ある物語について考察するにあたり、その物語がどんな文献で確認できるのか、またその記録がなされた時代がいつなのか、そういったことを丁寧に調べ、その物語の歴史、影響、変遷《へんせん》過程を探ってみることにしている。それが物語の楽しみ方だと考えている。

この作品は、記録されてから長い月日が経っているグループに属する済州の説話をモチーフとしたものだ。空に向かって矢を射た古《いにしえ》の人、白鹿譚《ペンノクタム》や山房《サンバン》山の誕生にかかわる説話だ。とはいえ、『南槎録《ナムサロク》』のような朝鮮中期の記録にも短く言及されているものなので、記録された時期はおおよそ四百年前ぐらいか。現代に採集され、はるかに人気が高いソルムンデハルマンや自請妃といった説話と比べるとやや味気ない感があり、人気のほうも今ひとつではある。だが、天に挑んだ人間、天を矢で射て天の怒りを買った人間のエピソードからは、昔ながらの神話の味が感じられる気がする。忘れられることなく記憶されるべきモチーフではないだろうか。

（小西直子訳）

不毛の故郷

イ・ヨンイン

불모의 고향

이영인

ＳＦ映画を見ていてタイムトラベルに関心を持ち、それをテーマにした短編小説「四つ目の世界」を執筆。その作品が第一回韓国科学文学賞に当選したのを機に執筆活動を始めた。本作品は、『第一回韓国科学文学賞　受賞小説集』に収録されている。

我が家門の一員なら、いちどぐらいは耽羅《タムナ》の話を聞いたことがあるはずだ。耽羅という名が耳慣れないという者もいるだろう。が、惑星表記法を紐解くと、「地域の名称は土着民の表記に従うものとする」となっている。よって、いくぶん不自然に響くかもしれないが、ご了承願いたい。何しろこれが公式名称なのだから。

我が家門の多くの者は、耽羅については話に聞いたことしかないだろう。今となっては、行ってみたことがない者のほうが多いはずだ。けれど私には、いまだ故郷のように感じられる場所なのだ。彼の地と私は奇異な縁で結ばれている。私の心の片隅に今もひっそり息づく物語を今からお聞かせしたい。

私と耽羅との縁《えにし》というのは、個人的な事情には違いない。けれどもわが家門の年配の方々に関心をお寄せいただき、のみならず、その手をお借りし、ざっくばらんなものとはいえ手記を作成する機会がいただけたのだ。これはもう幸運としか言いようがない。

おそらく我が家族の構成員一同にとっては耳に馴染《なじ》んだ話であろう。聞いたことがある者には退屈かもしれない。しかし、今から記すこの手記は、常のような固いものではなく、短く綴《つづ》る幼い頃の体験記である。後に記される内容を、私がこれまで自らの視点で語ったことはない。この体験を皆の目にさらすのは恥ずかしくもあるが、幼き頃の思いを分かち合いたい気持ち抑えがたく、余すところなく記すこととした。耽羅は太陽を主星とする星系にある。これら用語もまた惑星表記法に則《のっと》ったものだ。太陽星系は、我らが母星から非常に遠く離れたところにある。よって、その位置の見当がつけられない者もいるだろう。

　太陽じたいは特記することもないありふれた星である。ただ、その星系のひとつが特別だった。太陽のかなり近くに位置する惑星で、大きさ、太陽との距離ともに手ごろ。そのため大地には水があふれ、大気は水蒸気に満ちている。そんな星は太陽星系ではそこ以外にない。この惑星を土着民は地球と呼ぶ。

　地球は小さな衛星をひとつ持っていた。この星がまた適度な距離にあるために、地球では短いサイクルで昼夜が替わり、潮の満ち引きが起こる。さらに衛星や大気などによって外からの災いから守られているので、地球の環境は平穏そのものだった。

　他の惑星とは異なり、水を湛《たた》えたその表面には有機物がおのずとあふれ、数えきれないほどの土着生物が生息していた。

　この惑星の大気は澄み切っていて、昼には風が五色に光り、夜には星が七色に輝く。そこへ固有の獣が遊び、草花が茂り、地上はまさに絶景に次ぐ絶景だった。

　そのため、我が一門のみならず、多くの家門が地球に多大な関心を寄せていた。多種多様な野生の生物にあふれているうえ、安全にくつろげる場所が多くあったからだ。子どもたちに豊かな自然を見せるには最適だったこともあり、様々な家門が〝星見〟をするようすが暦にかかわらず、地球のあちこちで見られた。

ところが、そんな地球に問題が生じた。何しろ自然が豊かなこともあり、いつかは優れた知恵を持つ生物が現れるだろうことは火を見るより明らか。なのに、たくさんの家門が我先に星見に赴《おもむ》くようになったので場所取り争いが起こり、それがしばしば地球の自然を害する行為につながった。たかが連合員の星見あそびのために、生まれ出て間もない生態系が破壊され、これから現れるであろう家門の種がつぶされるとしたら、それは大事《おおごと》、我が連合の恥だ。

そこで我らは話し合い、観光特区を設けて無分別な往来を禁じた。家門ごとに知恵を働かせ、地球の自然の害にならぬよう策を練らねばならなくなったのだ。姑息《こそく》な手管《てくだ》を弄《ろう》する家門も中にはあったが、わが家門はそのようなことはしなかった。高名な先代の方々が、持って生まれた力を駆使してくださったからだ。

わが家門は、土着の獣がすでに住んでいるところは潔《いさぎよ》くあきらめた。後々、大事に至る恐れがあるからだ。それで、獣たちがそうそう近づいてこられないような場所を確保することにした。当時の長老の方々が知恵を絞り、力を集めて。

まず手ごろな場所を見つける。次に水の下にある地殻を操り、溶流を集めておいて、小さな火山を水中で噴火させる。遠からず、そこには火山島ができる。小さないくつかの海底火山からの噴出物によって土地ができると、それらの火山の溶流をひとつに集め、中心となる山を作る。それまではなかった土地ができると、近くの水勢と雨風が強まった。流体が激しくなれば、獣たちはもはや近づいてはこられない。

さらにいくつか手を加え、三つの溶流、四つの海流、七つの気流を島から見られるようにした。そして特筆すべきは渦巻きだ。島ができるときに生じた渦巻きは、何とも独特なものだった。他では決して見られない、我が家門の知恵が生み出した誇るべき産物だった。

それから、その一帯を私有地とした。他の家門の許可を得てのことだ。島の形態や気候からみて、子どもたちの教育に使うのが目的だったのは明らかだ。年配の方々が配慮してくださったのだ。地の下で文明を興《おこ》した我が家門は、他の家門の者と比べて腕と脚が短いが、そのぶん胴体が長く柔軟性に富む。地底をすばやく移動したり、溶流の中を泳ぎ回ったりするために、こんなふうに進化したのだという。

子どもたちは考えなしに動き回るので、ときに大きな怪我を負うことがある。そんな事故を防ぐには、子どもたちを流体に慣れさせなければならない。そのため、あちこちに練習場が作られていた。耽羅もそのひとつだった。

耽羅の近くには水と風の流体が多かったので、子どもたちはケガの心配をすることなく動きを習得できた。水や風に慣れれば、次は溶岩の流れで練習できる。耽羅は子どもたちにとって至れり尽くせり、まさに最高の練習場であり遊び場だったのだ。

私も耽羅で教育を受けた子どもの一人だ。当時の私は心身を操る術《すべ》を覚え始めたばかりの幼い子どもで、いたずら盛りの遊び盛りだった。そして耽羅が大好きだった。耽羅の周辺には流体が数多《あまた》あり、それに乗って遊べるからだ。空には七つの気流が、島の東西南北にはそれぞれ動きの違う海流が、地下に潜《もぐ》れば、島を形成する三つの溶流があった。その島を作られた方々の細やかな配慮のおかげで、それらの流体は、いくら乗っても乗り切れないほど多様で、何より安全だった。それで耽羅に行ったときは、戻る間際まで飛び回って遊んでいても、お仕置きされることはなかった。そんな耽羅なのだから、子どもたちが夢中にならないわけがない。耽羅に星見、などと小耳にはさみでもすれば、もう心がうきうきしてしまい、首を長くしてその日を待ったものだった。

ご存じの通り太陽系は、今では全体が統制されてしまっている。ゆえに子どもたちは想像もできないだろうが、耽羅はそのころ自由に行き来できる、子どもたちが大好きな遊び場だったのだ。ただ、すでに規制はあったから、そうしょっちゅうは行けなかった。なので、耽羅に行くとなると、どうしようもなく胸が躍《おど》るのだった。

ある日のこと。家で宴が催された。なかなか大きな宴《うたげ》だった。その場で耽羅への星見の計画が立てられた。久々に我が一門を構成する家族がみな集まり、一緒に行くというのだ。大人たちが支度をしているあいだ、子どもたちは浮かれ、その周りをぐるぐる回っていたのを記憶している。

一門の子どもたちが耽羅に集合すると、競争が行われたものだった。耽羅にあるすべての気流、海流、溶流をどれだけ速く泳ぎ切るかを競うのだ。この競争は伝統あるもので、子どもたちにとってはかなり真剣なイベントだった。似通った年頃の子どもたちの間では特に火花が散った。

私は、同じ年頃の子どもたちの中では三強と呼ばれる一人だった。当然ながら、体がムズムズしてしかたない。何と言ってもそのときの星見には、私と大接戦を繰り広げてきた子たちがみな参加する。実力を誇示できる又とないチャンスだ。私は奮《ふる》い立った。他の子たちも同様だった。

大人たちはその頃、生態系について長い話し合いをしていたようだ。でも子どもたちにとっては競争、その一択だった。耽羅に向かう船の中で、子どもたちは飽きることなくおしゃべりを続けた。もちろん私もだ。もう行ったことのある子たちとは、どうすればもっと面白く遊べるか一緒に思いを巡らし、まだ行ったことのない子たちには、耽羅の溶流と気流の絶妙さ加減を話しまくった。実力の伯仲したライバルたちとは顔を合わせるたびに火花を散らしてにらみ合い、ほかの子たちに競争相手の陰口などを言っていた。一方、どうすれば勝てるのか、頭を振り絞ってルートを分析することは必須課題だった。

退屈な航海の末に、船から青い惑星と白い月が見えてきたとき、私の胸はいっぱいになった。けれど、私の期待は大気圏に突入するやいなや粉々に砕け散った。今も覚えている。私は船の廊下にいた。そのとき島を観測していた人が息せき切って駆《か》けてきて、長老に告げたのだ。

「島に、人がいます」

「何だって？　海に流された者が流れ着いたのか？」

「いいえ、違うようです。一人や二人ではありません。海辺はすっかり人間で埋まっているようです」

「ということは、そやつらは住んでいるということか？　耽羅に？」

「私が見たところでは、どうもそのようかと……」

「しかし、いったいどうやって……？」

「それが、どうやら船を作ったようで」

「船を作った？　人間がか？」

みな仰天したようだ。大人たちが観測室に駆けて行く。もちろん我が家の大人たちもだ。不吉な予感がした。

地球には、最低限の知恵を備え、後々、我らのように血縁社会を構築できるのではと思われる獣――兒門《アムン》と呼ばれる――が多数いた。うち一種が人間だ。これらの表現もまた土着民の表記に従う。

あの頃、私が人間について知っていたことといえば、地球に住む獣のうちで群を抜いて知恵があるということ。あとは陸生で雌雄《しゆう》異体、群れを成して暮らす、ということぐらいだった。ところが連合はその頃すでに、人間について多くのことを把握していた。火を扱えること、基本的な意思疎通ができること、食べ物を分け合うとか一緒に働くといった集団意識を備えていることなどだ。識者たちは当時も今も、人間に多大な関心を寄せているという。私が知らなかっただけで。

大人たちは話し合いを始めた。それはすぐに終わり、長老を始めとする我が家の大人たちがやって来た。みな興奮している。

「おい、どうも競争はムリかもしれないぞ、今回は」

私にとっては衝撃的な言葉だった。なのに、それを告げる口調には喜びが滲《にじ》んでいて、私を少なからず当惑させた。常日頃、物心両面で競争をサポートし、応援してくれていたのに、なぜ……？　競争が中止になったりしたら、私がどれほど落胆するかよく知っているはずなのに。それより人間ごときのやっていることのほうが大事だって言うんだろうか。

私にはとても信じられなかった。耽羅をめざして出発してから今の今まで、私は他の人たちのように遊覧を楽しむことすらできなかった。競争で勝つための対策を練りに練っていたのだ。今度こそ、と思っていたのに、たかが兒門なんかのために水の泡だなんて……。

「そんな、ここまで来て……」

「致し方ないことだ。耽羅に人間がいるという報告があってな。そのうえ船も持っていると。奴らは道具を使えるということだ。日程を変更するほかはない」

「本当にそやつらが作ったものなんですか?」

「うむ、そのようだ。彼の地で育つ木で作られている。家と舟を見たのだが、いまだ船とは言い難い代物とはいえ、航海という概念を備えているのは確かなようだ。しかし、よくもあれほどのものをなあ。草と木だけを使って……」

感に堪《た》えぬというようすだ。私は不平を言った。

「ですが、人間が船を作るなんて、聞いたことがありません」

「わしも初めて聞く。他の家門の者も同じだろう。どうも、連合の調査が不十分だったようだな。まあ、人間の知能の発達が早いのかもしれぬが」

私は頭をフル回転させて作戦を練り始めた。何としてでも競争は諦《あきら》めたくない。いったいどうすれば……。

「別に大したことじゃないのでは? 鳥や獣だって巣ぐらい作るでしょう。人間が何やら細かい道具を使うのも意思疎通をするのも、今に始まったことではありませんし」

「家はな。だが、船は格が違うのだ。船を作るためには浮力や海流についての理解が求められる。それだけではない。航海をしようと思ったら、より高度な知恵が不可欠。奴らがすでに舟を作り、耽羅の海を行き来しているというのなら、もはや論ずるまでもない。奴らはもう獣ではない。兒門だ。いつかこんな日が来るとは思っていたが、予想よりはるかに早かったな。今この件について連合と連絡を取っているところだ」

「しかし、どうやってこんなところまで……」

耽羅は四方を海に囲まれている。そのうえ水勢が強く、そう簡単には来られない。

「それはわからぬ。ただ、知恵を得るのには対価が伴うもの。知恵がつけば争うようになる。数が増えすぎれば、共食いに至ることもある。我らもそんな過程を経てきた。だから、よくわかる。奴らは恐らくかなりの切迫状態にあるはず。死を覚悟して海を渡ったのやもしれぬ。いかなる事情があってのことだろうと、本土を捨ててこの不毛の地を選んだのだ。何とも痛ましいことではないか」

如何《いかん》ともし難《がた》い断固たる物言いだった。焦《あせ》りがつのる。何しろ事は、競争の中止に向かってじり、じりと進んでいるのだから。もっと辛いことが起こりそうな嫌な予感を伴って。

「耽羅は、先代の方々が我が家門のために作られたところです。連合からも、私たちが独占的に使えるよう許可を得ています。連合の掟《おきて》よりあんな獣どもの掟が優先だとおっしゃるんですか？」

「獣ではないぞ、兒門だ。それから、連合のほうは合意に過ぎぬ。連合の掟は重要だが、自然の掟が優先されねばならぬ。耽羅は確かに我が家門が作ったものだ。だが、土着の兒門が住み着いたなら、我らが退くべきなのだ。そなたもわかっておろうが」

「はい、よくわかっております」

私は答えたが、拗《す》ねた口調になるのはどうにも抑えられなかった。連合には、知性体に干渉してはならぬという掟がある。人間が知性体と認められれば、そのときから私たちはいっさい彼らと接触することはできなくなる。人間が耽羅に住み着いたなら、私たちはもう二度と耽羅に来られなくなるのだ。そう思いが至るや、やり場のない悔しさがこみ上げてきた。痛ましいのは人間ではない。自分のほうだ……。そんな思いに怒りがつのった。

そんな私をいたわしげに見ながらも、長老は頑としていた。

「落胆するのも無理はない。そなたがこの地を大いに好んでおるのも重々承知のうえだ。今回の競争にすべてを賭《か》けていたのもな。しかし、我らの願いがこの世のすべてではない。無念であろうが、いま我らの望むとおりに行動したら、後に必ず後悔することになる」

そう言われて胸がヒリヒリした。羞恥《しゅうち》がこみ上げてくる。

「申し訳ございません。考えが足りませんでした」

「気にせずともよい。常に正しいことばかり考えてはおられぬさ。だがな、好ましからぬ考えを振り払う術を学ばねばならぬぞ、よいか」

一瞬の沈黙のあと。

「……どうやら、これが最後の星見となりそうだな」

その言葉は私の胸を貫《つらぬ》いた。もう二度と耽羅に来られない……。当時の私にとって、耽羅は心の故郷ともいえる場所だった。とうてい承服できることではなかったが、ここで反対したら、大目玉を食らうことになろう。

「辛いことですが、受け入れるよう努めてみます」

「おお、そうか。うんうん。耽羅には恐らく今後、連合員は足を踏み入れることができなくなろう。この星は土着生物のものだ。我らが退《しりぞ》いてやらねば、奴らの発展を阻《はば》むことになる。それでも今回の星見は極めて興味深いものになるはずだ。競争はできないだろうが、より貴い経験ができることだろう」

「それは、どんな？」

「人間の状態を丁寧に調べるのでな。連合に報告せねばならぬゆえ。文明が芽生《めば》えたばかりの生物の暮らしを我が目でとくと見られるのだ。そんな機会は生涯で一度あるかないかだぞ。そなた、歴史に興味が湧くやもしれぬな」

とっさに耳を疑った。私が耽羅に来た目的はただ一つ、競争だ。なのに、それは諦めて歴史の勉強をせよと？　星見に来て勉強だなんて、なんと無体な……。

今では私も歳を取り、当時の大人たちの考えがもちろんわかる。しかし当時は胸が張り裂けそうだった。恨めしい気持ちが込み上げ、あとは適当に言い繕《つくろ》って部屋に閉じこもった。本気でいじけた私は、部屋の中でも一言も口を利かなかった。その間に急きょ探査チームが組まれ、調査に出るための準備が整えられた。

私の心痛を気遣《きづか》い、直系の大人たちも慰めに来てくださった。そのときも半泣きでふくれっ面をしていた覚えがある。時間を巻き戻してあのときに戻ったとしても、恐らく同じようにふるまったことだろう。とはいえ致し方ない。私は探査チームの一員として調査に出た。

私たちは船に常備されている保護服を着込んだ。大人たちに念を押される。軽挙妄動《けいきょもうどう》は厳禁、兒門とは絶対に接触しないように。

人間は風を見ることができなかった。視力が弱いのだ。乗ってきた船を適当に隠しておいたが、それにもまったく気づかない。私たちが来ているのもわからない。私たちの色も香りも、何にも感じることができないようだ。人間だけでなく、他の土着生物たちも同様だった。違和感を覚えているらしい者がたまにいたが、せいぜい強い風が吹いているな、ぐらいに思っているようだ。

近づいても感づかれることがないので、私たちは心置きなく人間を観察できた。

耽羅の大地に降りてみてわかったことだが、彼らの定着地は海岸を中心に島のほぼ全域に及んでいた。

「いったいどうやって住み着いたんだろうな、ここに」

「そうですね、とりあえず生態を把握する必要があるのでは？」

大人たちが観察を始める。私を含めた子どもたちは、大人たちの話に耳を傾《かたむ》けながら見物していた。

彼らは何とも珍妙な姿をしていた。パッと見には他の獣と違うところがない。ほとんどは一糸《いっし》まとわぬ姿で歩き回っている。いまだ羞恥の感情などは芽生えていないようだ。何かで体を隠している者もいることはいたが。雌雄は姿かたちが違うので、見分けるのはたやすい。ちなみに身にまとっているものは、雄は四つ足の獣の皮、雌は草と木を編み合わせた菰《こも》のようなものだった。

「ふうむ、あれは服だな。原始的ではあるが」

「そうですね。ひどくお粗末《そまつ》ではありますが」

「服を着ているのは階級が高い者だけのようです。いちばん派手な者が頭目《とうもく》かと」

とりわけ派手な装いの者が一人いた。骨や貝殻《かいがら》で作られた首飾りをぶら下げ、カラフルな杖を傍《かたわ》らに置いている。

「恐らくあやつが長老だろう。この文明の段階では、生きてきた時間がすなわち知恵だろうからな」

人間には、他の生物と明らかに違うところがあった。それは知識のない私の目にも明らかだった。見かけは間違いなく獣だ。なのにやっていることが違うのだ。階級が高い者たちは、主に小さな洞窟に住んでいるようだ。そして、その中にはちっぽけな焚火がたかれている。

「火を使うことはできても、火をつけることはまだできないようですね。洞窟の中の焚火は、恐らく火種《ひだね》を守るためのものでしょう」

「焚火が小さいですね。もっと燃えあがらせればいいのに」

「この島には大木が少ないですからね。むやみと火にくべてしまうと、木がなくなってしまう。それがわかっているのでしょう」

「よく知っているようですね、この島を」

洞窟を中心に穴蔵がいくつもあった。まわりには石や草木で作った道具類が散らばっている。粗削《あらけず》りではあるが、斧《おの》、刀、さらには銛《もり》や漁網《ぎょもう》などが見える。穴蔵の近くで魚を干している者、草を編んでいる者。海べで貝や小魚を採ろうとしている者もいる。

「なかなか組織的ですね。ここでの暮らしがかなり長いんじゃないでしょうか」

「さあ、それはどうでしょう。この段階でははちと無理では……?」

しかし、当時の私はまったく興味を感じなかった。彼らの見かけも行動も、粗末でみすぼらしい。食べ物に手を加えることもしない。貝の身を取りだしたり魚を開きにして石の上に干しておいたりするぐらいがせいぜいのようだ。そろそろ退屈してきたころ、ふと耳に入ってきたひとつの言葉。

「あれが舟らしいですね」

「ははあ、あれが。いやいや、すごいことですな」

舟。競争をおじゃんにした諸悪の根源。私はそちらに目をやらざるを得なかった。競争に賭けた私の思いを粉々に打ち砕いた〝舟〟。どれだけ大したものなのか、この目で見てやらなければ、どうにも気が済まなかったのだ。ところが、目に映ったものは……私を失望させるに足るものだった。私にとって〝船〟とは、銀河系を自由に往来できる知恵の結晶、数え切れぬほどの精巧な技術の産物だ。

もちろん、さほど期待はしていなかった。彼らのいでたちを見れば、おのずと予想はつく。でもそれは、私の想像を絶した。大人たちが舟と呼んでいるそれは、粗雑に過ぎた。歴史書に載っていた古代の舟とも比較にならない代物《しろもの》だったのだ。

それは、小さな木の切れ端をいくつか草でつないだものに過ぎなかった。せめて大きかったらそれなりに評価のしようもあったろうが、せいぜい一人か二人が乗れる程度。そのうえ隙間だらけだ。木片のつなぎ方が雑すぎるのだ。あれでは、波が軽く打ち寄せただけで沈んでしまうだろう。〝舟〟だとされているその代物に乗って、人間が沿海に出るのを見た。しかしその様子は、舟を操っているとはとうてい言えない。海流に押し流される舟を追いかけているというのが正しい表現だろう。舟だという代物が乗せているのは採った魚を入れる籠《かご》であり、肝心の人間は海で泳いでいるのだ。

私は呆れ返った。

「あれは舟とは言えないのでは？　舟だから水に浮かんでいるんじゃない。木が水に浮かぶから、浮かんでいる。そんな程度じゃないですか」

長老は、呵々《かか》と笑った。

「その通りだ。うん。みすぼらしいだろう、実に」

「あれのどこが舟なのか、お伺いしてもよろしいですか」

「うむ、よい質問だ。そなたはあれが舟ではなく、木だから水に浮かぶのだと言ったな。それが正しい。あやつらの考えも、恐らく似たり寄ったりだろう。しかし、あやつらはな、木片をつなぎあわせて水の上に置けば浮かぶこと、それを海の上で、如何様《いかよう》な形であれ利用できることを知っておる。浮力や操舵《そうだ》などという概念までは恐らく知らぬだろう。しかしだ。そのような断片的な知識のみで、海に出ているのだ。命を賭けてな。それがどれほどあっぱれなことか、そなたにはわからぬか？」

「そう言われればそんな気も致しますが、よくわかりません。あやつらが果たして、血縁社会を築いたりできるものでしょうか」

「うむ。始まりはみな、あんなものだ。あらゆるものがお粗末だ。大丈夫だろうかと心配になるほどにな」

「私たちにもあんな頃があったのですか？」

「あったとも。船も服も、ちょうど今のあやつらと同じような頃がな。今、そなたはあれらを見てちゃんちゃらおかしいと感じもしようが、我らの歴史には記録さえ残っておらぬのだ」

「あやつらが果たして、我らと同じくらいに文化を発展させられるでしょうか？」

「できるかもしれぬし、できぬかもしれんな。可能性がある獣はいくらでもいる。そのうちほとんどは滅び、一握りの兒門だけが生き残って文明を興すのだ」

「あやつらは、生き残れるでしょうか」

「わからぬさ、それは。あやつらと我らは心も体も異なる。我らの識見であやつらを評価しようとしても正確にはできぬだろうし、みだりに介入すれば、あやつらの暮らしを歪めることにもなり得る。あやつらは、あやつらの道を探さねばならぬのだ。それができなければ滅びることになるのだし、もしも生き残ったら、後に我らより優れた知恵を備えるようになるかもしれぬ。ともかく、自ら道を探しだすときまでは、介入してはならぬのだ」

長老は丁寧に説明してくださったが、当時の私にはよくわからなかった。私だけではない。他の子どもたちも同様だ。見ろと命じられたから見たのであって、特に興味をひかれたりはしなかった。興味津々で浮かれていたのは大人たちだった。

「先ほどのぞいてみたんですがね、洞窟の中には壁画もあるようでしたよ。食物になるものを描いたようでしたが。主に水棲《すいせい》の獣でした」

「土地がやせていますからね、何しろ。食べ物は海から採《と》らないといけないんでしょうね」

「壁画があるのか。なら、遠からず言葉も操れるようになるな」

「基本となる体系はもう完成しているようですね」

「そりゃあ。でなけりゃ道具は作れないだろうし」

その取るに足らぬ者たちの行動が、どれほど感嘆するに足るものと目に映ったのやら、大人たちは終始一貫、唸《うな》ったり膝を打ったり、彼らから目を離せないようすだった。私たち子どもとしては、誠に恨めしい限りだった。すぐに終わるとばかり思っていた耽羅観察も長引き、日が沈んで月が中天にかかるまで続いた。

もちろん私とて今では、あのときの大人たちの気持ちが理解できる。彼らは獣ではなく血縁集団でもなく、兒門だった。兒門をこの目で見ることのできる機会などそうそうあることではない。よって、彼らの生態調査は極めて貴重な体験となる。その出来具合によっては連合から褒賞《ほうしょう》が出たりするのだ。子どもたちには当時、そんなことは一切知らされていなかった。まあ、当時の大人たちも慌て、戸惑っていたのだろう。何しろ思いがけない発見だったのだから。

ともかく当時の私は、一回転して元に戻ってしまうほどへそを曲げていた。それでも何か途方もないものを見物できるのかと思っていたのに、未開の雑魚《ざこ》どもがうごめくザマなどを見せられ続けたのだから。こんな奴らのせいで競争が中止になったのか。そこに思いが至るたびに込み上げる怒りを、やっとのことで呑み込んでいた。

そして、日が昇《のぼ》る頃あい。待望の一言が聞こえた。

「もう充分じゃないでしょうか、この辺りは」

やった、ついに終わった……と思ったのも束《つか》の間、予想外の展開に私はまたも打ちのめされた。

「どうでしょう、内陸に行ってみるのは。海辺で暮らす者どもは、島での暮らしがまだまだ板についていないようです。奴らの生態や文化を今少し正確に知りたいと思いませぬか？」

他の大人たちが相槌《あいづち》を打つ。

「よい考えです。確かに、そこまで観察しないと調査したとは言えませんね」

私は呆《ほう》けたように大人たちを見ていた。他の子どもたちも顔をしかめていた。今にも泣き出しそうな子もいた。子どもたちはしばし、行く、行かないともめたが、しまいに大人たちに急き立てられ、引きずられていった。

私は運よく船に残ることができた。長老が気持ちを察してくれたのだ。長老がおっしゃるには、そのとき私は完全につむじを曲げて、必死で怒りを抑えているのが丸分かりだったそうだ。ということで、私は幼い子どもたちと一緒に船に残った。長老は出しなにおっしゃった。

「そなたには、悪いことをした。だが、今回の調査は我々、むろんそなたにとっても意味のあることだ。今はまだわからぬだろうがな。埋め合わせはいつか必ずする。今日のところはゆっくり休んでいなさい。気が変わったら言うんだぞ、いつでもな」

「わかりました」

気が変わる？　そんなわけがない。私は船に戻るやいなや部屋に閉じこもった。年下の子どもたちと遊んでやりもせず。かつて耽羅で行われた競争を観戦して時間をつぶしていた私は、ふと島に目をやった。耽羅をこの目で見るのはこれが最後になるかもしれないと思ったからだ。

ところが耽羅を見ているうちに、天気が変わっていくのに気づいた。耽羅はもともと天候の変化が激しいのだが、それにしても、いやに速い気がする。私たちが長逗留《とうりゅう》をしたせいかもしれない。風をまとった私たちの存在が、この島の気流を揺るがせたのだろう。私は一転して、耽羅のようすを子細《しさい》に観察し始めた。

風が島の上空に集まってくる。空気が乱れ始める。ひと塊になった雲が立ち込め、真っ白に島を覆い隠す。大陸風を受けて南下してきた雲は耽羅の山にかかり、丸く渦を巻き始める。まるで絵のような、耽羅でしか見られない渦巻きだ。わあ。思わず感嘆の声が漏れた。こんな風景は、他のどこでも見られない。でも、これを見るのも今日が最後か……。そう思うと、複雑な心境だった。

陽が沈むと、渦巻きの勢いは弱まった。海の方から北風が吹きあがってきたのだ。北風と南風は島の上空でぶつかった。二種類の風は、猛烈に混ざり合い始めた。風の動きが激しくなると、つられて水も動く。波が青くうねり、水蒸気が空に昇り始める。島の上がまぶしいぐらいに白くなった。しかし、それも一瞬のこと。あっという間に空は黒雲に覆《おお》われ、雨が降り始めた。

雨が降ると、火山が小規模の噴火をおこす。その大きさがさほどではなくても、火山はそもそも不安定なので、水が入ると溶岩が噴き出す。わが家門によってそのように設計されていたからだ。

思った通り、島全体が揺らぎ始めた。雲の下で赤黒い光が揺らめく。次いで大地が震動し、火山の噴火が始まった。それが合図でもあったかのように、島のあちこちで溶岩が噴き出す。溶岩に火山灰、それから水蒸気の噴出が島全体で起こり、島上空の雲は山の上のほうから順に真っ黒になってゆく。火山灰が風と混ざることで起きる現象だ。稲妻《いなづま》が様々な色に空を染め、雷の音が鳴り響き始める。三流が一か所に集まったのだ。風の色も灰色に変わった。

灰色の風は、灰と水を含んだ雨を降らし始めた。泥の雨だ。その雨は降り注《そそ》ぎながらも火山灰と水をさらに含み、巨大な泥の塊になってゆく。噴火口のまわりにも巨大な泥の山ができている。噴出物がひと塊になったものだ。その上に泥の雨が降り、混じりあってさらに巨大な泥の山となる。巨大化するだけすると、崩れる。それが火山泥流《でいりゅう》だ。渦巻きと同様、耽羅で周期的に発生する現象だ。泥の山崩れは島のあらゆる場所を襲う。そして地表にあるものをきれいに押し流し、海に流れ込む。地面に残った泥は新しい表土となる。よって、島の姿は周期的に変化する。

火山泥流が地表を流れていく過程で、あらゆる土着生物は追い立てられることになる。土着生物の定着を防ぐため、わが家門がそうなるように手を加えておいたのだ。耽羅が長いこと不毛の地だったのはそのためだ。

ゴゴゴゴ……。噴火口のまわりで地鳴りが始まる。泥の山が崩れる。一つの山の崩壊が導火線となってほかの山々も順番に崩れ始め、火山泥流を発生させる。津波より重く、山崩れより速く、地表のあらゆるものを押し流してゆく火山泥流。その前にあっては、生きているものも死んだものも一蓮托生だ。石も岩も草も木も、みな根こそぎ押し流される。獣たちも呑み込まれてゆく。逃げようにも、泥流より速く走れる獣などいない。獣たちの体は頑丈とはとうてい言い難《がた》い。泥の堆積物の襲撃を受けてはひとたまりもなかった。生き物を呑み込んだ泥流はさらに重みを増し、流れ降りてゆく。

私たちが本物の探査隊だったなら、いま少し多人数の管理者を船に残し、島の変化を観察させたことだろう。しかし、私たちはそうではなかった。星見に来た家門に過ぎなかったのだ。ゆえに、島全体への目配りが手薄になるのは致し方ないことだった。調査に出た人たちも、島の変化に気づいていなかった。

私は驚くと同時に、その現象をもっとよく見たいという強い衝動にかられた。そこでこっそり船から脱け出し、島に降り立った。山崩れは、土着生物が耐えられるレベルではなかった。人間も同様のはず。では、あやつらはどうなるのだろう。人間の運命が初めて気にかかった。風をまとったまま海岸へ飛ぶ。見覚えのある彼らの住まいはすぐに見つかった。今まさに泥の襲撃を受け、呑み込まれんとしている。

私の予想はピタリと当たった。彼らは死んでいこうとしていた。粗雑な穴蔵はゴミのように押し流され、布や干し魚や……人間が作り上げたあらゆるものは一瞬にして泥の堆積物《たいせきぶつ》と化した。

奴らは肝《きも》をつぶして海へ逃げようとしていた。足が遅い者が淘汰《とうた》されてゆく。泥流の高さは人間の膝ほどもなかったが、その勢いと重みは凄《すさ》まじい。他の土着生物と同様、その波に耐えきるほどの力を人間は持ち合わせていなかった。

逃げる子どものひとりが転んだ。母親か兄弟と見える者が駆け戻って助け起こそうとする。そこへ泥流が押し寄せる。流れに巻き込まれた二人の膝がガクリと折れ、流される。二人は二度と浮かんでくることはなかった。人間の頭目も同様だった。年齢のせいか、動作が鈍い。何人かが駆け付けて守ろうとした。しかし泥流を前にしては為す術もない。頭目を抱き上げた者たちの足に泥流が巻き付き、みな一塊《いっかい》になって倒れ込む。あとは打つ手もなく、ともに泥に埋もれていった。

洞窟に逃げ込んだ者もいた。しかし、そこもじきに泥に埋もれた。たまたま高地帯にいた者は生き残ることができたが、あとの者たちは次々と泥に呑まれていった。とりあえず難を逃れた高地帯の洞窟とて、充分な広さがあるわけではない。手狭《てぜま》になった洞窟内の安全な場所をめぐって争いが始まる。

泥流の威力は海の上にまでは及ばない。泥は重みがあるので、海に流れ込むと海面下に沈むのだ。そういうわけで、海に向かった人間のうち、とりあえず逃げおおせた者はいた。とはいえ、危険が去ったわけではない。とりあえず泥流がおさまるまでは陸に戻ることはできないし、沿岸の足がつくあたりまでは泥土が押し寄せてくる。のろのろと、しかし人間がとうてい持ちこたえられない力を秘めて。結局、泥土が来られないほど深いところまで逃げ、そこに浮かんで待っていなければならないが、泳げるとはいえ、人間はあくまでも陸生《りくせい》。陸生の生き物にとって、海は決して安全な逃げ場ではない。

海上の岩に上がれた者たちはまだ幸運といえたが、それでも苦痛から完全に逃れられたわけではない。灰まじりの雨が海上にも降り注ぎ、塩気を含んだ海風が容赦なく襲ってくるからだ。あちらこちらで悲鳴があがる。奴らは体をくっつけ合って必死に耐えていた。

岩は人間でいっぱいで足の踏み場もない。けれど海に浮かんでいる連中は、何とかして岩に上がろうとする。すでに上にいる者たちに始めこそは引き上げてもらえたが、じきに岩の上は人間でいっぱいになった。外側にいる者から順に押しだされ、海に落ち始める。岩の上の連中が上がってこようとする連中を押し戻し始めた。一方、岩の中ほどに立っている者たちは、他の者たちの重みに押しつぶされたり倒れて下敷きになったりしている。苦痛に満ちた泣き声が黒い波の上を漂っていた。

逃げる場所を見つけられなかった人間は、舟の周囲に群がった。子どもや老人を舟に乗せ、成人は海に残った。舟の端をつかみ、沈まないよう足搔《あしか》きをしながら持ちこたえようとしている。しかし、舟といったところで所詮《しょせん》は草でつなぎ合わされた木片。結び目はどんどん裂けてゆき、ついに舟はバラバラになった。壊れた舟の残骸を人々がつかむ。とはいえ、全員がつかまれるわけではないので、ここでもやはり争いが起こる。

人間を脅《おびや》かす危険はまだあった。海面下に沈んだ泥土を狙って水棲の獣が押し寄せてきたのだ。泥には餌《えさ》になるものが多く含まれている。火山由来の養分や死んだ生き物の骸《むくろ》など。しかしそれに飽き足らず、水の獣は生きた人間にも食らいつく。そんな状況でもまだ気力の残っている人間は、寄ってきた小魚を捕まえて食べたりしているが、弱い者は餌にされる。水陸の獣たちの争いゆく。

は続いた。あちらこちらで血だまりがパッと広がっては、波にもまれ、真っ黒な海に溶け込んで

火山の活動は、少なくとも夜のうちは収まりそうにない。

私の心は千々《ちぢ》に乱れた。人間たちの苦難が私の想像を絶していたからだ。

先に述べた通り、私たちにとって耽羅は子どもたちの遊び場だった。耽羅の火山泥流も、私たちにとっては恐るるに足らぬものだ。私たちの体は強い重力にも溶岩にも耐えることができるから。耽羅には、私たちを傷つけるものは何もなかったのだ。そんな頑丈な体に保護膜までまとっていたのだ。どんな場所であろうと、怪我をするかもしれないと考えたことなどなかった。いざとなれば、空に舞い上がるなり海中に潜るなり、どうとでもできた。

我が家門に限ったことではない。知性を持つ存在ならば、あの程度の災害は易々と乗り越えられる。よって、私には想像もつかなかった。耽羅の火山によってあんな惨状《さんじょう》が生じうるとは。人間は一応、知性を持つ生物に分類される。が、身体的にあまりにひ弱なうえに、それを補《おぎな》える知恵が、いまだ充分に備わっていなかった。彼らの肉は溶岩に溶け、海水に破れ、水の獣に嚙み裂かれる。とても見るに堪えぬ光景だった。

そのとき私は悟った。なぜ人間に干渉してはいけないのか。奴らと私たちとでは桁《けた》が違うからだ。私たちがうっかり触れただけでも、彼らの命はその場で砕け散ってしまうことだろう。人間とはそれほどに弱いものなのだ。

灰色の風が舞い、海水がうねる中、人間は一人、また一人と死んでいく。奴らの気力はほとんど尽きていた。力尽きた者は流されてゆき、二度と戻ってこなかった。

陽《ひ》が昇るまでにはまだ間がある。悲鳴やうめき声、泣き声はやむことなく聞こえてくる。なのに、ただ見ていなければならないなんて。私は我慢できなくなった。

ひとりでに体が動いた。私は風をまとい、水に飛び込んだ。水底に沈んだ泥土を集めて積み始める。溶岩混じりの泥土は、水に触れると瞬く間に固まる。それらを一か所にかき集め、積んでいく。海面から突き出るぐらいに高く。そうして私は小さな島を幾《いく》つも作った。島というより海の上に頭を出した岩というほうが近いか。

その岩の上に人間が這《は》いあがってくる。そうして岩ひとつ当たり数人が生き残った。次はもう少し大きく積み上げる。私のまわりに人間どもが集まってくる。もちろん奴らに私のことは見えていないが。私は岩を作り続けた。人間が生き残れるように、次から次へと。

そんな私の頭上を突然青白い稲妻が走り、落雷が発生した。続いて長老の怒りの声が島全体を揺るがせる。私を止めるために慌てて駆けつけてこられたのだ。

「この愚《おろ》か者が！　いったい何をしている！」

雷を落とされてようやく我に返った。しまった、やりすぎた。人間の群れに目を戻す。奴らの目はひとつ残らず、岩がせり上がってくる方、つまり私のほうに向いていた。目に見えない何かがいるということに感づいたのだ。奴らと私の目が合った。奴らの目には、生まれてこのかた見たことのないものが映っていたはずだ。

長老がまたもや怒鳴った。

「そこにいてはならん！　下りてこい、今すぐ！」

私はあたふたと身をひるがえし、水面下に沈んだ。長老が駆けつけてきて、畳《たた》みかける。

「何という愚か者だ。何を考えておったのだ、そなたは？」

「あやつらを助けようと致しました」

長老が重ねて問う。

「そなたが関与することではない。あやつらの不幸は、あやつらのものだ。そなたもそれはわかっておろう。なのに、どうして禁忌《きんき》を破った？」

「初めてだったからです。あんな光景は……」

私は打ちひしがれていた。長老がため息をつく。

「それはそうだろう。そなたの気持ちはわかる。助けようとしたことまで詰《なじ》っているわけではない。ただな、人間が感づいた。何者かがいたことに。あやつらは頭がいい。いくら哀れに思えても、そなた一人で判断して行動すべきではなかったのだ。恐らく処罰を受けることになろうぞ」

「申し訳ございません」

体が震えてくる。そんな私を長老が咎《とが》めた。

「そんなにぶるぶる震えて。なら、初めからあんなことはするべきではなかったのだ。そうだろう？」

「いえ、罰を受けるのが恐ろしいのではありません」

長老は言葉を切り、しばし私を見つめていた。

「なら、何が恐ろしくて震えておるのだ？」

「目です、あやつらの。私を見た目つき。それが恐ろしいのです。あやつらと接触してはならない理由がわかる気がします」

「どういうことだ、説明してみよ」

「私はあやつらにとって、理解不能の驚異《きょうい》でした。あやつらは私のことを、自らの生死を左右できる存在とみなしておりました。あやつらにとって私は、あたかも火を噴く火山や奴らを呑み込む海のような存在だったことでしょう。何者かにそんな目で見られたのは初めてです」

長老は、長いこと口をつぐんでおられたが、しばらくしてやや穏やかにおっしゃった。

「そうか。そうだったか。うむ、我ら大人にも責任はあるな。夢中になってしまい、そなたらのことまで思いが至らなんだ。まずは状況を見守ったうえで、沙汰《さた》を決めぬとな」

長老に伴われて地上に出る。私の行動が人間にどんな影響をおよぼしたのかをこの目で確かめるために。私が拵《こしら》えた岩に、人間がびっしりとしがみついている。他には特に変わったところはない。自らの命を守るだけでも精一杯だったのだろう。

海の上に目をやる。もはや動きを止めた者が多数いる。必死に持ちこたえてきたが、ついに力が尽きてしまったようだ。それでも生きている者がいる。

岩の上の老いた人間が島に目をやると、やにわに何やら叫んだ。これまでの泣き声とはどこか違う。そいつは同じような声をあげ続けた。かなり気がせいているようだ。

すると、変化が起こった。岩の上に隙間《すきま》なく立ち並び、自らの居場所を守るのに必死になっていた人間たちが、その声を聞いたとたん、一人、二人と岩から降り始めたのだ。岩に隙間ができていく。老いた人間に道を開けてやろうとしているようだ。岩の中ほどに立っている者たちは、何とか身をよけて通り道を作っている。老いた人間は島のほうに目をやり、何度かうなずくと、周りの者たちを振り返って何やら短く叫んだ。すると、周りの連中がきょろきょろとし、やがて叫び始めた。老いた人間と声を合わせて。その叫びはたちまち周囲に広がり、じきに岩の上の人間たちが皆一緒に叫び始めた。岩の上には高揚感《こうようかん》が漂っていた。

その声を聞き、海にいた者みなが、顔を上げて島を見た。丸太にしがみついていた別の老いた者が周りにいる若い連中に何ごとか指示する。そいつらは、はじめのうちはおずおずとし、鼻を鳴らして何やら合図を交わし合っていたが、やがて何人かが島に向かって泳ぎ始めた。

海の上の連中が徐々《じょじょ》に動き始めた。老いた者たちが周囲に向かって何やら騒々《そうぞう》しい声をあげると、それを聞いたやつらが何かし始める。岩から降りたり、瀕死《ひんし》の者たちに場所を譲《ゆず》って休めるようにしてやったり。ついさっきまで争い、押し合いへし合いしていた連中が、力を合わせて行動し始めたのだ。陸地を目指した連中は、海岸に着くやいなや倒れこんだ。しばらく休んだのちに起き上がり、きょろきょろしながら歩き始める。火山と泥土の状態を見ているようだった。そうしてしばらくあちこち歩き回った後で再び集まる。何やら言葉を交わしているようだ。それから海に向かって長く叫んだ。甲高《かんだか》い声だった。

噴火が収まったという合図だったのだろう。何人かずつ群れを成して、人間たちが陸《おか》に上がってくる。頑健そうな者たちが、まず動いた。先に上陸した奴らと同様に海岸でしばし休むと、何人かがまた海に戻り、弱い者に手を貸す。夜が白々《しらじら》と明けてきても、生存者の上陸は続いていた。

ついに生き残った者のほとんどが島に戻った。依然として泥土の雨が降り、地面はぬかるんでいたが、それで死ぬことはない。ざっと数えてみた限り、その数はもとの半分の半分にも満たなかった。私がいなかったら、もっと多くの人間たちが死んでいったはずだ。雨脚が弱まるとともに、ついに夜明けが訪れた。生き残った連中は顔を確認し合い、しきりと泣いていた。恐らく家族を探しているのだろう。抱き合う者、死体を抱きしめ泣いている者もいる。

海岸べりをあてどなくさまよっている者もいた。

洞窟に避難して生き残った人間も合流する。絶望感が漂ってはいたが、それでも雰囲気は徐々に変わっていた。老いた者たちが周囲に何やら叫ぶ。すると、若い者たちが動いた。なかなか組織的な動きだった。

奴らは泥土に手を突っ込んでかき回した。まだ使える道具や食料がないか、探しているのだ。死体は一か所に集められた。土に埋もれた者の中には、まだわずかに息がある者もいた。きれいな水を探して水路を調べる者、魚を捕まえ始める者。そして具合の悪い者たちの看護をする者……。水も食べ物も決して充分とは言えなかったが、皆で分け合っていた。看病している者たちは、他の者よりたくさん食べ物をもらった。呑み込みやすいように嚙んでから、気力を失った者たちに食べさせている。

人間たちがどうやって災害を生き抜いたのか、ようやくわかった。火山泥流に襲われたときはひたすら肝をつぶしていた奴らは、とりあえず泥流から逃れると、それからはおのおの自分の身ひとつを守るのに専念した。そして災害がおさまる兆《きざ》しが見えてくると、すぐさま力を合わせて復興《ふっこう》作業に入ったのだ。

はじめのうちは、人間の暮らしが安定を取り戻すには時間がかかるだろうと思っていた。しかし人間は、火山の噴火を何度も経験しているようだった。老いた者たちが指揮をして、若い連中が従うのを見ていると、どうも彼らは火山の活動について知っていたのではと思われた。

人間がこの不毛の地で如何にして生きてこられたのか。大人たちは不思議がっていた。その答えを私が見つけ出したというわけだ。まったく本意ではなかったが。人間は、災害に周期的に見舞われてきたことで、その苦痛を真正面から受け止めるようになったのだ。恐らくそうするほかなかったのだろうが。並みの獣だったら、たちまち絶滅してしまったろう。しかし奴らは何としてでも皆が死んでしまわぬよう、その術を模索していた。

私が手を貸さなかったとしても、絶滅したりはしなかったろう。この火山島で生きていくには、かなりの知恵が求められたはずだ。彼らはそれを身に着け、必死に生き残る術を見出してきたに違いない。

もちろんその過程で、死を免《まぬが》れることができなかった者も多数いたはずだ。だが、泥流がすべてを押し流した後、彼らを脅かすものはさほどなかった。火山はいちど大々的に噴火すると、しばらくは安定期に入るよう設計されている。島には天敵となるような獣もいない。うっそうと茂った森はできないかもしれないが、深く埋もれていて焼け残ったり、風に乗って飛んできた種が根付いて育つだろうし、やつらを苦しめた沿岸の泥の堆積物は、魚を呼び込むはずだ。火山の噴火という災害に遭《あ》って生き残った者たちは、前より豊かに暮らすことができるだろう。少なくともしばらくの間は。

人間は、彼らなりの生存の術を持っていた。溶岩に溶け、水に裂かれる肉を持つ奴らなりの方法だ。私には到達できない領域だ。

私はもちろん耽羅が好きだった。それは、安全で楽しい場所だったからだ。ところが、人間にとっての耽羅はまったく違う顔をしていた。人間たちはことによると、あの島に嫌気がさすかもしれない。いや、少なくとも恐れはするだろう。

私は長老に訊いてみた。

「人間たちは、何ゆえにあんな生きにくいところを故郷に選んだんでしょう？」

「さあな、それはわからぬ。ただ、奴らが内陸からやって来たのは確かだ。もしかすると、ほかの人間に虐《しいた》げられて、追い出されたのやもしれぬ。たまたま耽羅に漂着し、戻る術がなかったのかもしれぬ。ことによると、土地というものは、この世にあそこしかないと考えているのかもしれぬさ」

どんな理由であれ、避けることのできない災《わざわ》いが周期的に襲ってくるあの島が、彼らにとって唯一の選択肢なのかもしれない。耽羅は、私が考えていたのとはまったく異なる場所だった。私の知っている世界と彼らの目に映る世界は、まったく異質なものなのだろう。

水路を調べていた者たちが声を上げ、どっと駆けてくる。真ん中にいる者を守るように取り囲み、群れを成して動いていた。真ん中の者は、何かを大切そうに持っている。小さな木片だった。ちっぽけな火がついている。大地に残った溶岩から移して持ってきたのだろう。

それを見た老いた者たちがすばやく泥土をかき分ける。小さな穴を掘り、燃えそうな木や草をくべたが、どれも濡れていたためささやかな火種はじきに煙を残して消えてしまった。

しかし連中はあきらめなかった。近くに残っている溶岩から何度も火種を見つけ出し、島の奥に踏み入って、なるたけ湿り気のない焚き付けを探しまわる。火をつけるのは、人間にとってたやすいことではなかった。彼らは何度も何度も失敗を繰り返した。半日の間ずっと。

初めのうちは、何をしようとしているのかよくわからなかった。しかし、見ているうちにようやく理解した。彼らにとって火というものは、極めて貴重な資源だったのだ。とはいえ、溶岩に溶ける人間は、ちっぽけな火にも触れることが能わない。それで、あんな厄介な方法で火をともさなければならなかったのだ。それもまた私にとっては不可思議なことだった。

太陽が中天にかかる頃、ようやく彼らは小さな焚火をおこすことに成功した。それから一日中、交代で火を守っている。他の者たちがやって来て火を分けてもらっている。海岸に焚火が増えた。人間たちは焚火を中心に円座《えんざ》を作って座り、休息を取ったり魚を焼いて食べたりしている。夜には赤く小さな火が海岸のあちこちで揺れていた。

「あやつらは、これからどうなるでしょうか」

「さあな。次の火山の噴火でみな死んでしまうかもしれぬ。逆に、あやつらが道を探し当てたなら、この島を自分たちが暮らしていけるよう、飼いならしていくやもしれぬさ」

「あやつらが島を手なずけることができましょうか。あやつらは溶岩に溶けるし水の中では息ができません」

「我々が予測することはできぬ。そなたが言った弱点のせいで、人間は恐らく苦労することになろう。しかし、何かそれを補う術を見つけだすかもしれん。肉体が弱いぶん、奇抜なものを作り出すかもしれぬぞ。それこそが、我々が望むところなのだ」

そのときは理解できなかったが、今ではわかる。

人間が島や世の中をどのようにとらえているかは私たちには知る術がない。恐らくは永遠に。

私を連れて船に戻った長老は、耽羅の陸地でのことをみな話した。私は幸運なことに、厳罰には処されなかった。私の行動が生態系に甚大《じんだい》な影響を与えたわけではないこと、不純な意図からの行いではなかったことがその理由だ。

そのときの経験を機に、私は生態学の勉強を始めた。なぜなら単純に知りたかったからだ。はじめはそんなふうだった。それがだんだん関心は深まり、いつしか進路となり、職業となった。今ではご存じの通り、島の建築を生業《なりわい》としている。運よく構想を実現させることもでき、それによって若干《じゃっかん》の名声も得た。みな連合の研究者の方々が寛大《かんだい》に見守ってくださったおかげだ。

耽羅は火山の噴火のたびに少しずつ広くなり、地形が変わっていった。もとは数千に及ぶ単成火山があったのだが、それが徐々に消失してゆき、ついにはひとつの大きな火山が残った。その山はだんだん高くなり、それにつれて噴火が減っていった。私の予想では、この火山は小規模の噴火をおこしながら成長していくだろう。そしてある時点で、火山は噴火できないぐらい高くなる。そのときには、人間はもちろん獣や草木も育つ土地となることだろう。

人間は島を離れず、そのまま住み着いた。彼らの知恵と力はあまりにも貧弱だったため、噴火のたびにその生活基盤は破壊された。たいした噴火でなくてもだ。時に大規模な噴火が起こったりすると、もう壊滅《かいめつ》的な打撃を受けた。

しかし、人間は決して滅《ほろ》びたり逃げ出したりすることはなかった。周期的に破壊されるのもまた、彼らの暮らしの一部だった。その手になる舟は、少しずつだが精巧になってきて、言葉もはるかに具体的になったし、災害から生き延びる数が徐々に増えていた。

長老の予測通り、彼らの生き方と知恵は、私たちとはまったく異なるものに発展しつつある。その固有性は、希少で尊《とうと》いものだ。

彼らは不毛の地を故郷と定めた。今後も想像がつかないほど様々な苦難が待ち受けていることだろう。知恵を働かせて、何とかそれらを克服してほしいと私は思っている。私の恥ずべき振る舞いが知れ渡るのも甘受し、彼らとの遭遇について詳細に記《しる》したのは、そのためだ。

運が良ければ、いつか人間とじかに話をすることもできよう。彼らが充分に発達を遂げれば、今とはまったく異なる目で島や海を眺めるようになる。その頃には私たちを見る目もやはり変わっていることだろう。

ただ、いまだ気になることがひとつある。あの日、岩を積み上げていた私のことを彼らはどんな思いで見ていたのか。何か別の存在がいるということを、どのように納得したのだろうか。彼らが私たちと言葉を交わせるような存在だったとしたら、私に何と言っただろう。何より気になることではあるが、恐らく永遠に知ることはなさそうだ。

作者あとがき

この作品は、ソルムンデハルマンをはじめとする火山島に絡む済州島《チェジュ》の説話を参考にして執筆した。ソルムンデハルマンは巨人で、済州島を作ったとされる。ハルマンはスカートを捲《まく》りあげて土を入れ、それで済州島を作ったのだが、スカートに穴があいていたため土が途中でこぼれ落ち、それが本島周辺の三百六十を超える小さな島となった。また最後の大きなひとすくいで、漢《ハル》拏《ラ》山ができたという。

ソルムンデハルマンは、説話の常連登場人物だ。大陸とつながる橋をかけようとしたとか、ムルチャンオルムという深い池に落ちて死んだとか、海に落ちて死んだともされている。五百人の子どもたちに粥《かゆ》を作ってやろうとして巨大な鍋に落ちて死んだという話も残っている。登場する多くの説話の中で、ソルムンデハルマンはどこかに落ちて最期《さいご》を迎える。ソルムンデハルマンの子どもたちはそれを悲しみ、泣きながら石になる。切ない物語ばかりだ。これらの説話には、火山島の特性や厳しい環境に対する恐怖、死んだ者への哀悼《あいとう》などの内容が盛り込まれている。

済州島で火山活動が始まったとき、人間はすでに済州島に住みついていたという。今は韓国屈指の観光地だが、かつての済州は人が住みにくい島だったことだろう。人間が不毛の地にたどり着いて自然と闘い、生き残った痕跡は、ソルムンデハルマンの説話のみならず、他の様々な説話からうかがい知ることができる。済州で生きてきた祖先たちの暮らしは、今の私たちの想像を絶するものだったことだろう。その人たちは何を思っていたのか。それは決してわからない。推《お》して量《はか》ることしか。なので、古《いにしえ》の人たちが自然とどのように闘い、生き残ったのか、慎重に想像しつつ、この物語を完成させた。

（小西直子訳）

ソーシャル巫堂《ムーダン》指数

ユン・ヨギョン

소셜무당지수

윤여경

ユン・ヨギョンはSF小説家であり企画者であり教師でもある。二〇一四年に「ラブ・モノレール」がファングムカジ・タイムリープ公募展で優秀賞を、二〇一七年には「三つの時間」で第三回韓楽源科学小説賞を受賞している。ほかにハンギョレ新聞系列のオンラインメディア「コインデスク」でブロックチェーンSF小説「ザ・ファイブ」を連載し、アジアSF協会の初代事務局長を務めもした。著書としては『金属の官能』があり、SFアンソロジー『先に行きましょうか』、『宇宙の家』などに作品が掲載されている。

「近づいたら死んでやるから」

メイルはいつ摑み取ったものやらわからないシャープペンシルの先端を自分の首に突き付けていた。メイルの血走った目をまっすぐに見られず、俺は視線を泳がせた。

俺がメイルをどうこうしようとしたわけではない。好奇心の強い俺は不眠症。一方、疑り深い彼女はよく寝るほうで、ゆえに、ひとり部屋で眠っていた。ただそれだけのことだ。メイルの本当の名前は知らない。朝から晩まで毎日《メイル》、それはもう毎日《メイル》かわいいと言って、姉貴がそう呼び始めたのだ。ちなみに可愛いのは容姿ではなく振る舞いだそうだ。

彼女の白い首筋で動脈がぴくぴく跳ねている。川を遡《さかのぼ》る鮭《さけ》みたいだ。それを見た俺の心臓も跳ねあがり始める。ドクンドクン、ドクンドクン。実を言うと、俺のアソコはずうっとこうして脈打っていた。メイルが大豆もやしのひげを取りながら、耳のあたりの汗に濡れた髪をスッと後ろに流すのを見た、そのときから。メイルが何やら聞き取れない言葉を吐いた。切羽詰《せっぱつ》まると、メイルは韓国語を忘れる。

「びょういん、行く気か⁉」

どうやら正気に戻ったのか、今度は韓国語だった。

「は？　病院？　警察署のことか？　無断で部屋に入ってきたら警察に通報する。そう言いたいんだろ？」

しばし考えてから、俺は訊き返す。興奮すると、メイルの韓国語はますます聞き取りづらくなる。

「そうだ。けいさつ、行く気か？」

脇にあったクッションを投げつけてくる。

「バカいうな。俺が何をどうしたってん……」

言いかけて口をつぐみ、俺は諦《あきら》めて部屋を出た。

早朝六時。俺は目が覚めた。メイルは眠っているだろう。それはもちろんわかっていた。でもな……。まあ確かに、女の部屋を覗き込むなんて、そんなのはスケベ野郎のやることだ。たとえちらっとでもだ。でもなあ……部屋のドアが開いてたんだよな……。で、こんなバカなことになったってわけだ。俺の部屋はメイルの隣だ。部屋に戻ればよかろうものを、俺はしばし廊下をうろうろした。いったい何やってんだ、俺は……という思いが込み上げてくる。うち、いや、アカシックレコードラボの門をくぐる。家を出ると、そこはショボい商店街だ。アーケードの天井からぶら下がっている蛍光灯は、切れかけてチカチカと点滅している。にわかに憤りが込み上げてくる。何もかも、みーんな姉貴のせいだ。

「うーん、あたしだってさあ、こんなつもりじゃなかったのよ。計画が狂っちゃってさ」

タロット占いだのなんとか菩薩だのって看板を掲《かか》げた拝《おが》み屋が一軒おきに軒《のき》を連ねるさびれた商店街に家を借りたとき、姉貴は言った。

だいたいこの辺りは、まったくもって普通じゃない。トムヤムクンだの火鍋だの、とにかく異国のメニューを出すレストランといえば、きらびやかに、偉そうにしているものだ。よそでは。それがここではちまちまと肩を寄せ合うように並び、多国籍の外国人労働者たちのたまり場となっていた。インテリアに価格、ともに素朴《そぼく》極まりないのは言うまでもない。犬畜生《ちくしょう》だの猫だのが大手を振って闊歩《かっぽ》し、夜には幽霊なんかも気ままにうろつきまわっていそうな、いかにも怪しげな町なのだ、ここは。

こんなつもりじゃなかった。計画が狂った……。そう姉貴が言うのを聞いて、俺は耳を疑った。だってそれじゃ、姉貴がふだんは計画的に生きてるみたいじゃないか。父が他界してこのかた、とんでもないことばかり次から次へとしでかしてきたくせに。

何もかもがあの指数のせいだ。ソーシャル集団知能指数。脳のチップを駆使《くし》して世の中の情報を検索できる能力の指数だ。姉貴の指数は、その上位〇・二パーセントに入る。それがわかったとき、俺は本気で誇《ほこ》らしかった。早くに両親を亡くし、二人きりで生きてきた俺たち姉弟の人生も、ついに日の目を見るときが……と思った。

ところがだ。ほどなくして、指数の高い人間は異常者扱いされるようになった。ソーシャル集団指数の高い者たちが、現代の科学知識をもって理解できない情報をも手にし始めたのだ。このメカニズムを解析できる科学者はいなかった。そこで、各国政府は対応策を打ち出した。ハイグレードな脳のチップをリコール処理してしまったのだ。新しく埋め込まれたチップをもってしては、前のようにありとあらゆる情報をダウンロードしたりはできない。よし、これでいい。皆ホッとした。性能の劣化に。これで、知らなくてもいいことまで知っている者はいなくなる。そう信じて。

一方、脳のチップをダウングレードしようとしない者は社会不適応者とみなされ、就職もできなくなった。姉貴は考えた。自分なら、人が理解できない情報も解析できる。それで、就活をやめてしまった。データ分析家への道を突き進むことにしたってわけだ。これが、俺たちがこんな辺鄙《へんぴ》な場所に流れ着くことになったいきさつだ。俺は煙草《タバコ》を足でもみ消した。

俺はきょろきょろと周囲を窺《うかが》った。商店街に身を潜《ひそ》め、我が家のガラスの門を注視する。いつ門がバーンと蹴《け》り開けられ、姉貴が出てくるかわからなかったからだ。姉貴は朝が早いのだ。俺が退学を言い渡されようが、停学処分になろうが、まったく気にしないくせに、姉貴は俺の喫煙ばかりは厳しく取り締まる。

そのときだ。俺は頭の後ろを思いっきりひっぱたかれた。姉貴が背後に忍び寄っているのに、俺はまったく気づいていなかったのだ。

「ちょっとあんた、外でこっそり吸ってりゃわかんないだろうなんて、まさか思ってないよね。ほら帰るよ、早く。今日は忙しくなりそうなんだから。湿度が十パーセント上がったし、イスラエルでテロが起こったからね」

姉貴が俺の体を押した。湿度とイスラエルのテロと我が家への来訪客。その関連性を問いたいのは山々だったが、やめておいた。そんなことをしたが最後、たっぷり一時間は答えを聞かされる羽目になる。ソーシャル集団指数を駆使し、姉貴が何らかの結論を下すプロセスは摩訶《まか》不思議だ。しかし、当たるんだよな、それが。姉貴のそれを、俺はソーシャル巫堂《ムーダン》指数と呼んでいる。

姉貴がもし巫堂（朝鮮半島のシャーマニズムで神と人間との間を仲立ちするシャーマン。病気治療や悪霊抜いなどを行う）になっていたら、かなり稼げたことだろう。きちんと金を払う客を取る巫堂になっていれば、の話だけどな。

「忙しいって？　客がわんさか来たところで意味ないだろ？」

　俺は皮肉った。

「弟よ、あたしがいつ、お客が来るって言った？　あたしたちが、今日は、忙しいって言ったはずだけど？」

　姉貴がじろりと俺を見る。そんなふうに見られたときは、目をそらすのが得策だ。下手すれば、もう一発かまされる。幸いゲンコツは飛んでこなかった。

「あんたってほんとダメダメよね。でもまあ信頼はできるけどね。今日の午後にはね、大統領が海外歴訪から戻ってくんの。んでね、何時間かあと、あんたは恋に落ちるかもしれない。初めての恋に。まあ、ヘタレのあんたが勇気を出せればの話だけどね、もちろん」

　俺は言葉を失った。大統領の海外歴訪と俺の恋愛に何の関係があるのか……は聞きたくもない。それより何より、俺は姉貴にこそ問いたい。愛とは何ぞやと。それがわかっているのかと。姉貴曰《いわ》く、「自分は恋人なぞ作らぬ。ファンを増やしているのだ」そうだ。しかしながら、俺が思うに、芸能人や大統領、果てはお釈迦《しゃか》様にも私生活はあって然《しか》るべき。世の万物を愛で包む存在であるところの彼らでさえそうなのだから、況《いわん》や一般人においてをや。ファンなど増やしておらんと恋人を作って愛を交わさねば。ファンだの動物だのとばかり親密になっている分際で、人の恋愛を云々するなど笑止千万《しょうしせんばん》。そう声を大にして言ってやりたい。

　アカシックレコードラボ……ではなくて、うちに戻った俺は、ふと立ち止まった。何か音がしたからだ。周囲を見回す。目の前には薦度祭《チョンドジェ》室（薦度祭とは死者の魂をなぐさめ、霊界に引導するための儀式）。右手には十坪《つぼ》あま

り の狭い台所。左手には赤いベルベットカーテンで四方を覆った四角い空間。姉貴の神房（巫堂の占い部屋）だ。そのカーテンの前に黒い影がひとつ佇《たたず》んでいる。なんだ、ロータスじゃないか。助かった。泥棒じゃなくて。

ロータス。若干イカれた奴だ。しかし姉貴にとって、ヤツと俺は同等らしい。順番に飯をくれ、小言を言うのも一緒くただ。

「ちょっとあんたたち、何なのこの部屋。ひっちらかしてんじゃないわよ！」

姉貴からは一緒に小言を言われる間柄とはいえ、実はロータスと俺では格が違う。……って、俺の口から言うのも何だか情けないが。

ヤツは、猫なのだ。

先月のことだ。ヤツは不良どもにやられて片方の耳が裂け、足が一本使い物にならなくなった。以来、我が家に居ついている。ロータスという名は姉貴がつけた。裂けた耳が蓮《はす》の花みたいだとか何とか言って。

ヤツは、姉貴になついている。一方、俺を見ると、歯をむき出して唸《うな》る。俺は姉貴の部屋に入ろうと、ヤツを足で押しのけた。思わず足に力が入る。ヤツは抗《あらが》わない。その代わり、わざとらしく悲鳴をあげる。ヤツは痩《や》せこけた長い手足と尻尾を床にだらりと伸ばし、俺を睨《にら》みつけてくる。頭に来たらしい。俺もロータスをねめつける。いくら姉貴に可愛がられてるったってな、その足まで直しちゃもらえねえからな。死ぬまで待ってろ、阿呆《あほう》。

俺とロータスは、出会いからして最悪だった。ふた月前のことだ。ショボい町の公園で、ヤツは不良学生どもに虐待《ぎゃくたい》されていた。知らぬふりを決め込んで通り過ぎようとしていた俺を、呼び止める者がいた。俺は確かに聞いたのだ。誰かが俺の名を呼ぶのを。周囲を見回してみたが、俺のことを呼びそうな奴は見当たらない。なんだ、今の声は？　俺は脳のチップをワイヤレスでリセットした。ダウングレードしてからも、時おり雑音がすることがあるのだ。そして、何気なく振り向いて……ロータスと目が合った。ヤツの哀れっぽい目が俺を引き止めた。それが腐《くさ》れ縁《えん》の始まりだった。

「おい何だよ、てめえ！」

不良どもが喧嘩《けんか》を吹っかけてきて、その結果……奴らと一緒に俺も停学を食らった。俺を呼び止めやがったロータスの目を咎《とが》めだてする気はない。足が折れ、耳が裂けるまで殴られたら、俺だとて誰かを呼ぶだろう。

だけど、何だってよりにもよって俺だったのか。両親はすでに亡く、保護者と言えばまともな職にも就いていない姉貴ひとり。そんな、停学を食らいやすい条件を兼ね備えた俺を何故……。

ロータスも、俺と同じで友だちがいない。ドアを開けてやっても一歩たりとも出ようとしない。どうも、俺に似ている気がする。どこが一番似ているかって、ごくごくたまにヤツが外に出たときだ。そんなとき、ヤツは必ず何かしらやられて帰ってくる。耳が裂けているせいで、ガラの悪い連中に目を付けられやすいのだ。似ている。だから、俺はヤツが嫌いだ。

まったく、眠気が吹っ飛んでしまった。避難民にでもなった気分だ。あてどもない無銭旅行に旅立つような。それも無理はない。なぜなら我が家には、避難民が住んでいるからだ。どんな理由であれ、俺に目を付けてしょっちゅう停学処分を下す学校から避難してきた俺。韓国の一般的な家庭に適応できず、よりにもよって我が家なんかに避難してきたメイル。飼い主の家からいくらも離れていない我が家に避難してきた猫のロータス。あと、この数日の間に我が家にやってきた野良猫ども、リス、カメ。寝ぼけて間違ったわけではない。リスと、カメ。家の近くの川べり出身の奴らだ。そいつらをまとめて救済せねばならぬのは姉貴。いや違う。真実は逆だ。

俺が守らなければいけないのだ、姉貴を。いや、姉貴まではムリだとしても、家の保証金だけはどうにか守るのだ。姉貴がすってしまわないように。法的に成人になって、遺産を管理する資格が生じるその時まで。それで俺は、今日も守っているのだ。メイルにロータス、それからその一人と一匹を合わせたよりもっとイカれた実の姉貴を。

「開けなさい！　中にいるのはわかってるんだからね！」

うちの鉄門の外から女のしゃがれ声が響いてきた。天下《てんか》菩薩《ぼさつ》。隣の家を借りている巫堂だ。

「金《キム》菩薩さまあ、そこにいるんだろう、中に？　早く出ておいでえー」

天下菩薩はロータス、つまり愛猫《あいびょう》を連れに来たのだ。

「いませんよぉ」

門を開けずに俺は答えた。

「菩薩様、菩薩さまあ！」

入らずには帰らんぞ、と言わんばかりに天下菩薩は叫び続ける。俺は姉貴の神房のカーテンを揺らした。無反応。分厚いベルベットのカーテンを開ける。闇の中に浮かび上がる北極星。壁一面に貼られた夜光天体図。天体図の横には西洋占星術の天宮図《ホロスコープ》。中国の仏画も一枚かかっている。それらの真ん中には十字架のような形をした額。「平和を作る者に祝福あれ」と書いてある。仏教と占星術の間でキリスト教が平和を宣言している。そんな混沌とした雰囲気の中で、夜光天体図がほの白くけぶっている。水に浸かってでもいるかのようだ。煙草の煙が充満しているせいだ。姉貴は、水に浸かった星々の真ん中で眠っていた。

「おい姉貴、ロータスママが来たぞ」

姉貴が寝乱れた服を直す。未成年者観覧不可のシーンが眼前で繰り広げられ、うつむくしかない罪もない俺。

「あーもう、いないって言ってよー」

姉貴はまた布団にもぐりこむ。

「菩薩さまあー！」

わめきたてる天下菩薩の声が響き渡る。家全体、いや天地を揺るがすかのようだ。

「姉貴！」

俺は姉貴に詰め寄った。姉貴が出て行かなければ、あのものすごい声の持ち主、天下菩薩が我が家全体に呪いをかけそうだからだ。杖を振り回し、稲妻《いなづま》を光らせて……あれ、それじゃ魔術師か？　巫堂がどうやるのかは知らないが、呪いであれ何であれ、あの声には叶うまい。

それに立ち向かわねばならぬ姉貴のスーパーパワーについては……沈黙させてもらう。神房を動物病院もどきにすることにかけては一家言を持っている。それは確かなんだけどな。

「またですかあ？　困りますよぅ、朝も早くから。ここにはいないって言ってますでしょ」

「ふーむ、そうみたいだね。悪かったねえ」

家に入ってくると、天下菩薩はにんまり笑い、台所のテーブルに向かって座った。とても人の家に来ているとは思えない自然な動作だ。天下菩薩がロータス、またの名を菩薩様の行方《ゆくえ》を探して訪ねてくることはしばしばあった。二週間に一度くらいか。姉貴がロータスを玄関脇の俺の部屋に匿《かくま》っていることは、天下菩薩も心得ている。姉貴のほうも、天下菩薩にバレていることは承知している。つまり天下菩薩の訪問は、いわばペットのご機嫌うかがいなのだ。

ロータスがこのうちに住み着いたのは、足が使えなくなったその日のことだ。俺と一緒に警察署に連行されたあいつを家に連れ帰り、餌《えさ》をやって慰《なぐさ》めてやったのが姉貴だったからだ。ともかくヤツはその日から、玄関わきの俺の部屋に居候している。日がな一日居座り続け、どこにも行こうとしない。ちなみに飼い主の家にもだ。

「ああもう、あたしゃこの頃、しんどくって死にそうだよ。肩は痛いわ、どうにも痛風の気があるみたいだわ……。こんなときに菩薩様がいてくれりゃあ心強いんだけどねえ……。まあ、元気にしてるんだろうよ。どこにいるとしてもねえ」

天下菩薩の声が殷々《いんいん》と響き渡った。玄関わきの部屋にいるロータスに聞かせようとしているらしい。そうしたところで動物が理解するかどうかは甚《はなは》だ疑問だが。耳を手で塞《ふさ》いで眉を少しひそめてから、姉貴はマグカップを取り出して牛乳を注ぎ、レンジで温めた。二人は向かい合って座り、カップの中身をすする。

「死者の霊と親しくなるって？」

「違いますよ。情報と親しくなるんです。脳のチップを使って得た情報」

「ああ、そりゃ雑魚《ざこ》の悪霊だね」

うんうん、と天下菩薩がうなずく。

「でもねあんた、よくないよ。若い女が悪霊なんぞと付き合うのはさ。そうだ、あたしが紹介してやろうか？　経験豊富な巫堂をさ。仕えるのは偉い神様ひとりにしときなって。悪霊なんかに振り回されんとさ。そのほうが絶対ラクだよ」

天下菩薩の勧めに今度は姉貴が目をぱちくりさせた。

「えっ？　でも、正しい情報と雑多な情報とどうやって区別するんです？　理解できる情報が必ずしもいい情報とは限りませんよ。雑多な情報だって、それぞれ事情ってものがあるし、大切なんです。私ね、情報はみんな平等に扱うことにしてるんですよ」

姉貴が何を言っているのかさっぱりわからず、しばし混乱に陥っていた天下菩薩が気を取り直して問うた。

「じゃあ、あんたはさ、チップで運命を言い当てる、ってことかい？」

姉貴がうれしそうにうなずく。菩薩は言葉を失い、カップの中身を飲み干した。

「それなら巫堂とどこが違うのさ」

「情報をダウンロードするのは一緒です。でもね、幽霊たちから聞くんじゃなくて、チップを通して得るんですよ」

二人はそろって口をつぐんだ。沈黙が流れる。

「そのチップであたしの運命も教えてもらいたいもんだね」

「何が知りたいんです？」

「ソーシャルメディアで有名になりたいんだよ、あたしゃ」

「巫堂として充分稼がれてるじゃないですか。なのに、そのうえ有名にまでなりたいんですか？」

「そうさ。チップじゃ答えがどう出る？」

姉貴は計算しているようだった。そして、ソーシャルメディアで勝負したければ、本業のほうはほぼ諦めなければならないという結論が出た。その結果に姉貴は満足げだ。そう言ってやれば、相手は喜ぶだろうと本気で思っているようだ。おいおい、いい稼ぎになる本業を放棄せよと言われて、はい、さいざんすか、と従う者がどこにいる？

「ソーシャルメディアをメインになさいませ」

姉貴は申し渡した。

この世のつらく悲しいことは、情報が適切なときに伝わらないがために起こる。姉貴はそう信じてやまなかった。もう、ほとんど宗教だ。姉貴いわく、おやじの死に関しても、可能性の高い時期を予測できていたそうだ。でも、それを信じられず、父親と最後の時間をともにする機会を失った。そう言うのだが……。

でも、ありうるか？　そんなこと。死を予測するだなんて。居間の端っこに布団を敷いて寝たふりをしていた俺は、小さくため息をついた。天下菩薩によると、ロータスやメイルがうまく生きられないのは、悪霊に取り付かれているからだそうだが、姉貴に言わせると悪霊など関係なく、まだ時が来ていないからだそうだ。どんなことにもタイミングというものがある。何らかの情報が得られていて、タイミングが合えば、願いは叶うのだと。だから、希望を捨てずに時を待つべきなのだそうだ。一度の大掛かりな〝祈禱《クツ》〟でもって霊を追い払う巫堂に比べ、時間的な効率が悪い感は否めないな。

ロータスが居座っている部屋は静まり返っていたが、メイルのほうからは、ガサゴソと何やら物音がしている。また何か食ってるな。まったく、糖尿になるぞ。気分がいい時も悪い時も、メイルは菓子だのチョコレートだの、とにかく甘いものを食うのだ。メイルはもともと下の階の饅《マン》頭《ドゥ》子屋に住み込んで雑用をしていたのだが、姉貴が菓子を与えたら付いてきて、そのまま居座った。もらって食ったのは、何の変哲もないふつうの菓子だったのだが。

天下菩薩は最後まで玄関わきの部屋のドアを開けようとはしなかった。俺はじれったくなり、トイレに行くふりをして何度も部屋の前で咳ばらいをしてやった。なのに菩薩ときたら、意味もなく居間を見渡し、ため息を何度かついただけで帰っていった。その後を追いかけて、外に出ようとした俺の頭に何かが飛んできてぶつかった。姉貴がクッションを投げやがったのだ。

「おい姉貴、ものを投げんじゃねーよ！　メイルが真似《まね》すんだろ、ええ？」

「あんたが投げられるようなことをするからでしょ。メイルにちょっかい出したらあたしが許さないからね。ところで、どっか行くの？　あとで産婦人科いかなきゃいけないんだよね。あんた行ってきてよ」

何だと？　俺の心臓は、危うく口から飛び出すところだった。高校生の弟を産婦人科に使いにやる。そんな姉貴がこの世のどこにいる？

「あたしは警察に行かなきゃなんないの。連絡が来てさ。カネ踏み倒した奴らが捕まったって。で、呼ばれたの。面通しだって」

そして、怖い顔で俺をねめつける。

「メイルの定期検診、午前に予約してあるからさ、連れてってやってよ。いい？」

そう言いおいて、姉貴は玄関から出ていった。なんだ、あの何でもなさげな調子は？　産婦人科はコンビニじゃねえぞ。ラーメン買ってこいっていうのとはわけが違うんだぞ。俺は視線をメイルに移した。その視線を避けてメイルが俯《うつむ》く。

それから一時間、俺は寝そべってテレビを見ていた。メイルはパタパタと家じゅうを走り回って掃除をしている。いいや、このまま寝そべってよう。俺はそう決めた。姉貴が帰ってきたら、二人で行けって言えばいいさ。妊婦の定期検診だと？　俺は産婦人科なんて行ったこともないぞ。おまけにメイルを連れてけだと？　メイルと二人、産婦人科のドアを開けて入れって？　できるか、そんなこと……。

二時間過ぎたが姉貴は帰らない。連絡もなし、携帯も切りっぱなしだ。メイルはとっくに掃除を終え、洗濯機を回したり野菜の下ごしらえをしたりしている。

この家の家事は彼女が一手に引き受けている。姉貴と俺の二人っきりだったときは、俺がやっていた。姉貴は経済観念だけでなく衛生観念も持ち合わせていない。ゆえに姉貴に任せておくと、家の中は惨状となる。姉貴がつけっぱなしにした部屋の電気やパソコンなんかを消してくれるのはメイルだ。加えて俺たちに温かい飯を食わしてくれるのも、料理上手なメイルだ。姉貴にできることといったら、冷凍食品を解凍するぐらいなのだ。俺は、まめまめしく働いているメイルを眺めた。言われてみると、確かに気持ち腹が膨《ふく》らんでいる。そういえば、いつも菓子だのパンだのを口に入れてるよなあ……。しかし、赤ん坊ってのは、こんな尋常《じんじょう》じゃない環境で無事に育つものなんだろうか。

「行かなくても、いいよ」

玄関先で俺を振り返り、そう言ったメイルが、危うく玄関ドアに挟まりかける。彼女もどうやら困惑しているようだ。

「おい、気をつけろよ」

俺がそう言うと、メイルは俺の目をいちどまっすぐ見てから玄関を出た。

そのときだ。メイルが悲鳴をあげた。見れば、顔を蒼白にしている。

「ようハニー、元気にしてたか？」

メイルにそう声をかけたのは、黒い帽子をかぶった中年の男だった。

「さ、うちに帰ろうぜ」

俺の後ろに隠れてメイルがかぶりを振る。おりゃ。いつのまに背後に回った？

「まだ無理みたいですね、連れて帰るのは」

メイルの夫らしき男が気色《けしき》ばんだ。

「おい誰だ、こいつ」

興奮のあまりか口元に唾液を溜めた男が凄《すご》み、メイルの腕をつかもうとする。俺はそいつを押しのけた。こんな暴力男に付いていったらどうなるか、ドラマでさんざん見ているからな。メイルをそんな目には遭わせられない。

「あたし、いかない」

メイルが小声で言う。

「なに、帰らない？　俺が何かしたか？　わからないから話し合おうじゃねえか、うちに帰って。とにかくごめんな。悪かったよ、ハニー」

なんと、男は涙など流している。

「あ、ちょっと、あの……」

俺は口ごもった。そのときだ。ロータスのヤツが男に飛び掛かった。どこから現れやがったんだ、いったい。男の帽子が脱《ぬ》げて、禿《は》げ頭が露《あら》わになる。よく見ると、虫一匹殺せなさそうな面《つら》だ。見かけ通り、喧嘩もろくすっぽできなかった。ロータスに向かって拳《こぶし》を振るったはいいが、ジャンプ力のあるヤツにやすやすと避《よ》けられ、後ろにいたメイルを殴ってしまう。メイルがしゃがみ込む。

「こんのおやじがぁ！」

俺は男の襟首《えりくび》をつかんだ。単におどしのつもりだったのに、事は大げさになってしまった。家の前の庭でユーチューブ動画を撮影中だった天下菩薩が警察に通報してしまったのだ。数分後には警察が駆け付けてきて、俺たちの揉《も》め事は終了となった。

ガラス戸の内側でリスが立ち上がり、かりかりと爪でひっかき始める。向こうのほうからカメがやって来る。

「あの、捕獲したんですか、野生動物を？」

警官が訊いてきた。


警察署はごった返していた。リス三匹にカメ一匹、猫が一匹。そしてチマチョゴリ姿の巫堂。そんな奇天烈《きてれつ》な一行が出現したというのに、警官たちは一顧《いっこ》だにしない。

「動物愛護センターから人が来ますので、そのままでお待ちください」

警官は姉貴にそう告げただけだった。

ときは正月の連休。酒を飲み、喧嘩した外国人労働者やら韓国人やらが一緒くたになって取り調べを受けている。

男の家には帰らない。赤ん坊はこのまま韓国で産んで自分で育てる。メイルはそう言い張った。男は翻意《ほんい》するよう延々と掻《か》き口説いたが、メイルは深く俯いたまま顔をあげようとしなかった。

「おい、どこを見てる。早く保護者と連絡を取れ」

ロータスと並んで座り、メイルのほうを見ていた俺に、警官が命じる。

「僕の保護者ならあそこにいますけど」

「え、もういるって？　どこに」

警察署の真ん中で警官たちに囲まれ、はしゃいでいる女を俺は指さした。

「お？　あの人がお前の保護者だって？　美人じゃないか、ええ？　しかし、気の毒に。手のかかる弟を持って。おい、お姉さん大切にしないとバチが当たるぞ、お前」

バコンと頭を叩かれる。姉貴は紙にしきりと何か書きながら、取り調べ中の警官たちと楽しそうに言葉を交わしている。

「お嬢さん、俺のもちょっと見てくれよ。今年の恋愛運」

「俺は将来。こんな仕事やめちまって、居酒屋でも始めようかって考えてるんだが、どうかな」

俺の担当警官は、姉貴を中心にして盛り上がっている群れに混ざりたくて仕方がないようだ。

「あのう、金を持ち逃げした奴が捕まったって聞いたんですけど、面通しって終わったんですか？」

占いに気を取られている警官の注意を引き戻す。

「ああ、あの件か。顔を覚えてないってさ、お姉さんが」

「なっ……、自分のカネ持ち逃げした野郎の顔も覚えてないって言ってるんスか？」

「うーん、どうだかなあ。思い出せないのか、思い出す気がないのか。何百億も横領《おうりよう》した奴は無罪で、何百万の奴は刑務所行きじゃ不公平じゃないかとか何とか……。まあでもそいつらは余罪があるから、かばったところでどのみち有罪だけどな」

姉貴のおせっかい癖《ぐせ》がまたもや発動したってわけだ。悪いことしたらみんな悪い奴だろうが。もっと悪い奴とまだマシな悪い奴を差別化してどうする。いくらかマシな奴は教化すりゃ洗ったみたいにまっさらになるっていうのが姉貴の弁だが、そんな姉貴のとっ散らかった倫理観のおかげで、持ち逃げされた数百万は結局取り戻せないってわけだ。俺はため息をついた。

メイルが逃げたのは、そのときだった。騒ぎにかこつけ、中年男にニーキックを食らわせて逃走したのだ。お、おおお……？　俺たちが呆気《あつけ》にとられている間に、メイルは連れ戻されてきた。警官たちに腕を取られ、頬を紅潮させている。まさか、手荒くされたんじゃないだろうな……。

メイルは身を捩《よじ》って暴れた。

「あたし、かえらない。どくりつする！」

唇を震わせて宣言する。

「何をバカな。近ごろの外国人ときたら、結婚したと思ったらもう家出。困ったもんだ、まったく」

俺の担当警官がぼやく。メイルは両腕をつかまれて留置場に押し込まれた。警官がカギをかけようとする。そこへ姉貴が割って入った。

「ちょっと、何するんです。公務執行妨害になりますよ」

「だって、まだ十八歳の女の子ですよ。あんまりじゃないですか、こんなとこに閉じ込めるなんて」

カギをかけようとする警官とかけさせまいとする姉貴が押し問答を始めた。警官が姉貴を宥《なだ》めにかかる。そのときだ。急にロータスが興奮し始めた。俺はいきり立つヤツに目顔で訊いた。

——おいおい、どうしたんだよ、お前。

ここが警察署だというのはヤツもさすがにわかっているのか乱暴狼藉《らんぼうろうぜき》は控えたものの、声を限りに叫び始める。ニャオン、ニャオオオン！　凄まじいばかりの声が所内を揺るがせた。さすがは天下菩薩の愛猫。声の響きがそっくりだ。俺の担当警官は椅子から腰を浮かせかけたが、すぐにまた腰を下ろした。他の警官が二人やって来て、両側からロータスを捕まえようとする。しかし、ロータスは絶叫しながら逃げ回った。ついに一人がヤツを蹴飛ばした。どうにも腹に据《す》えかねたのだろう。怒った姉貴が立ち上がる。

「ちょっと、何するんですか！　その子はねえ、しゃべれないんですよ。気を遣ってやってくださいよ、ちょっとは！」

結局、姉貴は留置場に入った。ロータスを抱きしめて。しかし姉貴のヤツ、「気を遣え」だと？　よく言うよ。たった一人の弟に対して自分は気を遣ってるかっつーの。何かっていうと手が出る独裁者の分際《ぶんざい》で。ケッ。

大統領がベトナムから帰国したというニュースがテレビから流れ出す。韓国人男性と未成年のベトナム女性との婚姻《こんいん》について、調査したうえで無効にするための方策が協議されたという。ははあ。さしもの俺も気づいた。メイルも該当するよな、いまニュースで言ってたケースに。韓国で生まれ育っていたら、メイルは高校一年。俺と同じ年頃で結婚したのだ。改めて考えると、不憫《ふびん》なことだ。

「ちょっといいですか！」

警官たちがメイルを抑え込もうとした瞬間、俺は叫んだ。皆の視線が俺に集まる。

「だからですね、あの、えーと、その女の人は妊娠してるので、手荒に、するんじゃ、ねえよ、ってことッスよ！」

俺が言い終わるのを待たずにメイルは留置場にぶち込まれた。派出所で騒動を起こしたかどで。ほうれ見ろ、と言わんばかりに中年男がペッと唾を吐く。自分の子どもを身ごもっている女が留置場に入れられたっていうのに、何だ、その態度は。そのとき俺は、身をもって知った。ぶちキレるっていうのがどんな感覚なのか。完全にキレた俺は、男に飛び掛かってパンチを食らわせた。倒れたヤツに馬乗りになってボコボコにしてやる。が、俺のほうにもたちまち拳が降ってきた。いろんな方向から次々と飛んでくる拳を受けているうちに、俺の目の前はピカピカ光る星でいっぱいになった。俺は頽《くずお》れ、床に伸びた。

横たわったまま留置場に目をやる。男の檻《おり》の中ではロータスが声を限りに叫んでいる。姉貴はというと、女のほうの鉄格子をつかみ、警官に「気遣い」を訴えていた。

警察署内の騒音がだんだん遠ざかってゆく。白いTシャツにジーンズを身に着けたメイルが涙を流して俺を見つめている。俺の目にはその悲し気な顔がクローズアップされて映っていた。バカ騒ぎの中、俺のメイルは光を放っていた。まるで、降ったばかりの初雪みたいだ。独立も赤ん坊も絶対に諦めない。そう言っているかのような強い瞳をしていた。俺は悟《さと》った。今がその瞬間だということを。生涯で初めての恋に落ちる瞬間。姉貴が俺を指さして、警官に何やら耳打ちしている。俺は誰かの腕に囚《とら》われて、ずるずると引きずられていった。

「乱闘会場か、ここは。いったい何なんだ、今日は」

嘆《なげ》く声が響く。俺はソファに座らされていた。警官が水を渡してよこす。リスとカメが箱から脱け出して逃げ回っている。周囲のものが回り始めた。取り調べをする警官たち。言い逃れをする詐欺《さぎ》師ども。酒が抜けていない外国人労働者。叫ぶロータス。リアルとアンリアルの区別がつかない姉貴……。周囲のすべてがぐるぐる回る。かごめかごめでもしているかのように、俺とメイルを真ん中にして。

そのときだった。

「ああっ、地面が！　沈んでいきます！」

辺りを携帯で撮影中だった天下菩薩の叫び声がした。

「外に出して！　シンクホールよ。知ってるでしょ、シンクホール！　ここは沈むの。もうすぐ！」

姉貴が声を張り上げた。

それからの何日かはまさに怒濤《どとう》の日々だった。天下菩薩がアップしたシンクホールの動画は再生回数が三百万を超え、彼女のユーチューブチャンネルは一躍《いちやく》人気チャンネルとなった。動画に映ったロータスを見て高額の寄付をしてくれるという奇特な人物が現れ、ロータスの足は治った。

川の脇にあった警察署はシンクホールに呑み込まれた。あと数秒そこに留《とど》まっていたらどうなったことか、考えたくもない。でも、これは訊いてみないわけにはいかない。気は進まないけど。

「あそこに穴があくってのは、どうしてわかったんだ？　だって姉貴、留置場の中にいたじゃんか」

「そりゃ、動物たちが逃げようとしてたからよ、川辺の動物たちがさ」

「そいつらが姉貴に声かけてくれた、なんてまさか言わねえよな？」

俺は恐る恐る口にする。姉貴のメンタルがまともなのか、不安に駆られたからだ。

「うーん、コミュニケーションってのはさー、とにかくいろんなルートで取るものだからね。とにかく、すっごく怯《おび》えてたんだよねえ。あの川辺に住んでる動物たち」

姉貴は曖昧《あいまい》に答えた。シンクホール事件のあと、リスと猫は我が家から出て行った。自分の寝ぐらへ帰ったようだ。リスはいちど一緒に帰ってきたのだが、そのあとで姿を消した。ロータスも飼い主のもとへ帰っていった。残ったのは、メイルだけだった。彼女には、まだわが家という避難所が必要らしい。メイルが安らげる避難所になれたら……。俺はそう思っている。


俺は今、午後六時以降は彼女の部屋のドアの前には近寄らないようにしている。その代わり、昼間は一緒に勉強をする。二人で高卒認定試験を受けるのだ。

外からやかましい声が聞こえてくる。何事だ？　俺が出てみると、姉貴と背広《せびろ》姿の男が何人か、入ってくるところだった。

「国の研究所の方々よ。あたしのことを研究したいんだって。シンクホールの出現はじめ、いろいろ予想を的中させたからね」

つまりは実験動物になったってことじゃんか。姉貴は嬉々としているけれど。

「いいですか、姉を家から出すわけにはいきません。それから、監禁して研究するのも絶対にダメです。何なら、うちの弁護士と連絡を取ってください」

恐怖に駆られ、俺は口走ってしまった。俺たちに弁護士なんかいるわけがないのに。

「ほらほら落ち着いて、聞きなさいって。こちらの方々はね、我が家に滞在されるのよ。ひと月」

「なに、一か月も？　どこで寝てもらうんだよ」

「あ、でもね、泊まるのはこちらの方だけなの。だから、あっちの小さい部屋でいいんじゃない？　他の人たちは通いだから大丈夫。あとね、研究支援費がもらえるんだって、たっぷり。それからね」

姉貴が俺に耳打ちする。

「彗星N872－L2が地球に向かって飛んでくるんだわ。それがさ、この人たちの滞在期間とぴったり合ってんだよね」

彗星と研究員……。そのふたつにどんな関係があるのかは、この世の誰にもわからない。姉貴の目論見《もくろみ》が何なのか、そんなもの、知りたくもない。でも、これだけは訊いてみたい。

「湿度とイスラエルのテロとシンクホールの相関関係って、なんだ？」

「あ、それはね、今から説明することになってるんだけど、一緒に聞く？　午後いっぱい……うーんと、六時間はかかるかな」

「いい」

俺は辞退した。ああ、また忙《せわ》しなくなる……。万が一にでも姉貴が監禁されて実験動物にされたりしないよう、気を引き締めて見張らなきゃならないからな。

ということで、俺は今日も姉貴を守っている。それからメイルもだ。メイルのことを考えると俺はどうしてもにやけてしまい、あわてて顔を引き締めている。だって、姉貴にバレたりしたら大事《おおごと》だからな。とはいえ、俺にはわかっている。姉貴は何でも知っているのだ。いつだって……。

俺は姉貴の表情を窺う。研究員を見る姉貴の表情からして、研究員たちについて、どうやらすでに多くの情報を得ているようだ。ハイスコアのソーシャル巫堂指数。その実力を遺憾なく発揮して。いったいどっちが研究対象なのやら。俺にはどうにもお手上げだ。

——おい、そこのヘンタイ！　何でもかんでも知ろうとするな。そのほうが身のためだぞ。

俺は顔をしかめて見せる。

——いや、あたしだってさ、こんなつもりじゃなかったのよ。計画が狂っちゃってさ。

姉貴はそう言わんばかりの表情を浮かべ、肩をすくめて笑ってみせる。

作者あとがき

巫堂パク・ポンチュンによる「袁天綱《ウォンチョンガン》解説（済州島のシャーマン神話）」のストーリーは以下の通りだ。オヌルという名の少女が父母に会いに袁天綱《えんてんこう》へ行く途中、チャンサンと名乗る少年、蓮の花、仙女たち、そしてメイルという少女に出会う。彼らに運命について問われたオヌルは、父母に会って戻る途中で問いにすべて答え、結果、チャンサンとメイルは結婚し、蓮の花は花を咲かせられるようになるなど、それぞれの道は開かれる。その後、オヌルは玉皇上帝の仙女《せんにょ》となり、季節ごとに「袁天綱」すなわち運命の書を書き写すようになる。よく似た話として西洋の「アカシックレコード」がある。そこには宇宙が誕生して以来の出来事が漏れなく記録されていると伝えられている。

主人公のオヌルは、韓国の「時間と運命の女神」だ。私たちが考える運命というものは、一種のタイミングであり、そのタイミングを作るのは、情報ではないかと考えた。人工知能を利用して、数多くの情報を活用できる時代だ。情報をもたらすルートが必ずしも伝統的である必要はないのではないか。災害や天候などを予知する動物たちが感知できる情報、さらには他の次元や時間帯の情報など、人間が知り得ること以上の情報の出どころ、すなわち「袁天綱」が存在するならば、人間の運命も自ら作り出すことができるのではないか。そんな発想を韓国の神話から得て、この物語を書いた。

（小西直子訳）

紅真《ホンジン》国《こく》大別相《デビョルサン》伝《でん》

イ・ギョンヒ

홍진국대별상전

이경희

イ・ギョンヒはSFを主に書いている作家だ。初の長編小説『テセウスの舟』で二〇二〇年SFアワード長編小説部門の大賞を受賞した。東洋ファンタジーとタイムトラベルが織り交ぜられた短編「尻尾のない白い妖狐の説話」が二〇一九年ファングムカジ・タイムリープ公募展で当選、短編「生きている祖先殿たちの夜」はオンライン小説プラットフォーム「ブリットG」で「2019今年のSF」に選定された。著書として『あの日、あの場所で』『テセウスの舟』『SF、こんないいものを今になって知ったなんて』などがある。

翼をもって生まれてきた赤子は、その親の手で息の根を止められねばならない。空から核というものが落ちてきて爆発したのを機に定められた国の掟《おきて》だ。それは紅真国《ホンジンこく》の星主《せいしゅ》による極めて厳しい命令であり、千年もの間、変わることなく民を縛《いまし》めてきた規律であった。よって、それに抗《あらが》おうとか、それを変えたいなどという考えを抱く者は誰一人としていなかった。

無力な親たちは自らに危害が及ぶのを恐れ、手を震わせながらも我が子の首にへその緒を巻き付けた。どうしても我が子を手にかけられない者に代わり、隣人が手を下す風習も生まれ、広まった。翼ある赤子はしばしば生まれ、親たちの慟哭《どうこく》を村に響かせた。墓には命を絶たれた赤子の翼の骨が積み重なっていった。

法に背《そむ》いて赤子を隠そうとする者も時にはいたが、おおかた一日もたたないうちに周囲に見つかってしまった。翼の生えた子どもの周辺では、説明し難《がた》い奇妙なことが起きるからだ。噂を耳にしてやって来た官兵が門を蹴立て、産屋《うぶや》の中まで踏み込んでくる。赤子は結局、銃剣を携《たずさ》えた官兵どもの手にかかり、父母は謀反《むほん》を企てたとされ円蓋《えんがい》の外に追放された。

紅真国の星主は何ゆえにそこまで翼をもった者を怖れたのか。それは、噂のためだった。翼をもった子どもは新たな時代の英雄であり、謀反の象徴であり、易姓《えきせい》革命を起こす済世主《メシア》の生まれ変わりだというものだ。そこには何ら根拠がなかったが、多くの人々がそれを固く信じていた。もとより翼ある者でなければ、空の高みに位置する星主の宮殿に行きつけるはずがないためだ。

あるとき、産神《さんしん》と麻姑神《まごしん》が自分たちの子どもを作ることにし、麻姑は赤子を身ごもった。赤子の名を別相《ビョルサン》といった。後の人々は彼のことを紅真国大別相媽媽《ホンジンこくデビョルサンママ》と呼んだ。

『耽羅記《タムナき》』中「紅真国大別相伝」より

「この世の万物には定められた伴侶《はんりょ》があるという」

産が物々しく言う。

「陰と陽、長いものと短いもの。善なるものと悪。人間を生み出す上帝の言語にさえもだ」

「遺伝子のことですか？」

寝所《しんじょ》にゆったりと横になり、麻姑が尋ねる。

「その通り」

産は筆を取り、麻姑のへそを中心に四方に線を描いた。長いものと短いものがある。これは宇宙の設計図であるとともに世の理《ことわり》である中心原理《セントラルドグマ》を象徴するもので、ひとつの命の誕生が宇宙の誕生と関わっていることを示す呪術だった。

「生命を生み出す上帝の言語は一見複雑に見えるが、実は乾坤坎離《けんこんかんり》、この四種の卦《け》の組み合わせに過ぎぬ。これら四種の卦はまた乾(☰)と坤(☷)が一対《つい》となり、坎(☵)と離(☲)で一対となる。つまり、長いものは短いものと、短いものは長いものと対応するのだと理解しておけばよい。真逆の現象どうし出会い、交合するというわけさ」

「私は難しいことはどうも……。それにしても、四種の卦の組み合わせだけで斯様《かよう》に複雑な人間が創り出されるなんて不思議ですこと」

　産は筆を置き、太く長い注射器を手にした。

「乾坤坎離の卦は三つ一組に束ねられてまた対となる。ゆえに四種の卦の組み合わせを三度自乗する。さすれば卦の組み合わせは六十四になろう。これをコドンと呼ぶのだ」

　産が説《と》いた通り、麻姑の腹にはぜんぶで六十四の卦が描かれていた。これは大成卦《たいせいか》と呼ばれる。古くから伝わる象徴だ。

「一人の人間の種にコドンの欠片《かけら》が数億個も丁寧に積み重ねられているのだが、六十四種の性情の傾向がそれぞれ違う。ゆえに人は皆、それぞれ違った個性を持ち合わせているのだ。とまあ、そういうふうに作られた赤子の種が、この注射器の中に入っておる。これをそなたの胎内に着床させれば、一つの命が芽生えるというわけさ」

　麻姑はふうっと体の力を抜き、スカートをたくし上げた。産が麻姑の足を開き、注射器を刺しいれる。出産を生業《なりわい》としてきた二人にとって、これは極めて慣れ親しんだ行為だった。

「とはいえ、今より十月《とつき》の忍耐と二十年の愛情があってこそ、立派な一人の成人に育つのだから、命を生み育てるということは、まこと切なくも苦しい道のりだな」

　赤子の種を植え付けながら、産は思わず零《こぼ》してしまった。ため息とともに。麻姑が、指を産の唇に当てる。

「そんなに深いため息をつかれてはなりませぬ。赤子の魂が飛んで行ってしまいますよ」

「何を言うか。魂など存在せぬ。生命とは産神の手で創り出された物質の組み合わせに過ぎぬのだから」

するとは麻姑は、からかうような口調で言った。

「じれったいこと。宇宙の単純な理を、産神はなぜそうややこしく苦悩なさるのです?」

「単純な理だと?」

産の声には痛みが滲んでいた。麻姑は慰《なぐさ》めるように産の顔を引き寄せ、そっと唇を合わせた。

「あなたと私は伴侶。その情が、この子を孕《はら》ませたのです」

その豊満な体で寝返りを打ち、麻姑は己《おの》が腹を撫《な》でた。

「私にはわかっております。この子は育ち、新たな世の英雄となるはず」

麻姑の手が触れるたび汗に墨《すみ》が溶け、へそのまわりに描かれた卦が乱れていくが、産が信じているのはあくまで自らの知恵と技巧であり、迷信ではなかった。ゆえに、呪術の印が崩れても特に気にかけなかった。

★

産と麻姑が誠意と忍耐を尽くした末に、無事十月が流れ、赤子が生まれる日となった。寒い夜明け、陣痛が始まったという知らせを受けた産は、髪を編みあげるひまもなく、スカートの裾をからげて麻姑の家に急いだ。ところが赤子を取り上げた婆《ばば》が気づかわしげに告げる。

「恐れながら、ちと厄介ごとが……」

「何事か。申してみよ」

「双子にございます」

「それがどうしたと言うのだ？　祝福すべきことではないか」

「それが……」

婆が言葉を濁す。

「申してみよ、早う」

「翼が生えております。二人ともにございます」

産が慌てて部屋の戸を開け放つと、麻姑の胸には果たして翼の生えた赤子が二人、しっかりと抱き合って眠っていた。誰かに見られては……。産は急いで戸を閉めた。

「乾為《けんい》天《てん》（乾は天を意味する。乾為天はつまり二つの天が重なってできている卦となり、強い天のパワーに満ちていることを意味する）の気がいやに強いと思っていたら……」

産が顔を手で覆う。

「それにしても、陰と陽そのものですね、この子たちは。白い肌と黒い肌なんて。泣き声もあげないところも普通の赤子とは違いますし」

婆が声をひそめる。疲れて寝入っている麻姑を起こさぬように。

「他に誰かいるか？　このことを知る者が」

「いえ、私以外には」

産は、しばし思い悩む。

「どういたしましょう」

婆が答えを促す。

「翼をもっているのだ。息の根を止めねば。ほかに術はあるまい」

婆は冷静に答えた。

「けれど産神、我らが計画に不可欠な子ではありませぬか。回し状を送った同志たちに、また十月待つようにと言うわけにはいきませぬ」

「だからといって、禁忌を犯すわけにはいくまい。星主に見つからぬよう隠しておくといっても、限界があろうに」

「恐れながら、私に考えが……」

婆に耳打ちされた産は両手を額《ひたい》に当てて考え込んだが、ついにはその提案を受け入れた。

「わかった。そうしよう」

婆が間髪《かんはつ》入れずに問い返す。

「では、どちらの赤子を？」

「……黒いほうを残そう。あまり見かけない肌の色であるし」

うなずいた産は、眠っている麻姑の懐《ふところ》から二人の赤子を抱きとり、両腕に一人ずつ抱いて厨房に向かった。後に続く婆が、厨房の戸を閉める。戸の隙間《すきま》から漏れ入っていた光まで遮《さえぎ》られると、すやすやと眠っている赤子たちの顔にも闇が降りた。

「片方は諦め、もう片方だけでも生き延びられるようにするのです。翼の生えた赤子の出生を自ら告げれば、とりあえずは星主の目をそらすことができましょうし、万が一不思議なことが起こったとしても、死んだ子の怨念《おんねん》と言い抜けられましょう」

産の頭には、婆の囁きが繰り返し響いていた。

産が思いに沈んでいるうちに、包丁を手にした婆が二人の口をしっかりと塞《ふさ》ぎ、翼をえぐり取った。非凡な運命のもとに生まれついた赤子らしく、翼をえぐり取られても、その傷跡を真っ赤に熱したこてで焼かれても、声を出すことはもちろん、息を荒げさえもしない。

白い赤子を見下ろし、産は謝罪した。

「この世に生まれ落ちるやいなや、こんなふうに送り出すことになってしまい、申し訳ない限りだ。どうか許しておくれ」

そして包丁を受け取り、白い赤子の喉を一息に掻《か》き切る。

その場にくずおれた産は、血に濡れた手で口を塞いだ。悲哀に満ちた嗚咽《おえつ》が漏れぬように。世《せ》故《こ》に長《た》けた婆の心にも、そのときばかりは耐えがたいやるせなさが押し寄せ、ついには涙が一筋《ひとすじ》頰を伝った。

産と婆が感情の波にもまれている間、生き残った赤子の瞳は切り落とされて転がってゆく片割れの頭の後を追っていた。黒い赤子はその夜、ついに泣き声ひとつあげなかった。

★

翌朝、白い翼が麻姑の家の表門に掲《かか》げられた。夜のうちに翼の生えた赤子が生まれ、その命を絶たれた印だ。そこには炭と唐辛子《とうがらし》が編み込まれたしめ縄も掛けられていたが、これは生まれたのが男の子だったことを意味するものだった。

陽が中天に差し掛かる頃にようやく目を醒《さ》ました麻姑は、声をあげて泣き出した。麻姑の慟哭は一週間たってもやむことなく村じゅうに響き渡った。が、紅真国の人々にとっては他人ごとではなかったため、麻姑のことを咎《とが》め立てする者はいなかった。

どうにか気持ちが落ち着くと、麻姑は生き残った赤ん坊を抱きしめた。赤子は「別相《ビョルサン》」と名付けられた。麻姑が愛しげに赤子を抱き、乳を含ませる。赤子はそれに応えるかのように、透き通るように白い麻姑の胸もとにもぐりこんだ。

麻姑の身にこれといった障《さわ》りがないことを確認するや、産は村を出た。冷たいようだが、産神としての務めがあるからだ。紅真国の赤子の出生を一手に引き受けている産は、常に時間に追われていた。いちど村を出ると、数か月も戻らないことなどしばしばだ。産神の手を経なければ、赤子は五体満足で生まれない。母親の腹の中で十月を生きられないか、どうにか生まれたとしても大病を患《わずら》う。自分の都合で予定を変えることなど許されない重責を、産は担っていたのだ。

ゆえに、赤子を育てるのは麻姑一人の役目だった。稼ぎ手のいない家に残った麻姑は、乳を売って米などの食べ物を手に入れ、別相を育てた。よその家の赤子が毎日連れられてきて、麻姑の乳を吸う。麻姑には乳が六つある。なのに赤子らはしょっちゅう争った。それを見るにつけ、別相の目には嫉妬の炎が燃えさかった。麻姑の懐から押し出されまいと、幼い別相は渾身の力で抗《あらが》う。ほんのわずかの間でも麻姑から引き離されようものなら、別相は、天井が崩れそうな大声で泣きわめくのだった。

翼をえぐり取られて失ったとはいえ、別相には人並外れたところがあり、それはとうてい隠しおおせられるものではなかった。生まれてひと月しか経っていないのに歩けるようになったし、背丈の伸びるのもおそろしく早く、赤子だというのに五、六歳の子どもと見まがうばかりだ。その尋常でない成長ぶりに、産は村に戻るたび驚きを隠せなかった。

生まれて一年ほど経つ頃には言葉を話し、文字も覚えた。産はいつも荷車いっぱい書を積んで村に戻り、別相に与えた。一か所に積み上げると別相の背丈を超えるぐらいの数だった。いつも家に籠《こも》っているばかりでこれといってやることのなかった別相は、それらの書をあっという間に読破し、しかもその内容を習得した。読み終えた書は、別相が三歳になる頃には部屋ひとつをぎっしり埋めた。おかげで別相は、並みの大人などおよびもつかないほど優れた学識を身に着けていた。

体の成長も相変わらずで、別相はいまや十歳の子どもと言われても信じるくらいになっていた。とはいえその内面は依然として未熟な赤子のままで、麻姑の懐に張り付いて決して離れようとしない。別相と麻姑はまるで二人で一体であるかのように、常に一緒だった。別相の頭をなでながら、麻姑は一日に数百回も囁《ささや》いた。

「よしよし、いい子ね。愛しい私の別相」

麻姑の乳を口に含み、別相が尋ねた。

「愛しい？　それ、どんなこと？」

「わが身の肉をむしり取って食べさせられるぐらい大切に思ってるってことよ。いつかはあなたも誰かのことを愛しいと感じるようになるわ。いま私があなたのことを思っているのとおんなじにね。その時が来たらわかるはずよ。人を愛おしむ気持ちがどんなものなのか」

「じゃあ、産と麻姑も愛し合ってるの？」

「そうよ」

悩んだ末に、別相は言った。

「俺も麻姑を愛してる」

石膏《せっこう》のように白い麻姑の体に別相の浅黒い顔が影のように重なる。そんな我が子を見るにつけ、麻姑は不安に襲われた。抱いていると両腕がしびれるほど大きく育った我が子。この子の成長は早すぎる。この子がどんな子なのか、人に知られたらどうしよう……。

が、それは杞憂《きゆう》に過ぎなかった。もとより紅真国の人々は、体におのおの大小の欠陥を持っていた。それに寿命も人それぞれだ。なので、別相のことを特に気に留める者はいなかった。あまり見かけない浅黒い皮膚が、時おり人々の口の端《は》にのぼるくらいだった。

産はふつう三、四か月にいちど帰ってきた。しかし別相は、産の帰りを内心うとましく思っていた。麻姑を取られてしまうからだ。二人は奥の部屋の戸を固く閉ざし、こもってしまう。別相を遠く離れた客間に追いやって。いくら駄々《だだ》をこねても泣いてすがっても、聞き入れてもらえなかった。

「いいか、大人の言うことはおとなしく聞くのだ。躾のよい子はな、そもそも大人のしていることに口を挟まないものだぞ」

にべもなく言い渡し、産が客間の戸を閉める。別相はその日も一人、暗く寒い部屋にうずくまって夜を明かすことになった。

朝になると、産は別相の手を引いて村を出る。麻姑のそばにいられないので内心ありがたくはないが、別相は不平を言わずに従った。日頃はほとんど見ることのない街を見物できるのが、それなりに楽しかったからだ。

街は見たこともないものであふれていた。崩れた塀《へい》。地面に寝ている孤児《みなしご》たち。彼らを捕まえ、引っ立てていく軍卒。立ち込める火薬のにおいにねばついた血の跡。屍《しかばね》に群がるハエとネズミの群れ。ネズミは目玉を食らい、ハエは卵を産み付ける。訪れるたびに行われている聞きなれぬ名の祭り。しかし人々は、どうにも楽しげには見えない。そんな街の風景を別相は注意深く、かつ隈《くま》なく観察する。そして何か気になるものがあれば、産に訊いた。

「あれは何？」

高い所を指さして問う。

「空だ。紅真国の全体をな、透明な円蓋が覆ってるのさ」

「何のために？」

「外の毒から人々を守るために」

「毒？」

「放射性物質さ。昔、核っていうものが空から降ってきて、九十九個の巨大な穴をあけた。その穴からそれぞれ違う種類の毒が噴き出し、二万四千年にわたって天地を汚染すると言われている。それらの毒は目に見えずにおいもしないが、それに触れた人間をたちまち病みつかせる。ふつうの人間は、一息吸い込んだだけでも死に至るらしいな」

「じゃあ、あの外は毒でいっぱいなの？」

「私が知る限りではな。円蓋の外に出て三百歩進み、そのあと生きて戻った者はいないと聞くな」

怖気《おじけ》づいて体を震わせながら、空高く浮かぶ円蓋を見上げていた別相は気づいた。あれ、あそこに宮殿がある。

「あの高いところに見えるうちは、なに？」

「うん？　ああ、星主の宮殿だ」

「星主？」

「ああ。この地の支配者さ」

「支配って？」

「人々の生き方を決めることだ。どんな仕事をするのか、どこに住むのか、誰と婚礼をあげ、いつ子どもを作るのか。どれもこれも、星主の匙《さじ》加減ひとつにかかってる。紅真国の百姓《ひゃくしょう》はな、みな星主の命に従わなければならないのだよ」

「なんで？」

「星主に逆らうことは禁じられてるからさ」

「それ、破るとどうなるの？」

「ああなる」

　産は遠くのほうを指し示した。そこには生首があった。血をぽたぽたと垂らして飾り物のように吊る下げられている。首の上には扁額《へんがく》が掲げられ、そこには人の顔を描いた絵が入れられていた。その下を軍卒たちが足並み揃えて行進している。銃剣を振り回し、周囲の人々に向かって声を荒らげる。その足もとには一人の女。獣のように這いつくばって踏みつけられている。

「えっ、あんなことされてどうして我慢してるの？　星主ってそんなに強いの？」

「いや。だがな、とてつもなく強い者たちが側近として仕えているのだそうだ。みな不思議な能力の持ち主で、私のような女など、百人でかかっても倒せないぐらいに強いんだそうだ。だがな……」

産は別相にひそ、と耳打ちした。

「いつかはそなたのほうが強くなるやもしれぬ。ことによるとな」

別相の瞳が喜びに輝いた。彼は今、世の人たちがいまだ知らぬ秘め事をひとつ知ったのだ。別相の胸が膨れ上がるのを感じつつ、産は続けた。

「決して忘れてはならぬぞ。人は誰も生きるに当たり抑圧されてはならぬもの。何者かがその自由を束縛するのなら、それに抗い立ち上がらねばならぬのだ。そなたにも遠からず、そんなときが訪れるであろう。その時のため、備えを怠らぬようにするのだぞ」

自由という言葉の意味は、そのとき別相にはわからなかった。だが、その言葉を発したときの産の厳《おごそ》かな顔は、その胸に深く刻まれたのだった。

★

「学堂に通うように」

半年ぶりに戻った産が、挨拶もそこそこに言い渡す。別相は、すぐさま反発した。背丈はいまや産をはるかに追い越し、肩はがっしりと広くなり、あごにはひげまで生え始めている別相は、十五より下にはとうてい見えなかったが、実際は五歳だった。産は別相を見上げ、もう一度命じる。

「学堂に通うのだ」

「でも、でも……」

別相は渋《しぶ》る。

「学堂に行ったら、麻姑と一緒にいられないじゃないか！」

思わず叫んでしまう。家をも揺るがせそうな大声だった。産は両耳をふさいで顔をしかめた。

「落ち着いて、静かに話しなさい」

依然として憤懣《ふんまん》やるかたない顔をしながらも、声だけはひそめて別相は言い張った。

「やだ。行かない」

「なぜだ。早く大人になりたくないのか？　大人になれば、好きなことを思いっきりやれるぞ」

「……なりたい。大人には」

「なら、おとなしく学堂に通うのだ。学堂を終えなければ、冠礼（成人の儀式）も行えないのだからな。一年だけ我慢しなさい。さすれば冠礼の儀式に参加できる。そしたらそなたはもう大人だ。何でも望む通りにできるぞ」

　別相は瞳に不満を湛《たた》え、頬を膨らませて黙り込んだ。

「学堂は、やだ！」

　別相は結局そう言い残し、客間に駆《か》けこんで乱暴に戸を閉めた。

　その日の夜のことだ。産が戻っているのだから、今夜はまた一人に違いない。そうとばかり思っていたのに、どうしたことか、麻姑が別相を呼ぶ声が聞こえてきた。部屋に来るようにと言っている。奥の部屋に足を踏み入れた別相は、注意深く辺りを窺った。産の姿はない。傍らに来た麻姑に頭を撫でられ、訊かれる。

「なぜ学堂が嫌なの？」

　別相は、ぶんぶんとかぶりを振る。

「だって、麻姑と離れなきゃいけないじゃないか。麻姑と離れると嫌なことが起きるんだ。いつもそうなんだもの」

「怖いの？　そのことが」

「……うん」

麻姑は、ふくよかな胸に別相を抱き寄せた。首にかけた首飾りをひとつはずし、別相の首にかけてやる。

「なあに、これ？」

「代々の麻姑神がつけてきた特別な首飾りの一つなの。周囲の邪悪な気を感知して、教えてくれるのよ」

別相は、草の葉色をした玉に触れた。ひとつひとつ、数えるように。同じものが、麻姑の首にもかかっている。

「いいわね、別相。私たちはこうしてつながってる。だからね、悪いことなんて絶対に起こるはずがないの。心配しないで、私があなたを守るから。何があってもよ」

麻姑が温かな声で説き聞かすと、別相は泣き出してしまった。

「あらあら、子どもねえ、相変わらず」

麻姑の手が別相の背中を撫でさすった。鋼鉄のように硬い別相の筋肉。その筋を麻姑の細い指がたどる。別相にとっても麻姑にとっても、その夜は眠れぬ夜となった。

★

ついに朝が訪れた。別相が駄々をこねるので、麻姑はしかたなく別相と手をつなぎ、一緒に学堂へと向かった。学堂は村の外れにある。木々が鬱蒼《うっそう》と生い茂った深い森を抜けると、コンクリートの建物が見えてきた。古びて、もらい錆《さび》があちこちに浮いている。別相が、つないだ手にぎゅうっと力を込める。麻姑は痛みを堪《こら》え、別相の背を押した。

「さあ、行っておいで」

「ここで待っててくれる?」

「いいえ、家で待ってるわ」

「終わったら、迎えに来てくれる?」

麻姑は答えず、ただ微笑《ほほえ》んだ。抵抗も、もはやこれまで。別相はいやいや手を放し、建物の入り口をめざす。何度も振り返る別相を、麻姑は同じ場所で見守っていた。よもや首飾りが何か囁いていないか。別相はそっと耳を傾《かたむ》けてみる。何も聞こえない。安心した別相は、学堂に入っていった。

別相は母親に手を引かれて学堂に来た。噂はその日のうちに学堂全体に広まり、別相はたちまち生徒たちの揶揄《やゆ》の的となってしまった。十五歳の少年少女の集まるところへ五歳の心を持つ別相が入ったのだ。うまく交われるわけがない。彼の浅黒い肌は学友たちの目を無駄に引き、これまたからかいのタネになった。

中でも別相をひどくいじめたのは、ソンドクという名の少年だった。ソンドクは、初日から別相を屋上に呼び出した。行ってみると、そこにはソンドクの手下どもが勢ぞろいしていた。一方、別相の味方は一人もいない。別相は結局、理由なき暴力にさらされる羽目になった。

ソンドクとその手下どもは、学堂の支配者だった。学堂の生徒はみな彼らの言いなりで、金品を捧《ささ》げたりしていた。ソンドクは、別相もみなと同じようにすることを求めたが、別相は拒《こば》んだ。産の教えが頭によみがえったからだ。

「人は誰も生きるに当たり抑圧されてはならぬもの。何者かがその自由を束縛するのなら、それに抗い立ち上がらねばならぬのだ」

別相はそう言い放ち、さらに殴る蹴るの暴行を受けた。

その日の夕方、つらい一日を過ごして帰宅した別相は、麻姑の胸にすがりついてわんわん泣いた。別相はソンドク一派に何をされたかを麻姑に告げた。皺《しわ》だらけになったチョゴリのひもをほどき、痛めつけられた体を見せて。けれど麻姑は信じてくれない。学堂が嫌で嘘をついているのだとばかり思い、優しく宥《なだ》めるだけだ。麻姑が誤解したのも無理はない。何とも不思議なことに、体の傷がきれいさっぱり消え失せていたのだ。別相はもどかしさを堪え、しょんぼりと眠りについた。

翌日も、そのまた翌日も、麻姑は別相の手を引いて学堂に連れていった。別相がどんなに嫌がっても聞く耳持たず。別相は黙って席に着き、手本に顔を埋《うず》める。怖気づいているのを気取られないようにだ。誰とも目を合わせず、誰とも口を利かない。喧嘩《けんか》も交流もせず、ひたすら学問に専念しようとした。なのに学堂で教えることといえば、星主の業績を褒《ほ》めたたえる内容ばかり。彼が学ぶべきことはそこにはなかった。

そんな努力にもかかわらず、ソンドク一派のいじめは続いた。彼らは何かと難癖《なんくせ》をつけ、休み時間ごとに別相を呼び出す。ソンドク一派がなぜ支配者となれたのかは、じきにわかった。彼らは不思議な力を持っていて、大人に内緒でその力を養っていたのだ。ソンドクは、ふつうの少年より何倍も強い腕力を持ち、その親友のガンモクは念力を駆使し、彼らにいつもくっついているユンヒという少女は、人の心を読み取れた。

まずガンモクが念力でもって別相の動きを封じると、次は筋肉を限界まで膨らませたソンドクが思うさま腹を蹴りつける。さんざんに蹴られた別相ががっくりと膝を折り、胃の中のものをそっくり吐き出す。すると、ガンモクがまたもや念力を駆使して別相を立ち上がらせ、ソンドクがその胸を殴る。そんな暴力が無限に繰り返された。

退屈な授業を聞かねばならず、また一方では暴力に耐えねばならない日々が続いた。学びは無意味で、与えられるのは苦痛ばかり。疲れ切った別相は、もはや麻姑にも涙を見せなくなった。麻姑に作り笑いを見せて学堂に入り、黙々と一日を耐え、帰宅する。そんな毎日を送るようになった。

別相が如何《いか》なる暴力にも屈さないので、ソンドク一派のいじめ方はますます残酷なものになった。別相が尋常でない回復力を持つことを知った一派は木刀を振り回し、遠慮会釈なく別相を打ちすえた。別相の体は傷だらけになり、あざができた。何時間も気を失っていたことさえあった。そのとき別相は、いちど死んで生き返ったかのような錯覚を覚えた。

「降参しないの?」

気がつくと、目の前にユンヒの顔があった。別相の顔に煙草《タバコ》の煙を吐きかけ、ケラケラと笑う。

「痛い?」

「ぜんぜん」

「ウソ」

ユンヒが別相の頰を張り、内腿《うちもも》に火のついた煙草を押し付ける。反射的に迸《ほとばし》ろうとする悲鳴をソンドクの手が塞ぐ。

悪辣《あくらつ》な暴力にどんなに苦しめられても、麻姑の首飾りは依然として沈黙を続けた。別相はもはや首飾りの効験《こうけん》など信じていなかった。麻姑に対する愛情さえも失われつつあった。嘘をついて安心させ、苦痛の中に押し込んだ麻姑が憎かったのだ。

その日、別相は麻姑に尋ねた。寝床に入る前のことだ。

「もしさ、俺のことを嫌いだっていうヤツがいたら、どうしたらいい？」

「学校にそんな子がいるの？」

「いや、いないけど、もしも。もしもさ」

「そうねえ……あなたのことを好きにさせる」

「どうやって？」

「真心を見せるのよ。そうすれば、心は必ず通じるわ」

「真心を見せてもダメだったら？」

「努力しなきゃ。通じる時まで」

それを聞いた別相の心に、とうてい堪えきれぬほどの怒りが込み上げた。

「努力したよ！　充分に努力した！　今だって……」

別相は、世界が吹っ飛んでしまいそうな大声をあげ、麻姑の胸にガバッとすがりついた。大柄な麻姑の体もひっくり返るほどの勢いだった。

「なぜわかってくれないんだよ、俺の気持ちを！」

麻姑の体を両腕で思いっきり抱きしめる。身は砕けそうになり、息がつまったけれど、麻姑はそんなそぶりを見せなかった。そのふくよかな胸に別相をやさしく抱き、落ち着かせようと試みた。躍《おど》るように脈打つ別相の心臓が麻姑の体を叩き、はじけんばかりの衝動に満ちた肉体が固くなる。十五歳の体を持つ五歳の子どもは、生まれて初めての体の変化に為す術《すべ》もなく振り回された。そのとき。麻姑が鋭い悲鳴をあげた。体じゅうに鳥肌を立てて。

ビクッと身をおののかせて離れた別相に、麻姑は初めて手を上げた。別相の目の前を閃光《せんこう》が走る。頬を押さえた別相は、怯え切った表情を浮かべていた。麻姑は立ち上がり、別相を見下ろす。

「別相、あなたはいま大きな過《あやま》ちを犯すところだったのよ、私に対して」

別相は負けじと歯向かった。

「過ち？　どんな？」

「あってはならないことよ。子どもが母親にそんな気持ちを抱くなんて。それはね、おぞましい獣の所業よ」

「違う」

麻姑を見る別相の目が険しくなる。

「母親じゃない」

「え？」

「俺は麻姑からひとかけらの遺伝子も譲り受けてない。俺の体には、麻姑の血なんか流れてない。愛しいあんたの腹ん中に入ってただけだ」

別相が立ち上がる。

「俺はあんたのことを……」

「ああ、何てこと。あなたを獣に育て上げてしまったなんて……」

言い募《つの》ろうとする別相の口を塞ぐべく、麻姑は鞭《むち》を手にして無我夢中で振り回した。追い詰められた別相が転倒し、部屋の扉に激しくぶつかる。衝撃で扉が開き、別相は庭に転げ落ちた。

しばらくのち、体の震えとあえぐ息を鎮めた麻姑は、髪と衣服の乱れを直しながら別相に冷たく言い渡した。

「今日からは別の部屋で寝ましょう」

奥の部屋の扉が閉まり、鍵がかけられる。別相の目から涙があふれ出た。彼は地面にうずくまったまま、長いことすすり泣いていた。

別相はその夜をひとり庭に寝そべって明かした。空の彼方《かなた》では星が瞬《またた》いていた。美しいけれど手が届かない星々。産に読まされた歴史書によると、耽羅の古い祖先はみな星々の秩序や法則を読み取る力を持っていたという。船に乗り、星間を自由に旅する人も多くいたと。恒星系がひとつの旗のもとに統一された躍動的な時代もあったそうだ。どれも核というものが落ちる前、一万八千の神々が生きていたころの話だが。なのに、今の世界は九十九種の致命的な毒に覆われてしまっている。空の道は閉ざされ、大地には目に見えない呪いがかけられた。人は今や脱《ぬ》け出せない。星主の定めた禁忌《きんき》でがんじがらめになった狭苦しい円蓋から、ほんの一歩も。別相に至っては、ちっぽけな学堂から脱け出すこともできずにいる。不合理だ。すべてが。自分の力ではどうすることもできない世界を別相は憎んだ。

早く大人になりたい。

心の中で繰り返しそう呟きながら、別相はいつしか眠りに落ちた。

★

俺は麻姑に愛されていないのだろうか。

別相は、悩みに沈んでいた。そのせいか、ソンドクに無茶苦茶に殴られていても、まったく痛みを感じない。別相にとって、いまや暴力による苦痛など苦痛ではなかったのだ。

どんなに殴られても痣もできない。殴っているソンドクが息を切らせているのにだ。

「痛くないみたい。ぜんっぜん」

別相の心を読んで、ユンヒが唇を震わせる。それを聞き、遠巻きにしていた生徒たちがざわめく。ソンドクは焦り、筋肉を最大級に膨らませた。

「そうか。なら、これでも食らえ！」

ソンドクの拳が別相の顎に炸裂《さくれつ》した。別相の体が宙に浮き、屋上の端まで吹っ飛ばされる。それでも別相は立ち上がる。ソンドク渾身《こんしん》の一撃がまったく効いていないようだ。怒り狂ったソンドクは別相の顎《あご》をつかんで体ごと持ち上げる。それでも別相は顔色ひとつ変えない。

「おい、いい加減に降参しろ！　でなきゃ落っことすぞ、ここから！」

ソンドクが怒鳴る。けれど別相の心はまったく違うところをさまよっていた。頭から消えない夕べの麻姑の表情……。わめきたてるソンドクの声がひたすら鬱陶《うっとう》しい。

なんで俺がいじめられなきゃならないんだ？　こんなことして、こいつらは面白いのか？　もしかして気分がすっきりするんだろうか、人を殴ったら……。

よし、いっぺん試してみよう。別相は、ソンドクの胸を力いっぱい蹴りつけてみた。これまで暴力を振るったことがなかったので今ひとつ恰好《かっこう》はついていなかったが、その一撃はソンドクを刺激するに充分だった。怒り心頭に達したソンドクは、屋上から別相を放り投げた。キャッ！ユンヒが悲鳴をあげる。そのとき別相は考えていた。ふうむ、わからないな。もういっぺんやってみなきゃダメか。

真っ白な周防衣《トゥルマギ》（上着、羽織）を翼のようにはためかせ、別相の体はあたかも宙を舞っているように見えた。風が気持ちいいな。ゆったりと目を閉じる……。そのとたん、別相の体は地面に落ちた。地響きを立てて。

「おいガンモク、何やってんだよ！　念力で止めることにしてたろうが！」

「やったよ、やったんだって！　でも止まんなかったんだよ！」

声を張り上げてのやり取りが屋上から聞こえてきた。

「ねえ……死んでんの？　もしかして、死んじゃった？」

ユンヒが首を突き出して声をかける。その問いかけに答えるかのように別相がガバッと起き上がった。骨が折れてはいないか体のあちこちを探ってみるが、どこも何ともない。そのとき別相は感じた。背中の傷から肉芽が盛りあがってきている……。別相はまっすぐ屋上をめざした。

屋上に着くと、見物していた生徒たちが悲鳴をあげて散った。別相は迷わずソンドクに歩み寄る。

ガンモクが制止しようとするが、念力が効かない。別相は躊躇《ためら》うことなくソンドクを蹴とばした。今度はかなり恰好がついている。ソンドクの体が空を舞い、屋上の端っこに落ちる。別相は、さっき自分がやられたのと同じようにソンドクの体を持ち上げた。

「降参か？」

ソンドクはうなずくと、声をあげて泣き出した。ソンドクの袴《パジ》がびしょびしょに濡れている。

別相は声をあげて笑い、ゆっくりと彼を床におろした。

いつの間にかユンヒが別相の傍らに来ていた。

「ねえ、あたしはさあ、あんたの味方だったんだよ、はじめっから。だけど無理やり……」

「ウソ」

別相はユンヒの頰を叩き、踵《きびす》を返して階段を降りていった。

鉄の門がガチャンと閉まると、生徒たちが一斉に口を開いた。たったいま目の当たりにした光景を、まるで武勇伝のようにしゃべっている。別相の勇ましさを称える一方で、敗れたソンドクをあざ笑う。

そのうち、ひとりがぽつんと口にした。みんな見たよな、あれ……。

別相のすぐ近くで事の始終を見守っていた少年だ。屋上が瞬く間に静まり返る。少年の次の言葉を皆が息を殺して待つ。とはいえわかっていた。彼が何を言わんとしているのか。口には出さなくとも、みな同じことが気になっていたのだから。

別相の服の裂け目から覗いた真っ白い羽根……。

★

学堂からの帰り道。別相はにわかに恐くなってきた。震える手をぐっと握り、息を切らして家に駆け戻る。麻姑の笑顔が見たい。でないと不安でたまらない……。

ところが、表門から入ろうとした彼が目にしたのは軍卒どもだった。長い銃剣を振り回して麻姑を殴りつけている。麻姑のきれいな顔は血まみれになっていた。麻姑の鼻から血が噴き出し、床を染める。それを見た別相の血も沸騰《ふっとう》した。

「麻……」

叫ぼうとした刹那、何者かに後ろから襟首をつかまれ、口を塞がれた。産だった。

「ついておいで」

「ねえ、いったい何が……」

「早く。静かにおし。しゃべるんじゃないよ。麻姑は大丈夫だから」

鬼気《きき》迫る産の表情に気圧され、別相は黙って路地裏を歩いた。産の歩みがあんまり速いので、付いていくのに骨が折れた。日が暮れてあたりが暗くなる頃まで二人は歩き続けた。森の奥深くまで分け入ると、産はようやく歩みを止めた。あえぐ息を整え、口を開く。

「もっと遠くまで行けるかと思ったのだが……。いいか、軍卒どもが後を追ってくるはずだ」

「いったい何があったんだ？　俺が学堂の授業をサボったりしたからか？」

「そうじゃない。それはな、褒められてもいいことだ。抑圧に屈しなかったということだからな」

「じゃあ、他のヤツを殴ったから？」

「違う。それもまた、褒められるべきことだ。悪行の仕返しをして、そやつに教訓を与えたのだから」

「え、じゃあ、なんでだよ?」

「思い当たる節がないと言うのか!」

産が別相の翼をつかみ、ぐいと引っ張る。

「翼をもつ子どもはな、星主に捕まって惨殺《ざんさつ》されるのだ。なのに、そなたの軽はずみな振る舞いのせいで学堂の子らに知られてしまった。人の口に戸は立てられぬ。もはやうわさは村中に広まっているはず。取り返しはつかん」

産は別相の背を押した。

「逃げろ。軍卒どもが追いついてくる前に、できる限り遠くまで」

別相が泣きそうな顔になる。

「でも、どこに行ったらいいんだよう?」

「円蓋の外へ。世界の果てに行くんだ。そなたが求める真実がそこにあろう」

「だけど、外に出たら死ぬんだろ?」

「そうだ。しかし、そなたは違うはず。私がそう設計したのだから」

「麻姑は? 麻姑を置いて行けって言うのか?」

「大丈夫だ。そなたは生きて戻りさえすればよい。そうすれば、麻姑を救い出す道も開けよう」

「やだ!」

ごねる別相の肩を産はひっつかみ、有無を言わせずその目を覗き込む。

「いいか、よくお聞き。一回しか言わぬから。そなたはな、世界の果てに行くことになっているのだ。ソンドクを頼るがよい。手を貸してくれるはずだ」

「産……ソンドクを知ってるのか？」

答えはなかった。いったい何がどうなっているのか別相は依然としてわかっていなかった。が、これ以上問いただしている暇はないということはわかった。軍卒どもの足音が聞こえてきたからだ。懐中電灯に火をつけ、産が促《うなが》す。

「早く行け。あやつらは私が引き受ける」

麻姑を救い出したい。でも、今はその術がない。別相はやむなくうなずいて、足を踏み出した。森のさらに奥深くへと。背後から産の声がした。別相とは逆の方向へと駆けながら、叫んでいる。

「義を以って立ち上がり、虐政を覆《くつがえ》す！」

さらに遠くからもう一度。

「義を以って立ち上がり、虐政を覆す！」

それよりさらに遠くからまた。

「義を以って立ち上がり……」

そして、声は途切れた。

★

いつもよくないことが起こるんだ、麻姑から離れると。いちばんはじめは双子の兄弟と翼を失った。産と二人で街に出たときは、宙にぶら下がってる生首を見ちまった。学堂ではいじめられたし。なのに、とにかく遠くまで行けって？　どれだけひどい目に遭うんだろう、今度は。

★

家を出て数日後。放浪生活でぼろぼろになった別相が家に戻ってみると、人っ子ひとりいなかった。麻姑はどこに連れていかれたんだろう。藁《わら》にも縋《すが》る思いで手がかりを探したが、何ひとつ見つからなかった。拳を固め、じれったい思いを壁にぶつける。壁は崩れ、がらがらと音を立ててコンクリート製の瓦《かわら》が降ってきた。

大人にならなきゃ。誰よりも強い大人に。麻姑を取り戻せるぐらいに、誰にも麻姑を奪われないくらいに。麻姑の首飾りを握りしめ、別相は心に誓った。

学業を修めた少年少女は冠礼の儀式に参加する。今回の儀式まであと数日。参加者の群れに混ざれば外に出られるんじゃないだろうか。冠礼は大人になるための儀式だ。それさえ済ませれば、彼が大人だということに誰も異を唱えまい。着っぱなしで黄色っぽく変色した周防衣を頭からかぶり、別相は闇に身を潜めた。

翌日の午後、別相は学堂に忍び込み、屋上に向かった。相変わらずソンドク一派がたむろしている。別相はソンドクの胸倉をつかんだ。

「お前、冠礼に出るだろ?」

ソンドクは怖気づき、素直に答えた。

「ああ、出るよ」

「お前らも?」

ガンモクとユンヒがうなずく。別相はソンドクから手を放すと、淡々と膝を折った。

「俺に手を貸してくれないか。冠礼に出たいんだ」

別相の思いがけぬ出方に驚き、ソンドク一派は顔を見合わせていた。ユンヒが恐る恐る進み出る。

「ねえ、事情、話してもらえる？」

「大切な人が軍卒どもに連れていかれた」

「え、軍卒に？　そのひと誰？　どれくらい大切なの？」

別相は、しばし口ごもった。

「……う、あの、家族なんだ」

言うや否や、ユンヒに頰を打たれる。

「ウソ」

別相はユンヒと目を合わせられず、顔を背《そむ》けた。

「軽蔑したけりゃしろよ。俺はな、汚らわしい獣なんだ」

「……ちょっと待て。それと冠礼とどんな関係があるんだ？」

「俺も何が何だかわからん。でも、ある人に言われたんだ、外に出ろって。世界の果てまで行って来いって。そうしなきゃ、大切な人を救えないって」

「その、ある人って？」

「俺の親」

ユンヒが目を丸くする。

「あんたの親って産神よね。ねえ、産神に言われたの？　外に出ろって？」

「ああ」

ソンドク一派は顔を引き締め、互いに目を合わせた。ガンモクが念力を使い、別相を立ち上がらせる。ユンヒが歩み寄ってきて、体の埃《ほこり》を払ってくれた。

「どうやら俺たちがお前を助ける番みたいだな、兄弟」

ソンドクが言った。

「誰が兄弟だよ」

ソンドクに代わってユンヒが答える。

「だって、産神の子どもでしょ。あたしたちみーんな」

★

冠礼の日が訪れた。儀礼に参加する少年少女は皆はしゃいでいる。別相は服の襟を引っ張って顔を隠し、その群れに紛れ込んでいた。時間になった。参加者たちは二列に並んで足並みをそろえ、東の空の果てをめざして出発する。円蓋の外に続く通路を軍人たちが警護していた。

冠礼の儀式が始まる直前、ガンモクが別相に通行証をくれた。一人の少年のポケットから念力を使って失敬したものだ。ソンドクは体を最大限に膨らませて別相の体を隠してくれ、ユンヒは軍人に目くらましの術をかけて、別相の顔を他の子の顔に見せかけた。

程なくして一人の少年が泣きだし、家に帰された。ガンモクに通行証をちょろまかされた少年だ。軍人たちはその少年には毛ほどの関心も示さず、残る参加者に厳しい監視の目を向けていた。

「百歩だ。百歩進むと前に赤い旗が見える。それをひとつ取って戻ってくれば、それで試験は終わりだ。旗を持ってきた者には髷を結うことを許す。わかったな？」

「はい！」

少年少女たちが声をそろえた。

「また、いちばん遠くまで行けた者には褒賞が与えられる。星主が手ずから下賜《かし》される特別褒賞だ。だが……」

軍人はいったん言葉を切ってから、きっぱりと言い切った。

「これは命に係《かか》わる。決して無理をしてはならぬぞ。わかったな？」

「はい！」

参加者たちがまた声をそろえて答えた。

軍人たちが狐《きつね》の面をつける。円筒形の瘤《こぶ》のようなものが付いた面だ。そして、ずっしり重い鉄門がゆっくりと開かれてゆく。その隙間から冷たい風が吹きつけてくる。参加者たちにとっては生まれて初めて触れる外の空気だ。別相は腕で体を抱きしめるようにして、群れに混じって進んだ。すでに旗は見えている。いくらも離れていないところだ。百歩とは、たかだかその程度の距離なのだ。皆たちまちたどり着き、一本ずつ旗を持った。

そこでほとんどの参加者は回れ右をして戻っていった。が、さらに進もうとする者もいた。自分がどれほど大胆不敵《だいたんふてき》なのか、同じ年頃の者たちに見せつけてやりたいと思う部類で、十人ほどいた。彼らは前に進んだが、じきに赤いしめ縄に阻《はば》まれた。二百歩の地点だ。

みな一様《いちよう》に旗を抜き取り、踵を返す。さらに進んで戻れなくなったらどうなるか、年長の者から聞いているからだ。ところが別相は戻ろうとせず、じっとその場に立っている。産の顔が思い浮かんだ。円蓋の外は毒で汚染されている。そう言ったときの顔が。怒りがふつふつと込み上げてくる。己《おの》がゆく手を産に阻まれているような気がしたのだ。

「ダメだ、こんなんじゃ」

別相は言った。

「何がダメなの」

ユンヒが訊き返す。

「言われるがまま、ただ線に沿って歩いてきただけじゃないか」

「どうしてそれじゃダメなの？」

「まだ終わりじゃない」

そう言いおいて、別相は握っていた旗を地面に刺し、線を越えた。一歩すすむ。ソンドクが押しとどめた。

「赤い線を超えちゃダメだ。それは禁忌だ。昔っからの」

「関係ない」

「死ぬことになるんだぞ、進んだら」

「三百歩までは大丈夫だって聞いてる」

三人はため息をつき、別相に続いた。三百歩もさして遠くはなかった。三百歩の地点には紫色の線が引かれていた。死を意味する線だ。けれど別相は、そこで止まりたくはなかった。

「どうする？　俺は進む」

今度はガンモクが止めた。

「これ以上はムリだ！　親父が言ってた。この道を最後まで行くと、隠された百番目の穴がある。その穴が開いたら最後、ありとあらゆる邪悪なものが飛び出してきて、世界が滅びるんだって。そうなったらみんなおしまいだ！」

何をバカな。別相は思わず吹き出してしまった。

「恐けりゃ戻れよ」

「わかんねえヤツだ」

呆《あき》れたとばかりに首を振り、ガンモクが踵を返す。が、ソンドクとユンヒは残った。

「わかった。いっぺん行ってみよう」

ソンドクがそう言って、線を越えた。別相とユンヒも後に続く。ユンヒが不安げに後ろを指さした。

「ねえ、高い塔があるの、見える？」

「ああ」

ユンヒのいう通り、円蓋の上に真っ白い塔が聳えている。その頭は空の果てに達していた。

「あの塔が見えなくなったらね、二度と戻る道を見つけられなくなるんだって。だから、そうなる前に戻らないといけないんだって、絶対に。大人の人たちが言ってた」

「ハッ、それも禁忌なのか？」

そう言いおいて、別相は足早に歩を進める。周囲の風景がどんどん変わってゆく。赤く染まっていた世界は徐々に色を失って灰色になり、空は黒雲で覆われて暗くなってゆく。

いつのものか見当もつかない骸骨を道端に見かけるたび、一行の心は怯んだ。

ツツツー
別相の首飾りがだしぬけに鳴り始めた。不吉な音だ。羽虫が弾け飛ぶような音とでもいおうか。緑色だった玉が、いつしか黒みがかってきている。邪悪な気が周囲に満ちてきているのか。別相は少し怖くなった。

「あれ、なんだか……」

後ろからソンドクの声がした。

「鉄の味が、口ん中……」

振り向くと、ソンドクの顔にはできものが幾《いく》つも吹き出ていた。その隣でユンヒが震えている。

「なんかお腹、痛い」

衣服の下腹あたりが赤く染まっている。ユンヒは出血していた。

「もういい、戻れ。ムリだ。これ以上は」

別相が二人に声をかける。

「でも、あんたは?」

ユンヒの問いに、別相は気丈に答えた。

「心配ない。知ってるだろ? 俺の体はな、お前らより丈夫にできてんだ」

二人がうなずいて戻り始める。けれど何歩も進めず地面に倒れ伏した。二人は死にかけていた。体内に毒素がたまってしまったのだ。もはや取り返しがつかないほど大量に。首飾りが鳴らない場所を探し、別相は二人を並べて寝かせた。

「すまん。わざとやった」

ソンドクが辛そうに口を開く。

「ん？　何をだ？」

「お前のこといじめたろ。あれ、頼まれてやったんだ。世界を救う、済世主《メシア》を覚醒させるために必要なことだって言われて……」

「頼まれた？　誰に？」

ソンドクが咳き込む。彼の口から血がしぶいた。

「うん、その人。あんたもよく知ってる……」

別相の心を読んだユンヒがソンドクに代わって答えた。別相は頭を抱えて咆哮《ほうこう》した。混乱していた。みんな産神の計略《けいりやく》通りだったっていうのか。俺がこれまで生きてきたすべて。翼をもって生まれたのも、異常に早い成長も、学堂でいじめられたことも、麻姑を危険にさらしたことも、あれもこれも、どれも……。

「ああ、何てことだ……。俺がバカだった。産神なんかの計略にまんまと引っかかって、それでお前らをこんな目に遭わせちまった。すまない、ほんとに……」

別相が謝罪すると、ユンヒが最後の力を振り絞って別相の頬を打った。

「ウソ」

その一言を最後に、ユンヒは眠りについた。

★

別相もうっかり眠ってしまっていた。目を開けるとソンドクが起きていて、出発の支度をしていた。休息をとったせいか、気力がいくらか戻ってきているようだ。

「行こう」

ソンドクが促す。

「大丈夫か？」

「どうせもう生きては帰れん。だから、一緒に行かせてくれ。先に進んでみたくなってな、どうせなら」

「ユンヒは？」

「ユンヒは……先に行ったよ」

別相が察して、ソンドクの頰を叩く。

「ウソ」

「ああ、その通りだ。死んだよ、ユンヒ。お前が眠ってる間に俺が埋めてきた」

ソンドクが歩き出す。別相は黙りこくって後に従った。

ツツツツツー
首飾りがしきりと不吉な音を響かせるようになってきた。別相は片手で玉を握りしめ、できるだけ音が響かないようにした。いくらか回復したかのように見えていたソンドクだったが、じきにまた具合が悪くなり始めた。歩き詰めに歩いたその日の暮れ方には、全身の皮膚が爛《ただ》れ、膿《うみ》が噴き出していた。

ツツツツツツツツツツー
「毒、強くなってきてるみたいだな」

音を聞いたソンドクが言う。

「でも、それだけ目的地に近づいたってことでもあるさ」

ソンドクの言う通り、新たな風景が広がり始めていた。見たこともないほど高い建物の間を黒い道路が走っている。この埃ばかりの世界の中で、初めて向き合った歴史の痕跡だった。

麻姑と離れると、やっぱりよくないことが起こるな。

目の前の風景を眺めながら別相は思っていた。大きな岩がゆく手を阻んでいる。控えめに見積もっても家ぐらいはある。ソンドクがよろめきながら進み出る。そして思いっきり体を膨らませ、わずかに残る力を振り絞って岩に拳を打ち付けた。

岩がぽっかりと割れた。これで前に進める……かと思いきや、岩の向こうにまた別の岩が、その向こうにもまた岩がある。希望は虚しく消えた。ソンドクは無理に笑って見せる。

「どうもここまでみたいだな、俺は」

ソンドクは折れた手首を握って座り込み、岩に背を預ける。別相が彼の傍《かたわ》らに行き、最後の水袋を差しだした。

「別相」

ソンドクが呼んだ。

「俺がお前に付いてここまで来たのはな、申し訳ないからってだけじゃない。俺はな、十年前に両親を惨殺された。星主にだ。そのときのことは一時たりとも忘れたことはない。いま思えば、そのせいだったのかもしれないな。俺が道を外れちまったのは」

「何いってる。いいヤツだ、お前は」

別相の慰めは、もはやソンドクの耳に届いていなかった。彼の耳から血が流れ落ちていた。目からも、鼻からも、口からも。あらゆる穴から血が吹き出ている。ソンドクは最後の力を振り絞って口を開いた。

「別相、俺の代わりに復讐……」

ソンドクは、ついに最後まで言えなかった。

ソンドクを丁寧に埋めた別相は、涙をぬぐいながら岩の前に立った。

岩をにらみつける別相の体が大きく膨れ上がる。主を亡くしたソンドクの力が流れ込んできたかのようだ。力の使い方をたちまち体得した別相は拳を振るい、岩を最後の一つまで粉々に粉砕した。

いいさ、見届けてやる。どれだけよくないことが起こるのか。本当に世界が滅びでもするのか。確かめてやるとも。

ツツツツツツツツツツツツツツツツツツツツツツツツー

そんな別相の意志を砕こうとでもするかのように、首飾りが音を鳴り響かせる。歩を運ぶたびに苦痛が倍増していくようだ。全身の穴という穴から血が噴き出してくる。皮膚が爛れてべろりと剝ける。不死身の体は新たな皮膚を再生させるが、それもたちまち朽《く》ち果てる。果てしなく繰り返される体組織の崩壊と再生。その地獄の苦しみの中、なぜか別相は全身が目覚めるかのような感覚を味わっていた。古い皮を脱ぎ捨て、新しく生まれ変わる気分とでもいおうか。そんな感覚に包まれながら、彼は進み続けた。

だしぬけに首飾りが沈黙した。百番目の穴に着いたのだ。

そして。

★

眠りから覚めると、真っ白い部屋にいた。薬師《くすし》が近づいてきて彼の脈をみると、異常なしの証明書を書いてよこした。書類の通り、別相の体はきれいに治癒《ちゆ》していた。

しばらくすると、行政官と名乗る男が部屋に入ってきた。お供を数十人も引き連れている。

「英雄のお目覚めだ！」

行政官が大声で叫ぶと、周囲から拍手の音がして、花びらが舞った。何が何やらわからないが、人々に目覚めを祝われているのは確かなようだ。

「どこだ、ここは？」

別相が訊いた。

「病棟だ。昨夜《ゆうべ》、門の防護兵がそなたを連れてきたのだ。覚えておらぬのか？　その手で門を叩いたのを」

行政官が手に持っていたものを差し出す。

「食すがよい。ハンバーガーというものだ」

別相はすぐさまひと口かじった。甘いソースが舌を刺激する。そのとたん、耐えられぬほどの空腹感が押し寄せてきた。彼はぺろりと五つ平らげた。

「味はどうだ。夢のような味であろう？　ん？」

行政官は、別相が散らかした包装紙を窓の外に投げ捨てた。

「儂《わし》の言うことさえ聞けば、明日はもっと美味《うま》いものを食わせてやろう」

「え、これよりもっと?」

「こんな下賤な食い物とは比べ物にならぬさ」

行政官が指で合図すると、六、七人の侍従たちが進み出る。

「身だしなみを完璧に整えてやれ。大切な役目を果たしてもらわねばならぬからな」

いまだ状況を理解できていない別相は彼らに引きずられて椅子に座らされた。彼らはまずぼうぼうに伸びた別相の髪を整えた。生まれて初めてひげも剃《そ》られた。そんなものが自分に生えているなどと、別相はそれまで気づいてもいなかった。

湯あみをさせられ、化粧まで終えた別相は、まったく別人になっていた。編んでたらした髪からは強靭《きょうじん》な力が感じられ、刺繍《ししゅう》が一面に施《ほどこ》された赤古里《チョゴリ》(衣上)は彼をますます大人に見せた。香油を塗られた体は野辺の花のような香りを漂わせている。

満足した行政官は、別相を伴《ともな》って外に出た。病棟の外にはさらに多くの人々が集まっていた。

行政官はよく通る声を張り上げた。

「喜べ皆の者! 称えよ皆の者! 英雄別相のご帰還だ。万歩を歩いても無事に生還されたのだ! 星主は昨夜、英雄の成し遂げられたことを聞かれ、称賛された」

行政官は、あたかも自分が星主になったかのような顔で続けた。

「英雄別相の成し遂げし偉業は紅真国の歴史上、かつてないこと。偉大なる英雄別相の業績を称え、労働英雄の称号を下賜する。祝祭を開き、この功績を褒め称えよ!」

別相の胸に勲章《くんしょう》がつけられると、大きな歓声が沸き起こり、花びらが投げられた。行政官は誇らしげにしていた。自分が功をあげたかのような表情だ。

行政官に促されるままに、別相はあたりを巡る花馬車に乗り込んだ。馬車の中で二人だけになると、行政官はさっと表情を変えた。

「いい気になるでないぞ」

声を潜めて続ける。

「そなたは儂に言われたとおりにふるまってさえいればよい。さすれば、これまでとは比べ物にならぬ人生を生きられよう。よいな？」

「どんな人生？」

「そなた次第だな、それは」

「自由もくれるのか？」

行政官は笑い飛ばした。

「愚かな夢を見るものではない。そんなものがこの世に存在するものか」

別相は口をつぐんだ。

祝いの言葉を嫌というほど浴びて、ようやく一日が終わった。別相は眠ろうとしたが、どうにも興奮が収まらない。起き上がり、建物の外に出る。病棟には庭がない。それで彼は、通りの真ん中に大の字に寝そべった。陽はとっくに落ち、通行が禁止されている通りには人っ子一人いなかった。

「どうだ、気分は？」

背後に誰かが静かに立っていた。産だった。

「わからないや」

「わかりませぬ、だ」

「えっ？」

「丁寧な言葉遣いをせねばならんぞ。あのお人の前ではな」

「あのお人？」

「星主だ。そなたは明日、会うことになるはずだ」

「俺が？」

「考えてみるがよい。行政官が何ら理由もなくよくしてくれると思うか？」

産が一歩、歩み寄る。月光を浴びた産の顔はひどくやつれていた。いつもきちんと整えられていた髪はくしゃくしゃにもつれ、服には黒い血がこびりついている。手足は冷たい鎖で縛められ、歩くのさえつらそうだ。

「俺、恐かった。産の生首がぶら下がってたらどうしようって」

産が呵呵大笑《かかたいしょう》する。

「星主だとて、産神は殺せまいさ」

別相の背後に立ったまま、産が不器用な手つきで別相の髪を撫でる。別相はおとなしく目を閉じていた。

「ぜんぶ産がやらせたことだったのか？　ソンドクが俺をいじめたのとか」

「そうだ。あの子らは、我が命に従ったのだ」

「知ってたんだろ？　あいつらが死ぬだろうってこと」

「ああ。致し方ない犠牲だった」

「俺の白い兄弟とおんなじに？」

　産の手がぴたりと止まった。

「……知っておったのか」

「俺は何者なんだ、いったい？」

「……私が生涯かけて積み重ねてきたすべてだ。そなたの種にはな、紅真国の百姓たちの遺伝子がすべて入っている。ソンドクのものも、ユンヒのものも。それからガンモクのものも。とはいえ翼が生えて生まれてくるとは思わなんだ。産神とて、上帝の言葉をすべてわきまえてはおらぬのだ」

　別相はただじっと聞いていた。産が隠しから網巾《マンゴン》（結った髷《まげ》がずれ落ちないよう額に巻く布）を出し、別相の額に巻いてやる。

「そういえば、如何《どう》だった？　世界の果ては」

「うん……しんどかった、すごく」

「安心せよ。そなたは苦痛を堪えてさらに強靭になる。そう設計されているのだから」

「ああ、そうだな」

「その目で見て、どう感じた？　真実を知って」

「まだよくわからない」

「そうか……」

「ところで麻姑は？　助け出せたのか？」

「我が同志が居場所を突き止めた。収容所におる」

「えっ？　どこだ、そこは？　俺が今すぐ……」

別相が声をあげて産のほうを振り向く。産は手綱《たづな》を操るように別相の髷を引っ張り、落ち着かせた。

「心配するでない。そなたは与えられた役割をこなすのだ。麻姑は我らが無事に救い出す」

「役割？」

産は別相の網巾をきれいに巻き、笠《カツ》をかぶせてやった。

「息子よ、そなたは明日、星主を殺《あや》めるのだ」

★

空から浮遊艇《てい》が降りてきた。別相は兵卒たちに付き添われて浮遊艇に乗り込む。宮殿まで行くのにさほど時間はかからなかった。空は、思ったよりずっと近いところにあった。

幾つかの保安手続きを終えて足を踏み入れた宮殿の内部は、だだっ広かった。想像をはるかに超える大きさに、別相ははじめのうちこそ気後れしたが、じきに慣れ、その煌《きら》びやかさに惹きこまれていった。

遠くに星主の姿が見えた。椅子に腰かけ、はるか高みから別相を見下ろしている。顎は幾重にも垂れ下がり、腹が山のように突き出しているのが遠目にも窺えた。星主を取り巻く女たちの体の細さが、その肥えた体をますます巨大に見せていた。

別相は星主の前に出て、拝《チョル》（目上の人に対する丁寧なお辞儀。座って体を地面につけるようにして行う）をした。

「ご挨拶申し上げます。別相と申します」

「おお、わが民族の英雄よ！」

星主が両腕を差し出して叫んだ。

「そなたか。この世界の外、はるか遠い地点まで歩み出、そしてまた堂々と生きて戻ったのは。そなたの成したことは即ち円蓋の外の地を浄化せよという上帝の啓示であろう。まこと、どんな称賛の言葉をもってしても足りぬな」

「恐れ多いお言葉にございます」

「そなたら、何をしておる。とっとと食事の支度をせぬか」

星主が手で合図すると、侍従たちがわらわらと駆けてきて巨大な食卓を据えた。その上には生まれてこのかた見たことのない食べ物が並べられ、白い湯気を立ち昇らせている。

「さあさあ、食すがよい」

星主は、自分の隣に別相を座らせた。周りに女たちが座る。みな誘い込むような笑みを浮かべていた。隣に座った女がつと手を伸ばし、別相の頰を手の甲で撫でる。別相は照れてしまい、うつむいたまま食べ物ばかり見つめていた。

「なんと！　男子たるもの、そのように意気地《いくじ》がなくてどうする！」

星主は片手でフォークを持って肉を食べ、もう一方の手では女の腰を抱いていた。女たちは彼の傍らに侍《はべ》り、肩を揉《も》んだり食べ物を口に入れてやったりしている。星主ともあろうものが、飯ひとつ己が手で食えぬとは……。失望感が湧くとともに緊張がするすると解けるのが感じられた。

「おお、そうだ。これは訊いてみねばな。外の世界は如何《いかが》だったか？　常日頃、気になっておったのだが」

「全体に色褪せ、くすんだ色の埃ばかりのところでございました」

「ほほう、そうか。で、どこまで行ってみた？」

「行けるところまで。百番目の穴と言われているところまで行って参りました」

「で、その穴は見つけたのか？」

「百番目の穴は、ございませんでした」

「では、何があったのだ？」

星主の目に興味が宿る。別相は、その目をじっと見た。毛ほどの脅威も感じられない。戦うに足る相手ではなさそうだった。

「不発の核弾頭を抱えた骸骨《がいこつ》があちこちに見受けられました。数百体もです。ひと目でわかりました。彼らがどれほど必死だったか。紅真国には九十九の穴が存在するだけです。百番目の穴はあくことがなかった。彼らの功かと存じます」

「おお、英雄たちの犠牲とな。なんと尊《とうと》いことか。別相、そなたも彼らのように……」

「彼らの犠牲がなかったら百番目の穴はあいていたはず。さすれば、星主様が支配できる地は残らなかったはず」

別相は星主の言葉を遮った。それがどれほど無礼なことかにも気づかず。星主の顔に不快げな表情が浮かび、唇がわなわなと震えた。

「儂が話しているではないか。それを、おのれ……」

「翼がありました」

怒りにわななく星主の言を、またも別相が遮る。

「かつて人間は自由に空を舞っていたのです。空の宮城に梯子《はしご》がないのはそのため。さらに高い位置まで塔が続いているのもまた、彼らが自由に行き来できた……」

「えい、黙らぬか！」

星主が食卓を叩いて怒鳴った。気配を察した兵卒たちが刀を抜いて近づいてきたが、星主は手まねで彼らを止めた。

「ふうむ、そなたはまだ五歳に過ぎぬのだったな。心いまだ幼く、世のことに疎《うと》いとは聞いておったが、ちと度が過ぎるようだ。大目に見てやるのはこの一度だけだ。次にまた無礼を働いたら命の保証はないと思え。よいな？」

別相はうなずいた。

「そなたは書をよく読むと聞いておる。だがな、書に記されておることは出鱈目《でたらめ》ばかり。生きるに役立つ真実など何一つ書かれてはおらぬ。そなた、真実を知りたいか？」

星主はくい、と別相の顎を持ち上げ、空に目を向けさせた。

「見るがよい。遠く宇宙まで伸びているものが見えるか？　軌道エレベーターというものだ。そこを行き来するカプセルカーが見えよう。宇宙はな、閉ざされてなぞいない。それはこの星も同じ。耽羅の星主の血を引く儂がそなたらを征伐《せいばつ》し、支配しているというわけだ。今やこの地の物流、財貨、みな我がもの」

星主が、別相の顎を捉えた手に力を込めてがくがくと揺する。

「古くから受け継がれてきた星系の法律により、戦争を起こした罪人であるそなたらには自由が与えられぬ。そなたらはみな儂の紛《まご》うかたなき所有物であり、宇宙の各地に売り払われてゆく商品に過ぎぬのだ。儂は全宇宙に支持されておる。そなたらは塵ほどの価値もない存在と心得《こころえ》よ」

星主の手が離れていった。

「よく覚えておくがよい。この宇宙全体が、儂の権力の源なのだということを」

星主は、腰を抱いた女の胸元に手を入れて揉みしだいた。女は嫌悪を感じているようだった。が、それを押し隠し、星主に身を委《ゆだ》ねている。他の女たちも、負けじと星主の体を愛撫し、腕を巻き付ける。女たちの瞳からは恐怖が見て取れた。豚のように肥えた星主の獣のごとき振る舞いに、別相は吐き気を催した。

「儂に忠誠を捧げよ。さすればそなたが望むもの、みな与えよう」

別相はしばし悩んだ。今すぐにでも星主を手にかけてしまいたかった。けれど、それはできない。麻姑の顔が目の前を過《よぎ》る。産に告げられた時までは、まだまだ間がある。別相はやむなく星主の足元に膝まずく。

星主は痛快そうに笑った。

「ああ、よい気分だ。ではまず、その翼を儂に捧げよ」

別相は、星主の求めに応じた。星主が見ている前で、兵卒たちに服を脱がされる。現れ出た翼に兵卒の刀が当てられた。バサリ。音を立てて別相の体の半分が切り落とされる。別相は麻姑の顔を思い浮かべ、屈辱に耐え抜いた。赤い血が滴り落ち、床を濡らした。

よろよろと食卓に戻った彼は、手当たり次第に食べた。虚しさを埋めようとでもしているかのようだ。星主はそんな別相の頭をなで、満足げな笑みを浮かべた。

「ああ、そうだ。うっかりしておったわ」

星主が拳で手のひらを打つ。何か思いついたらしい。

「別相、ここに好みの女がいるか？」

「はい？」

「ここにいる女たちの中から一人を選べと言っている」

星主が拳と手のひらで野卑なしぐさをしてみせる。が、別相には何を意味するのやらわからなかった。女たちを見まわしながらさんざん迷った末、一人を指さす。その女の顔が、どこか麻姑と似ているような気がしたのだ。

そのとたんに食事は終わった。星主が女たちを引き連れて席を立つ。別相が女と二人、その場に残っていると、黒い服を身に着けた内官がやって来て、寝所に案内された。女が影のように従う。扉が閉められるや、女は別相の手を握った。女の顔には何の表情も浮かんでいない。

相変わらず何が何やらわかっていない別相は、女に促されるがままに寝台に横たわる。女が枕もとのろうそくをふっと吹き消すと、部屋の電灯がすうっと暗くなった。女が髪を結いあげる。それを見ているうちに、思いがけず全身が張り詰め、体の一部が固くなるのを別相は感じた。そこを女に咥え込まれ、彼は正気を失っていった。

我に返ったとき、部屋の中は真っ暗で何も見えなかった。においも音も、何も感じ取れない。彼の腕を枕にして眠っている女の体温だけが温かく感じられた。

「ああ、こういうものか」

何か悟ったように別相はつぶやき、眠り込んでいる女を残してさっさと部屋を出た。廊下に取り付けられた華麗な照明が眩しい。別相は思わず眉をしかめた。

★

しばらくのち、星主の寝室の扉が外から開けられた。白い照明の明かりが闇を長細く照らす。光の道の真ん中に、別相の影があった。

星主は、女たちを抱いて正体もなく眠りこけていた。女たちを起こさぬよう気を付けながら別相は寝台に這い上がり、星主にのしかかる。その重さに目を覚ました星主は仰天し、悲鳴をあげて起き上がろうとした。しかし、体はまったく動かない。声も出ない。別相が彼に馬乗りになり、しっかりと口を塞いでいたからだ。

「こんなことがしたくて……たかだかこんなことがしたくて、民を抑圧していたのか？」

星主はもがいた。顔に血が上り、真っ赤になっている。寝台が揺れ、女がひとり目を醒《さ》ました。目をこすりながら起き上がった女が別相を見て悲鳴をあげ、裸のまま部屋を飛び出していった。他の女たちも目を醒まして逃げ始める。部屋から出た彼女らは警護の者を探すが、彼らがすでに死体になっているのを見てまたもやけたたましい悲鳴をあげた。

悲鳴を聞いて駆けつけた兵卒どもが、別相を包囲した。

「何をする！　その手を放さんか！」

大声が飛んだが、別相は意にも介さない。落ち着き払って集まった者を検分する。向かってくる度胸があるのは感心だが、如何《いかん》せん弱そうだ。とはいっても星主よりははるかにましなはず。なのに、どうしてこんな者に仕《つか》えているのだろう。どうにも測りかねる……。

別相が首をひねっていると、星主の叫び声がした。必死で顔を動かしたのだろう、別相の手の際から口を突き出している。

「撃て！　こやつを殺すのだ！」

叫びにとっさに反応したのか、別相を取り巻いていた銃口が一斉に火を噴いた。別相の体に無数の穴があく。だが、彼はびくともせず、服の埃でも払うような仕草をした。歪《ゆが》んだ鉛の塊がばらばらと落ちる。体はかすり傷ひとつ負っていなかった。

「無駄だ、こんなことしても」

星主の首をつかみ、その手にぐっと力を込める。星主の首は、花の首より脆《もろ》かった。兵卒たちは、先ほどの女たちよりもっと大きな悲鳴をあげて逃げ去った。

別相は、息絶えた独裁者の体を窓から投げ捨てた。遊び飽きた玩具《おもちゃ》を放り出す子どものような仕草《しぐさ》だった。星主の体は窓ガラスを突き破り、破片とともに落ちていった。寝台の脇のテーブルに食べ残しの料理が山と積まれている。食事のときに食べられなかった分厚いステーキとロブスターのグリルを左右の手に持って食らいつく。初めて味わう甘美な味と香りが口の中を満たす。自由の味だった。

★

星主が殺害されたという知らせが駆け巡るや、黒い服と赤い帯を身に着けた民軍が、紅真国の各地で旗をあげた。とはいえ、銃声が地を揺るがすことはなかった。星主の兵卒は呆気なく降伏し、戦闘は民軍の勝利で幕を閉じたのだった。

産は、百人余りの民軍を率いて浮遊艇に乗り込んだ。血痕やら何かの残骸やらでぐちゃぐちゃの宮城に入る。別相は、星主の執務室にいた。両手を血で濡らした別相は、星主の巨大な椅子に腰かけ、ひじ掛けに顎を乗せて産を見下ろした。

「ぜんぶ殺した。不思議な力を使う奴らも百人ぐらいいたけど、一人残らず殺したよ。産に言われた通り」

「ご苦労だった、息子よ。我らは自由になった。そなたの功だ」

はるか上にある別相の顔を見上げ、産が称える。

「たいして骨でもなかった」

そう言って、別相は笑った。

「麻姑は？」

「無事だ」

「そうか、安心した。ところで、俺はこれから何すればいい？」

「星主が独り占めしていた富と権力。それを人々に返すのだ」

「なんでだ？」

別相が訊き返す。

「もう俺のものだ。それをなんで分けてやらなきゃならない？」

産は当惑し、言葉を失った。

「星主が憎まれてたのはわかる。あんな無能で弱っちい奴が世界を牛耳《ぎゅうじ》ってるふりなんかして、俺だって虫酸《むしず》が走ったよ。でも、俺は違う。俺は強い、誰よりも。そんな俺がなんで手放さなきゃならないんだ？　せっかく手に入れた富と権力を。なんで人に分け与えてらやなきゃならない？」

別相は椅子から立ち上がってうーんと背伸びした。

「産は俺に言ったよな、自由になれって。でも産は今、俺の自由を抑え込もうとしてる。何でも産に言われた通りにしなきゃならないんなら、それは自由じゃないだろ。だから、俺が手にしたものは誰にも、ひとかけらも分けてやらない。ぜんぶ俺のものにするんだ」

「自由とは、そんなものではない」

「産にわかるのか？　自由っていうのがどんなものか。だって産は、自由だったことないじゃないか。真の自由を享受《きょうじゅ》できる者は世界でただ一人だ。世界の頂点に立った者。つまり俺だけが、自由を云々できるってことさ」

「別相、それは獣の概念だ。そなた、獣になるつもりか？」

「獣は俺じゃなくて産だろう！　夜ごと獣みたいに呻《うめ》いてたじゃないか。麻姑と淫《みだ》らなことして。俺にだってもうわかってるんだぞ、部屋にこもって二人して何してたのか！」

別相が卑猥《ひわい》な仕草をする。産は屈辱に気が遠くなる思いだった。人々の前で裸にされた気分だった。手が白くなるほど強くスカートの裾をつかみしめ、必死で感情を押し殺しながら、産は冷静に警告した。

「よくも親を侮辱できたものだ。そなた、後悔することになるぞ。いいのか？」

「どうぞ、ご自由に」

産は胸が引き裂かれる思いだった。が、ためらわなかった。別相の額を狙って銃を撃つ。弾はみごとに命中した。しかし別相は倒れず、額に刺さった銃弾を落ち着き払って引き抜いた。

「わかったか？　産が俺をどうにかするなんて、無理なんだよ」

誰かがため息をつき、産の傍らに歩み寄った。

「御覧なさい。私が警告した通りでしょう」

別相はユンヒの能力を使い、その正体を見抜いた。ガンモクの父親だ。へなちょこガンモクがあれこれ告げ口したに違いない。

ガンモクの父親が別相に向かって手を伸ばす。別相の全身が捩《ねじ》れた。骨が折れて飛び出し、血と肉片が周囲に跳ね飛ぶ。

ところがいくらも経たず、元通りになった。

「ほほう、おみごとだな。どれ、今度は俺がやってみよう」

別相が指をはじくと、ガンモクの父親の手足が捩れた。楽器でも演奏するように指を動かし、関節をひとつひとつ外していく。ガンモクの父親は悲鳴をあげて地面に頽れた。

怖れをなした民軍に向かって別相が宣言した。

「今日からこの星の主《あるじ》は俺だ。これからは俺のことを大別相媽媽《ママ》（王やその家族を呼ぶときの称号）と呼ぶようにせよ」

抜け目ない一人の兵が、ぺたりと地面に伏せた。それを見た他の者たちも直ちに平伏し、叫ぶ。

「大別相媽媽！　大別相媽媽！」

跪《ひざまず》くことなくひとり抗う産に、別相が低く命じた。

「王として初めての命令を下す。産、麻姑を連れてこい」

★

「本気であやつと一緒になるつもりか？」

いくら産に問われても、麻姑の瞳は揺らがなかった。

「ええ」

「そなた、死ぬことになるぞ。それも息子の胸でだ」

「わかっております」

「なのに、なにゆえ……」

「それでも我が子ですから」

「その我が子は、そなたのことを母と思っておらぬぞ」

「わかっております」

「なのに、行くというのか？」

「あの子を見捨てるわけにはまいりません。私まで諦めてしまったら、あの子の魂は朽ち果ててしまいます」

産は鼻で笑った。

「あやつの心根はすでに腐っておるわ。毒に曝《さら》されすぎたのやもしれぬ。しかしそなた、まさか母性に目覚めたなぞと言うまいな。数え切れぬほど赤子を産み出してきたそなたが、今になって」

「母性ではありませぬ」

「では、恋心か？　まさかそなた、あやつに……？」

麻姑の瞳が悲しく翳る。

「何にもわかっていらっしゃらないのね、産神。簡単な理《ことわり》ですのに、何をそう難しく考えられるのか」

「簡単な理だと？」

問い返す産の声は激しく震えていた。

「本当にわからないのですか？　それともわからないふりをされているのですか？　情のためです。産神と、私との」

「どういう意味だ？」

「私が愛しているのはただ一人、あなたです。そのあなたが事を仕損じてこうなった。なら、私が何とかしなければ。たとえこの身は滅びても……」

麻姑の瞳に浮かぶ切ない涙。それを見て見ぬふりをして、産は顔を背《そむ》ける。

「おわかりでしょう？　みな、あなたの責。あの子に世界を憎悪せよと教え、世界が定めた線を越えよと命じたのは、あなたなのですから」

「……この方法しかなかったのだ。世界を変えるためには。あやつに世界を憎めと教え込むしか……」

「けれど、越えてはいけない線もある。そのことも、お教えになるべきでした」

産は言葉に詰まった。麻姑はため息をつき、産に口づけた。

「十二か月、時間を稼いで差し上げます。その間にどうかご思案くださいませ。王の心を取り戻す術を」

そう言いおいて、麻姑は決然と浮遊艇に乗り込んだ。

宮城に着いた麻姑は、思わず鼻を覆った。いまだ清められていない宮城の床にはおびただしい量の血がこびりついている。あちこちに死体が転がり、廊下は腐臭に満ちていた。麻姑は息を止め、空に目を向けて心を落ち着かせつつ、歩みを進めた。

兵卒に案内されて別相の寝所へと向かう。寝所まではいくらもかからなかった。別相は、ひとり寝台の上にうずくまり、震えていた。その体を包みこむように抱き、麻姑は囁いた。

「安心おし。これからはよいことばかり起こるはずだから」

ツツツー
麻姑の首で首飾りがかすかに震える。麻姑は首にかけられたものをすべてはずし、窓から投げ捨てた。

それからは穏やかな日々が続いた。麻姑が力を尽くして王の目と耳をふさぎ、その気性を制御していたからだ。

王のかねてからの願い通り、麻姑は我が子と婚礼をあげ、王妃となった。じきに子どももできた。王妃の腹の中で赤子が育つ間、人々は笑顔を取り戻した。しかし、そんな平和も束の間、十月が過ぎ、さらにひと月たつと、状況は一変した。待てど暮らせど、赤子が生まれてこないのだ。

焦った王は、産神を呼び寄せた。

「赤子が生まれてこない。これはいったいどうしたことだ?」

産は麻姑の脈を取り、体の具合を診た。麻姑は、かなり前から昏睡《こんすい》状態に陥っていた。胎児を身ごもったまま、長く苦しい闘いを続けていたのだ。

　こうなることを予想していた産は、王に向かって訊いた。

「知っているか？　そなたと夜を過ごした女が死んだ」

「そんなこと知るか。俺はな、王妃のことを訊いてるんだ！」

　産は別相王をにらみつけた。

「麻姑もその女と同じだ」

「何だって？」

「わからぬのか？　原因はそなただ。そなたの身から噴き出す呪いがみなの体を損なわせるのだ。そなたの体はな、いまや生きた疫病《えきびょう》だ。円蓋の外で吸い込んだ毒が溜まりに溜まって放射線を放っているのだ」

　王は産の頬を打った。

「ウソ」

「ウソではない。それはそなたが一番よく知っておろう。ユンヒの能力を使って我が心を読んだはずだからな」

　王は答えなかった。

「腹の中の赤子は、とうに死んでいるはずだった。致命的な放射線を浴びてもいまだ生きているのは、恐らくそなたの血筋を受け継いだからであろう。しかし、まあ、人間の姿かたちをしているとは期待せぬほうがよいな」

「ウソだ……」

王はがくんと膝を折った。

「麻姑はもう、いくらももつまい。そなたとともにおったのだからな。毒に曝されながら、一年の間、ずっと……」

「そんな、じゃあ、麻姑は……」

「ああ。麻姑はすべて承知の上でそなたを受け入れたのだ。そなたに代わって禁忌の代償を支払おうとな」

王は産の足に縋りついた。今にも泣きだしそうな顔になっている。

「助けてくれ。頼む。どうか、麻姑を助けてくれ」

産はすげなく王の手を振り払った。

「私は産神であって、生命神ではない。死んでゆく者を引き留める知恵は持ち合わせておらぬ」

産は冷たく背を向け、速い足取りで宮城を去った。背後では、王が声をあげて泣いていた。

それからひと月も経たず、麻姑も赤子も息を引き取った。

★

麻姑のそばを離れると、いつもよくないことが起こる。でも、麻姑はもうこの世にいない。じゃあ、これからは？　どんなにつらいことが待っているんだろう……。

★

王は、何とかして王妃の後を追おうとした。

縄で首をくくろうともし、空の高みにある宮城から身を投げてもみた。しかしかすり傷ひとつ負わない。舌を噛み切ったところで、たちまち新しい舌が生えてくるだけだ。

とうとう王は、心の箍《たが》が外れてしまった。決して埋まることのない欠落を埋めようとあがき、裸で国中をさ迷った。腹が減れば食べ物を奪う。たまたま目についた家に突如押し入り、その家の女を手籠《てご》めにする。王が足を踏み入れた家では家人がみな病に倒れ、王と夜をともにした女の顔にはあばたが吹き出した。

義憤にかられ、抵抗を試みる者もいた。銃口を突きつけたり、爆弾を抱えて突撃したり。けれど、彼らの抵抗は死体を増やすのみ、王の体にかすり傷ひとつ付けられずに終わった。人々は無力感にとらわれ、王に歯向かう意欲を失っていった。

終わりの見えない過酷な日々を、百姓たちは嘆《なげ》き暮らしていた。

「我ら皆の力を合わせても一人を倒せないとは。天が定めた倫理に如何なる意味があり、道徳はいずこに存在するというのか」

耐えきれなくなった民衆は、いまいちど民軍を招集するに至った。

「今一度、蜂起《ほうき》せねばなりませぬ」

回し状に名を連ねた者たちによる秘密の会合の席上。産は前に出て、革命を促していた。

「今こそ立ち上がるべきとき。共和政の夢を実現させるとき！」

「しかし、そんなことができるのか？　我らの力で世界をひっくり返すなんて」

老いた座長が疑問を呈す。

「もちろん可能」

「馬鹿をおっしゃいますな！」

一人が勢いよく立ち上がって反駁した。

「だいたい、こんな事態を招いたのは産神、あなたがしくじったからではないか。ご自身の失敗を同志の血で補おうとなさるのか？」

人々がざわめく。侮辱や威嚇《いかく》が産に降り注いだ。

「私は事を仕損じた。それについては何百回でも謝罪しよう」

産は頭を下げ、心から謝罪した。とはいえその姿は、屈服した者のそれではない。頭をあげた産は、刺すような強い瞳で人々を見据えた。

「しかしながら、我がしくじりのみを論じ、皆の過ちは知らぬふりして済ませようとされるのははて、いかがなものか。遡って省みれば、皆の焦りのためだとは思われぬか？　私は確かに王を正しく教え導くことができなかった。なれどそれは、一日も早く育て上げよという皆の声が高かったからこそ。ゆえに別相の心はいまだ幼児なのだ。幼児が惻隠《そくいん》の心など持てるわけがなかろう」

産は一歩踏み出して決めつけた。

「大別相王という化け物を誕生させた責任は、我ら皆にある」

座長がまた口を開く。

「王の寿命はいつごろ尽きる？」

「さあ、わからぬな。成長が早かった分、老いも早く訪れるのではと期待するしかなかろう」

「ご自分が作り出しておいて、そんなこともご存じないと？」

「愚かな人間の頭をもってして、数億種の卦の組み合わせをすべて把握できるとお思いか？　せいぜい推測できるのみよ」

「ふむ、では推し量ってみられよ」

「人の細胞の中には若さの結び目とでもいうべきものがある。これが短くなるほど体が老い、病を得やすくなるのだ」

　産はいちど言葉を切り、また続ける。

「別相の結び目は、極めて短くなっている。そう設計しておいた。ゆえにそう長くは……そう、長くとも五年ぐらいか……」

「五年？　そんなに耐えねばならぬと？　王妃が亡くなられたのち、わずかひと月で五百人の死者が出ております。それが五年後なら、もはやこの円蓋内に生きている者は残りませぬ」

　民軍部隊を率いる青年の一人が割って入った。

「然り。ゆえに、一刻も早く王を亡き者にせねばならぬと申しておる」

　憂《うれ》いに顔を曇《くも》らせて、座長が言う。

「とはいえ、王は不死。銃剣も爆弾も何も通じないのだ。無謀に蜂起するわけにはいかぬ。さすれば同志たちを犬死にさせることになろう」

「ここに策がひとつ」

「策とは、如何様な？」

「まあ、お聞きくだされ」

　思案の果ての唯一の策を産が冷静に説く。話を聞き、一同はざわついた。座長は怒りに震え、声を高める。

「何たる荒唐無稽《こうとうむけい》な。感情だと？　そんな不確かなものに民百姓みなの命を賭けよと仰せか⁉」

異議を申し立てる声が高まるも、産は一歩も引かなかった。

「弱者が取れる策が他にあろうか。今のままでは我らは人らしく生きられぬ。そんな生に如何なる意味がある？　一年前、我らは革命を望んでいた。今よりはるかに切に。その結果が今の事態なら、今また立ち上がるべきではないか。己が命失われようとも星主を弑《しい》し自由を奪取せんというかつての不退転の決意、いま再び固めましょうぞ！」

チョゴリの裾《すそ》をつかみしめ、産は心の奥底から込み上げる言葉を吐き出した。

「我、皆の意を問わん！　今のまま、死に体となって生きていたとて何になる！」

産が口をつぐんでからもざわめきは収まらなかった。同意する声も反対する声も上がらない。産の案が妙策と言えるのか判断がつかず、反対しようにもよりよい策がなかったためだ。人々は考える気力を失い、静かになっていった。

そのとき、声が響いた。

「義を以って立ち上がり！」

その声につられるように、みな叫んだ。

「虐政を覆す！」

★

ある村のとば口で、王はひとりの少女に出会った。珊瑚《さんご》色の肌をした少女だ。村の者どもが捧げた贄《にえ》かと思ったが、それにしては怯まぬ目をしている。少女が声をかけてきた。

「こんにちは。あたし、海霊《ヘリヨン》」

何やら嫌な予感がする。この少女は危険だ。なぜまったく物おじしない瞳で俺を見ていられる……？

「産神に命じられたの。あなたを制圧せよ、って」

「産に？」

少女を威嚇しようと王は体に力を込める。

「それで？　俺と争おうってのか、そのちっぽけな体で」

「ううん、暴力は使わない。あたしはあんたを無視する」

「無視する？　俺を？」

自らを指さして王は問い返す。

「うん。あ、あとね、あたしだけじゃないよ。みんな、そうするの。いま生きてる人はみんな」

「そ、それはどういう……」

「紅真国の人たちが集まってね、決めたの。もうあんたの言うなりにはならないって。でもね、力じゃ勝てないでしょ。だから相手にしないことにしたんだって」

「臆病者どもが、何を小癪な！」

王は行き会った人をつかまえて、海霊を殴れと命じた。けれどその者はそ知らぬふりで通り過ぎた。何も見えず、何も聞こえていないかのように。腕を捩じりあげられ、関節がはずれても、命乞いはおろか、声ひとつあげない。王のほうを見もしない。

「どうなってるんだ、いったい……」

王は人々をののしり、殴り、殺した。道ゆく女を捕らえて狼藉《ろうぜき》を働こうとする。すると女の心臓は、おのずと止まってしまった。ほかの女も同様だった。王がいくら怒鳴り、ものを破壊しようと、人々は瞬きひとつしない。

「何だこれは！　何なんだ！」

王が吠えた。

「みんな臆病だから。弱いから」

見守っていた海霊が口を開いた。

「みんなバカじゃないからね。わかってたんだよ、自分たちは弱い。あんたは恐ろしい。だからどうしても言うなりになっちゃう。だから、あたしに頼んできたってわけ。で、あたしはそれを聞き入れて」

海霊は親指と人差し指で銃の形を作り、自分の額に向けた。

「みんなの頭の中からあんたを消したの。紅真国の人たちはね、今じゃあんたの存在からして知らない。目の前にいても見えないし、声も聞こえない。乱暴されても痛みを感じない」

「そんな……俺が今、ここにいるのがわかんないってのか？　誰も？」

「うん。あたしのほかはね。もう誰もあんたと目を合わせないし、あんたのわがままを聞いてもくれない。あんたを抱きしめてくれもしないし、話しかけてもくれない。寂しいよね。で、あんたは死ぬの。寂しさに耐えきれず」

「そんな、そんなのって……」

別相の声が震えた。

「信じようが信じまいが、それはあたしが知ったことじゃない。あたしもね、決めたから。もうあんたのことなんか相手にしてやらないって」

海霊は手首のスナップを利かせ、銃を撃つふりをする。少女の小さな体からくたりと力が抜けた。ふらふらっとするも踏みとどまって、元通りにまっすぐ立つ。その瞳は、もはや王を見ていなかった。

「笑わせんなよ、え⁉」

王はゆっくり歩み寄り、海霊の頰を叩いた。痛がる様子さえ見せない。今度は少女の首を絞めた。ぐっと力を込める。今にも骨が砕けてしまいそうだ。なのに、反応はない。王の指先がふるふると震えだした。そこから恐怖が這い上がってくる。ヒッと喉を鳴らしたかと思うと手を放し、彼はやみくもに走り出した。

しかし、誰も王を見ない。人々は、変わらぬ日常を生きている。王はそのとき初めて彼らの生活に目を向けた。みな触れ合いながら暮らしていた。ときに言葉で、ときに仕草で関わり合い、互いの心の隙間を埋めている。

誰もいない。俺には。俺にだけ……。

背筋がゾッとした。踵を返して駆けだす。何やら喚きながら滅茶苦茶に走り続け、気がつくと王は、海霊の前にいた。相変わらず彼には目もくれず、透明な円蓋の向こうの星など数えている海霊の。

「俺を見ろ！　俺を見ろって！」

王が念力を爆発させる。海霊のまわりの地面が次々と弾け、土埃《つちぼこり》が舞い上がる。建物がつぶれ、高い尖塔が火花を散らしながら崩れ落ちる。根元から折れた柱が少女の頬をかすめ、その顎を血が伝う。なのに少女は驚くようすもない。

王はがっくり膝を折り、その場に座り込んだ。涙がどっとあふれ出る。故障した水道のように、次から次からあふれ出る。生まれてこのかた抱き続けてきた漠然とした感覚。それは欠落だった。麻姑を失ってからますます確かな形を取り始めたその感覚が心の表面に浮き上がり、胸の真ん中を貫いた。悲痛な思いと凍てつくような寒さが彼を包む。

王は海霊の前に平伏し、地面に額を擦《こす》り付けた。どうにも耐えきれず、声をあげて泣き出す。涙に鼻水、よだれまで垂れ流して。まるで生まれ落ちたばかりの赤ん坊になったかのように、王は怯え、体を震わせた。いまや王の威厳は剝がれ落ち、跡形もない。そこにひれ伏して泣いているのは、どこにでもいる一人の子どもだった。

しかし海霊は見向きもせず、その背中を踏み越えて立ち去ろうとする。

王は泣き声を迸《ほとばし》らせた。海霊に向かって、人々に向かって、世界に向かって。

「ごめんなさい。僕が間違ってました。どうか、どうか……こっちを見て。抱きしめて。話しかけて……愛してるって、お前のことが大切だって。お願いです。心がつぶれそうです。どうかあなただけでも、あなただけでも、僕を見てください、どうか、どうか……」

それを聞いた海霊が泰然と言う。依然として視線は夜空に向けたまま。

「それはまあ、あんた次第ね」

決して変わることのないように見える世界の多くの規則は、実は人の口によって仕立て上げられた虚像だ。ことによると、禁忌とは砂の上に偽《いつわ》りで引かれたかすかなラインに過ぎないのかもしれない。

もしも一人の力が世界全体の力を合わせたよりも強くなったら、そんないくつかの言葉で引かれたラインにどんな意味があろうか。そんな存在の前で、道徳は力を発揮できるのか。

そんな悩みは、かつてはスーパーマンコミックなどで行われるような知的な遊戯だったが、今では必ずしもそういうわけではなさそうだ。ロシア軍は、人の姿をした拳銃を撃つロボットを開発したし、シリコンバレーでは、警備ロボットがビルを守っている。サムスンは警備犬ロボットを公開した。こういったすべての自動化された暴力が、特定の個人のために作動し始めたなら、一般の人間に、果たしてそれに抵抗する方図《ほうず》が残っているだろうか。

「紅真《ホンジン》国《こく》大別相《デビヨルサン》伝《でん》」は、「媽媽神」または「大別相《デビヨル》」と呼ばれる存在についての説話を中心モチーフとして活用した。中でも筆者を魅惑したのは「産神」にかかわるエピソードだ。子どもを受胎させる存在である産神はある日、ただ女であるという理由で媽媽神から侮辱を受ける。産神は媽媽神に、お前は後悔することになるぞと警告するが、媽媽神はそれを笑い飛ばす。時は流れ、媽媽神の妻がみごもると、奇妙なことが起こる。十二か月が過ぎても赤ん坊が生まれてこないのだ。媽媽神は産神の前に平伏し、自らの無礼を詫びたが、産神は媽媽神の背中を踏みつけて去っていく。

生まれたばかりの別相の背中に翼が生えていたという設定は、朝鮮半島のあちこちで口承されてきた翼のある赤ん坊の説話を参考にした。翼をもって生まれてきた赤ん坊は、たいがい数日内に命を奪われるが、たまに生き残って英雄に成長するという。または、新たな世界の王になるともされている。

作中に登場する核の穴は、済州《チェジュ》地方の九十九の谷の説話を参考にした。本来、済州には百の谷があったのだが、ある僧侶がひとつの谷にすべての妖怪や猛獣を集め、谷を閉じてしまったという内容の説話だ。百番目の谷が閉じられた後に、済州には猛獣や妖怪がいなくなったが、それと同時に王になるような大人物も生まれることがなくなった。そのためかわからないが、耽羅の支配者を呼ぶ名称は、王ではなく「星主」だという。星の主とは。何とも魅惑的な名ではないか。

（小西直子訳）

■訳者紹介

小西直子（こにし・なおこ）
日韓通訳・翻訳者。静岡県生まれ。立教大学文学部卒。独学で韓国語を学んだのち、延世大学韓国語学堂に語学留学。韓国外国語大学通訳翻訳大学院韓日科修士課程修了。訳書に、イ・ギホ『舎弟たちの世界史』、イ・ドゥオン『あの子はもういない』、チャン・ガンミョン『我らが願いは戦争』ほか。

古沢嘉通（ふるさわ・よしみち）
英米小説翻訳家。一九五八年北海道生まれ。大阪外国語大学デンマーク語科卒。イアン・マクドナルド『火星夜想曲』、マイクル・コナリー『ダーク・アワーズ』、クリストファー・プリースト『夢幻諸島から』、ケン・リュウ『紙の動物園』など訳書多数。

Seventh Day of the Seventh Moon by Ken Liu, Taiyo Fujii, et al.

Copyright © 2014/2021 by Ken Liu, Regina Kanyu Wang, Hong Ji-woon, Nam You-ha, Nam Se-oh, Taiyo Fujii, Jaesik Kwak, Lee Young-in, Yoon Yeo-kyeong, Lee Kyung-hee
Japanese translation rights arranged with Alma Inc.
through Greenbook Agency and Japan UNI Agency, Inc.

七月七日

著　者　ケン・リュウ、藤井太洋　ほか
訳　者　小西直子、古沢嘉通

2023年6月30日　初版

発行者　渋谷健太郎
発行所　（株）東京創元社
〒162-0814　東京都新宿区新小川町1-5
電話　03-3268-8231（代）
URL　http://www.tsogen.co.jp

装　画　日下明
装　幀　長﨑綾（next door design）
印　刷　萩原印刷
製　本　加藤製本

乱丁・落丁本は、ご面倒ですが小社までご送付ください。
送料小社負担にてお取替えいたします。

Printed in Japan © 2023
ISBN978-4-488-01127-7 C0097

ネビュラ賞・ローカス賞・クロフォード賞受賞作

All the Birds in the Sky■Charlie Jane Anders

空の あらゆる鳥を

チャーリー・ジェーン・アンダーズ

市田 泉 訳　カバーイラスト＝丸紅 茜

◉

魔法使いの少女と天才科学少年。
特別な才能を持つがゆえに
周囲に疎まれるもの同士として友情を育んだ二人は、
やがて人類の行く末を左右する運命にあった。
しかし未来を予知した暗殺者に狙われた二人は
別々の道を歩むことに。
そして成長した二人は、人類滅亡の危機を前にして、
魔術師と科学者という
対立する秘密組織の一員として再会を果たす。
ネビュラ賞・ローカス賞・クロフォード賞受賞の
傑作SFファンタジイ。

四六判仮フランス装

創元海外SF叢書

ネビュラ賞・世界幻想文学大賞受賞作4編収録

LAST SUMMER AT MARS HILL and Other Stories ■ Elizabeth Hand

過ぎにし夏、マーズ・ヒルで
エリザベス・ハンド傑作選

エリザベス・ハンド

市田 泉 訳 カバーイラスト＝最上さちこ

◉

余命わずかな元スミソニアン博物館学芸員の
同僚のために、
幻の飛行機械の動画を再現しようとする
友人たちが遭遇した奇跡、
名女優の血を引く
六人姉妹の末妹と六人兄弟の末弟が
屋敷の屋根裏で見つけた不思議な劇場……
ネビュラ賞や世界幻想文学大賞を
受賞した作品ばかり４編を収めた、
不世出の天才作家による
珠玉の抒情SF選集。

四六判仮フランス装

創元海外SF叢書

The People in the Castle: Selected Strange Stories
Joan Aiken

ガーディアン賞、エドガー賞受賞の名手の短編集第2弾

ルビーが詰まった脚

ジョーン・エイキン　三辺律子＝訳

四六判上製

中には、見たこともないような鳥がいた。羽根はすべて純金で、目はろうそくの炎のようだ。「わが不死鳥だ」と、獣医は言った。「あまり近づかないようにな。凶暴なのだ」……「ルビーが詰まった脚」。
競売で手に入れた書類箱には目に見えない仔犬の幽霊が入っていた。可愛い幽霊犬をめぐる心温まる話……「ハンブルパピー」。
ガーディアン賞、エドガー賞を受賞した著者による不気味で可愛い作品10編を収めた短編集。